キレ者コンビがテロリスト集団に挑む
怒濤のサイバー統計アクションSF！
統計外事態
政府の工作員《エージェント》
&
在宅の統計分析官
裕吏
YURI SHIBAMURA
ハヤカワ文庫JA
イラスト／POKImari
本体880円＋税
JN092095

統計外事態

世界が、まだ寂しかった頃の物語。

〝CC、CC、CCクライシスコールだ。こちらマイティマウス。日本の危機だ。少なくとも島根県の危機だ。支援を求む。どうぞ〟

〝了解、マイティマウス。こちらキャットタワーワン。0420。現刻を以ってクライシスコールを受信、了承した。我が日本の弥栄《いやさか》のため、我が日本の醜《しこ》の御楯《みたて》となるため、直ちに危機管理対応に移る。既に官邸への連絡は行われた。事情を話したまえ、マイティマウス、どうぞ〟

〝了解、キャットタワーワン。こちらマイティマウス。話が早くて助かる。こちらはひどい惨状だ。乗り捨てられたゴムボートから見ておそらく五〇名前後の武装部隊が猪目海水浴場から上陸したと思われる。海水浴客七名を射殺。そのまま行方をくらませたようだ。

こちらの位置情報と銃痕データは今送った。傷口から見て軍用銃なのは間違いない。キャットタワーワン、どうぞ〟

〝了解、マイティマウス。こちらキャットタワーワン。島根県猪目で発見された敵性武装部隊のコードはバンディットワンだ。衛星写真と銃痕は解析中、死後経過時間が知りたい。マイティマウス、どうぞ〟

〝了解、キャットタワーワン。こちらマイティマウス。こっちは一人で死体を判別する知識もないときている。休暇でたまたま見つけたんだ。武器は拳銃一丁だ。キャットタワーワン、どうぞ〟

〝了解、マイティマウス。こちらキャットタワーワン。良いニュースだ。今秘匿同通回線が確立された。了解とどうぞからおさらばだ〟

MM：そいつはいいね。俺はどうすればいい？

CT1：君が仮面ライダーか何かでないのなら、ここで仕事は終わり、と言いたいが、三〇キロメートル圏内に我々の手駒は君だけだ。死体を見てくれ。フナムシとかカニとか、たかってないか。昆虫でもいい。それらで死後の経過時間が分かる。

MM：経過時間が分かる。それは素敵なことだ。ぞっとしないが。

CT1：統計の勝利だ。遅ればせながら死体農場を作ったかいがあったというものだ。

MM：まあ、統計データを取るってことは〝そういう〟ことだよな。死体を野外に置いて観察して……

CT1：豚だけどね。

MM：それを聞いて安心した。フナムシが集まっちゃいる。写真で送る。指紋はいるか。

CT1：指紋があればすぐに身元を照会できるが、顔写真でも大丈夫だ……画像を受信した。目玉が残ってて死体損壊が少ない。死後七〇分以内確実。逆算すると夜明け前に事件は起きているな。

MM：こちらは曇天。太陽はまだ出ていない。気温は一二度。弱い風が海から来ている。ところで隠れてやり過ごすんじゃなくて、なんで殺したんだろうな。いや、死体の中には女の姿がない。連れ去られたのかも。

CT1：データ入力はした。推理はしないでいい。そんなものはドラマの登場人物に任せておけ。現代に推理はいらない。統計で十分だ。今回のクライシスも十分統計内にある。心配はいらない。

MM：んじゃ、尋ねるがね、お偉い統計さんはどう見てるんだ。人質、それも貴重な若い女性がいるとなると、対応は根本から変わると思うが。

CT1：心配しないでいい。統計的には偶発的事故である可能性が一番高い。

ＭＭ：どんな事故だよ。

ＣＴ１：さあ？　ともあれ、最初から計画していた戦闘ではないと統計は言っている。諸要素の分布から見て、どこかの国による軍事攻撃である可能性もないようだ。

ＭＭ：犯罪でこんな規模の殺害が起きるのか？

ＣＴ１：国による。ロシアの組織犯罪では例がある。中国では国民監視体制が整っている関係で、ない。我が国は国民性の問題だろうが、ない。

ＭＭ：極東にロシア人なんてまだいるのか。

ＣＴ１：話の途中ですまないが良いニュースだ。武装無人機を四機そちらに派遣したそうだ。到着は二〇分後。悪いニュースもある。統計的に見て敵は大して移動できていないかもしれない。

ＭＭ：近くに敵がいるってことか。

ＣＴ１：おそらく。上陸してきたバンディットワンは自動車を用意していない。だからこそ、武力行使に踏み切った。

ＭＭ：素知らぬ顔で逃げられなかった訳だな。それより航空機型ドローンってことは爆装しているということだよな。それなら一対五〇でもなんとかなるか。いや、バンディットワンもエアストライクは予想しているかな。

CT1：移動手段が徒歩に限られて殺害から七〇分以内。統計だと移動距離は半径七キロメートルの円に収まる。本邦には例がないが北朝鮮による上陸戦が行われた韓国のケースでは一〇〇〇メートル以内というところだな。
MM：敵が狙撃できる距離にいるって!?
CT1：マイティマウス。あわてて隠れない方がいい。統計上バンディットワンが君を監視している可能性は極低いが、もし監視しているなら君の動作は敵に情報を与えることになる。
MM：統計はもういいから俺の心配をしてくれ。
CT1：それはこっちの給料の範囲外だ。時刻と地形の補正を入れて再予想を入れた。統計では敵の移動距離は最大で二五〇〇メートル程度だ。ドローン対策として、隠蔽地形に隠れつつ移動していると推定される。
MM：海を背にして右側に山が見える。上から隠れるならあそこの木々かな。あと砂浜上がったところが空き家だらけだ。昔は集落があったんだろう。
CT1：二〇二〇年と比較して自治体の数は一八〇〇から七〇〇まで減っているからね。しかし、今回は空き家を心配しないでもいい。山一択だ。
MM：それもお得意の統計かい？

ＣＴ１：そうとも、お得意の統計だ。単なる雑多なデータではない。高度な統計処理を施してテストも合格した最高のデータから導き出された統計分析だ。統計は確率とあわせて人類が手にした最強の学問だよ。建物は無視していい。山の衛星写真から統計的に敵がいそうな場所を解析する。
ＭＭ：なんでバンディットワンは建物にいないんだ。
ＣＴ１：統計は理由を詮索しない。それは別の学問の仕事だ。
ＭＭ：人間は理由を知りたがるものだ。俺は今、非常に理由が知りたい。主に俺の安心と安全のために。
ＣＴ１：それはこっちの給料の範囲外だ。
ＭＭ：人でなし野郎。おっと失礼。
ＣＴ１：聞かなかったことにしてあげるよ。マイティマウス。神社が見えるかい。
ＭＭ：山の方に鳥居が見える。
ＣＴ１：おそらくそのルートで山に入ったと思われる。
ＭＭ：見てこいとか言わないよな。
ＣＴ１：エージェント一人を育てるお金からすると交換は統計的に割に合わない。とはいえ、警察部隊では対応できない可能性が高い。昔なら法治国家として裁判をさせるために警官部隊を出してまあ、省庁間のすったもんだのあげく数名の殉職のあと陸上自衛隊を出してさらに一、二名の殉職を出したと思うけれど。
MM：現代なら？
CT1：我が国にそういう人的リソースを差し出す余裕はもうない。
MM：こちらマイティマウス。航空機の通過音。爆弾が爆発する音は聞こえるか？　ひどいもんだ。ほんとにバンディットワンはいるんだろうな。鳥居も神社も吹き飛んでる。
CT1：統計的にはバンディットワンがいるのは間違いない。これで事件は終わりだ。確認は警察がしてくれるよ。法的な言い訳についてはＡＩが仕事をする。
MM：俺は何をすればいい？
CT1：ありがとうマイティマウス。クライシスは退けられた。休暇を続けてくれ。
MM：今日一日で統計が嫌いになりそうだ。くそったれ。後味が悪すぎるぞ。何も分かってないし、敵もいない。神社におばあちゃんとかいたらどうするんだ。
CT1：統計的にそれはない。それと君の気持ちはこっちの給料の範囲外だ。交信を終了する。我が日本に弥栄あれ。

1

人間は無意識のうちに、自分は統計の外にいると思ってしまうものらしい。統計を仕事で活用している僕ですら、そうだ。付き合って結婚まで七年は統計的に極少ない。つまり、破局する。そんなことすら頭の中では他人事、僕には関係ないと思っていた。仕事とプライベートは別と思っていたが、それが裏目に出た。いや、それも違うな。単にうかつ、というだけだ。人間は、都合の良いことばかりを信じてしまう。

二〇四一年。五月二〇日。〇八二〇。つまり朝の八時半前。我が家。

今、扉が勢いよく閉まった。少し見えた彼女の後ろ姿が、当たり前の話ながら僕も統計の中にいることを思い出させてくれた。

心配したのか玄関先まで近づいてきた猫を抱き上げ、心配ないよと言った。分かったか分かってないのか喉を鳴らして指にまとわりついてくる。猫はいい。彼女より猫。当然の話ではあった。いくつものSF作品でも繰り返し熱く語られていることだ。その通りだ。猫最高。

そもそもの話をすればこの猫とは一〇年の付き合いであった。統計的に珍しい一二月の雪で首都圏は大混乱、大宮からならまあなんとか歩いて帰れるかなと見知らぬ道をスマホの地図アプリ頼みで歩いていたら、にゃぁという声を聞いたのだった。

運命の出会いであった。茶虎で毛が短い、目つきの悪い猫。この猫の前に猫はなく、この猫の後に猫はない。それゆえ僕はこの猫に猫という名前をつけた。僕にとって、猫とはこの猫だ。これが全てだ。一瞬にしてそう言い切れるくらいの出会いだった。一目惚れだった。

これと比べると今出て行った彼女との出会いはさほど劇的でもない。前職である情報セキュリティ企業の取引先の相手だった。それだけ。

僕はそう言って自分を慰めると、冷蔵庫からペットボトルの牛乳を取り出した。お腹が痛くならないやつで、猫にもいいが僕にもいい。皿に注いで、猫の前へ差し出す。勝手に飲み始めるのは猫だから仕方ない。いや、そこがいい。僕はコップに牛乳を注いで飲むと、口を半開きにしてこの七年が無駄だったという気持ちと闘った。

彼女に逃げられた。そう。彼女に逃げられた。いや、決裂してしまった。

何故か。結婚しましょう。まあ、それはよかった。僕もそうだなと思っていたから。その次がよくなかった。彼女は猫と蟻を処分してねと嬉しそうに言った。で、キレた。あ、キレたのは僕だ。後悔はない。

僕は暗幕をかけた蓋付きの水槽を見る。水槽といっても入っているのは水ではない。土と砂だ。そこで蟻を飼って、たまに巣の様子を眺める。

猫が癒しなら、蟻は師だ。僕にとって大事なことは大体蟻が教えてくれた。まあ、愛想がないので猫もいるわけだが。

それにしても蟻はともかく猫を捨てろはないだろ。腹が立つ。

一〇年の付き合いは七年の付き合いに勝る。計算以前の問題だ。この件については統計も関係ない。

にもかかわらず、猫が顔を洗っている横で僕はダメージを受けている。なんでだろう。ああそうか。あの女と付き合った時間が無駄だと分かったのでダメージを受けたのか。そうか。これはこれで人間としてどうかと思うが、正直な気持ちだ。

なんということか。僕は自分で思っているより嫌なやつだったらしい。そのことに一番ダメージを受けているのが嫌だ。

まあ、ともあれ、おきてしまったのは仕方ない。猫に勝るものはなし。ついでに言えば、何度でも同じ選択ができる自信があった。

世間一般がどう思うかはこの際遠くに放り投げ、僕は気分を入れ替えることにした。猫を抱き上げようとしたら逃げられた。猫はこれだからいけない。まあ、結婚をダシに猫捨てろとか言う奴よりマシだよ。きっとそうだ。

この上はなんとしても幸せになるしかない。しかし幸せとはなんだろうか。

自分が統計の中にいるのは痛感したし、僕は諦めて資料を調べることにした。月の家賃が七万五〇〇〇円の我が家はワンルームで、仕事場は顔をあげればすぐそこに見ることができた。

四つん這いで職場まで通勤。僕は猫の関係で在宅勤務の仕事をしていた。スマホを大型モニターに繋げてから統計データを取り出す。日本での幸せよりも、世界の平均的な幸せを追求すべきだろう。データクロールを行って幸せな人の条件をはじき出した。

通勤時間二〇分。これはクリアだな。子供一人。子供はいないけどまあしょうがない。年収は一二万ドルが幸せの条件か。うん。足りてない。僕の年収は九二〇万円だった。それで労働時間は週三〇時間。うん。何言ってんだ世界。

そりゃまあ幸せだろうなと僕は床に寝そべった。そりゃそうだ。そんな条件の仕事があるなら、僕もやりたい。そうか、まさに幸せとはそれか。人がうらやむものが幸せか。しかし、それは幸せなのかな。

人間は無意識の内に、自分は統計の外にいると思ってしまうものらしい。おかげで、よく仕事でも罵倒される。それで統計を罵倒するならまだ分かるのだが、揃いも揃って文句を言う人は統計ではなくて僕に文句を言う。理不尽だ。

そんな風に思う気持ちも統計の外にいたい気持ち、なのかな。ここまでくれば、統計という事実から目を逸らしているだけかもしれないけれど。まあ、僕もそうか。だとしたら、人間はつくづく統計という名前の剣から遠い存在になっている。

ゾンビのように起き上がった。仕事で統計を多用している僕も私生活では正面から統計と向き合っているとは言いがたい。人間が賢くなるには随分と時間が掛かりそうだ。その前に少子化で滅亡しそうだけど。

少子化、少子化に歯止めがかからない。我が日本でも、統計上一番多い人口層は女性の八〇歳以上だ。二〇歳までの若年層は人口の一〇パーセントもいない。さらにそれらが子孫を残しているかというと、そんなこともなかった。世界中でそうだ。日本では半分の市町村が消滅したが、韓国では九五パーセントの山村がなくなった。中国も内陸部はひどいと聞く。日中韓だけの話ではない。世界中がそうだ。ロシアは広大な領土を持っているが、今はもうヨーロッパ寄りの僅かな範囲にしかいない。人口も一億人を割ってしまっている。アフリカも今年から人口減少だ。二〇年前は移民制限を謳っていたアメリカも、今は大規模な移民招致キャンペーンをやっていてメキシコの植民地になりかけている。大きな戦争や世界的流行病の発生があったとはいえ、それらの人的被害よりずっと多い数が自然減になっている。割と人間終わっている感じだ。

口の悪い人間は女性の高学歴化が問題だという。最高の避妊具は学歴だとの意見だ。すぐさまこんなひどい意見は社会から抹殺された。当然だろう。同様の意見として老人が生き残りすぎて社会負担がのしかかり若者が子供を作る余裕を失ったという説もある。これもひどい意見だ。これまた社会から抹殺された。社会が成熟しすぎて性的成熟と経済的精神的な成熟とにタイムギャップができて、それで出生率が下がったという説もあったな。これも人類全部バカになればいいのかと反論が巻き起こってそれきりになった。

結果として二〇四一年現在、原因も分からず対応も特になく、人類は先細りになっている。我が国日本も、その一つだ。どうすりゃいいのか分からないまま人類は漂流している。

それでも、僕は幸せになりたい。

どうすればいいんだろう。考えるうちにモニター上にコールサインが点灯した。

なんだ。なんだ。見ればCCだった。クライシスコール。危機が起きたことを知らせる表記だった。今日のシフトでは二回目。珍しいというか、なんというか。八年仕事していて初めてのケースだった。だいたい悪いことは夜に起きるものなんだけど。

〝CC、CC、CCクライシスコールだ。こちらマイティマウス。日本の危機だ。少なくとも京都の危機だ。支援を求む。どうぞ〟

僕は画面を見る目を細めた。目を細めたのは楽しいからじゃない。またお前かという気分になったからだ。

〝了解、マイティマウス。こちらキャットタワーワン。1002。現刻を以ってクライシスコールを受信、了承した。我が日本の弥栄のため、我が日本の醜の御楯となるため、直ちに危機管理対応に移る。既に官邸への連絡は行われた。事情を話したまえ、マイティマウス、どうぞ〟

〝了解、キャットタワーワン。こちらマイティマウス。またあんたか〟

そりゃこっちの台詞だよと思いつつ、自動で無線のメッセージを書き起こしたログを見る。無線は不便で誰が誰に話しているか、誰から返事を期待するのか、いちいち明示しないといけない。そもそも双方向同時に話すことができないのだった。なので、会話の頭には了解、終わりにはどうぞ、と入れないといけない。こんな旧態依然のものを何故使うかと言えば、我が国の情報技術が決定的な遅れを取っているせいで、インターネット回線での情報秘匿性は諸外国に制圧されているような現状だった。それで独自規格で通信の秘密を担保するという、なんとも残念な状況になってしまっている。

〝いや、それどころじゃないな。キャットタワーワン、新幹線でハイジャック？　いや列車ジャックが起きている。賊は七、八人かな。まったくついてない。どうぞ〟

〝了解、マイティマウス。こちらキャットタワーワン。そいつはまたハードな話だね。敵の武装や練度が分かるなら教えてほしい。どうぞ〟

マイティマウスの返事を待ちながら、僕は警察に全部の仕事をぶん投げてしまおうと資料を用意し始めた。随分と法規則運用が改正されたとはいえ、僕の職場は隠れ対応ならさておき、表だって動いていいところじゃない。そもそも新幹線はかつて列車内で殺人や焼身自殺とかが行われたあとも身元確認の制度などを整えてないので企業側の手落ちだ。安全にコストを掛けずに安全神話を盲信するなんて、統計無視もいいところ。まあ、いいんじゃないかな。不幸なことがいささか起きても。この悲劇を機会に企業や国民は、ぜひ学んで欲しい。

〝了解、キャットタワーワン。こちらマイティマウス。敵は混乱している。何故儲からないとか意味不明なことを言って仲間割れまでしそうな勢いだ。武装は猟銃と日本刀に見える。どうぞ〟

〝了解、マイティマウス。こちらキャットタワーワン。警察に任せる。報告ありがとう〟

〝まて、向こうは人質を殺しそうな勢いだ。それでなくてもお互い撃ち合う可能性が高い。キャットタワーワン、キャットタワーワン、聞こえるか！　俺たちが日本を守らないでどうするんだ！〟

〝了解、マイティマウス。こちらキャットタワーワン。交信規則くらいは守ったがいいと思うけどね。あー。警察も日本を守っていると思うよ。どうぞ〟

〝今警察はいない。到着までに誰か死んだらどうするんだ。ええ？　お得意の統計で死人は復活すんのか？〟

〝落ち着け、マイティマウス。統計は君の敵じゃないし、統計分析官……僕もそうだ。敵が八人として君が一人。拳銃持っているという報告のままとしても、一人を無力化するのに平均で二発。一六発の弾がいる。所持している拳銃が複列弾倉としても、弾は統計的に言って一四発。敵が防弾ジャケットを装備しているならなおさら弾がいる。しかも猟銃装備なら敵が反撃した際に周囲に致命的被害が出る可能性が高いうえに狭い空間だ。君は回避できない。警察が来ないと話にならない状況なんだよ。そもそも法的根拠がね……〟

〝そこを統計でどうにかしろって言ってるんだ〟

〝統計は魔法じゃない。しかし大声を出しているが今どこなんだ〟

〝トイレだ〟

〝何号車だろう〟

〝七号車。敵は八号車だ〟

〝グリーン席、というわけだ。こちらが気づかれてなくて自由に先手をとれるから、最悪、というほどの状況でもないか……〟

〝だからさっさと仕事しろ〟

〝統計は万能じゃないし、こういうのに対する統計データについて、僕はアクセス権がない〟

〝言い訳はいい！〟

来たよ、まだ生き残ってたのか無理矢理と書いて大和魂と呼ぶ日本人！　それで戦争に負けたことを何故覚えてないんだ。

反発心を覚えつつ、スマホを見る。彼女と見ようと思っていた映画のサイト画面を見てむなしい気分になる。いや、違う。使えるかも。

僕はどこかの誰かがやっているファンが勝手に編纂したアクション映画のデータベースから列車での戦いのケースを検索した。

なんか使えそう。

あー。と呟きながらスマホ上で作業、データを表計算ソフトに移して展開をフィルタリングする。まともな統計処理をするのなら表計算ソフトなんて使うべきではないのだが、今回の場合、時間がない。データを流し見すると映画は莫大な数があって似たような展開がいくつも出てくる。解決する主人公の動きも一覧に出てくる。統計で駄目なデータを使用して分析かけても駄目な結果しかでないというけれど、このデータベースは中々良くできている気がする。映画だけど。

三秒考え、僕は僕なりに最善を尽くしたと自分で納得した。

〝マイティマウス。こちらキャットタワーワン。データの質が悪いが一応行動計画はできた〟

〝早く指示してくれ。敵が動きそうだ〟

〝敵がB級監督でもない限り仲間同士で殺し合いはしないだろう。距離を取ったり、別行動を取るはずだ。その時なら一人でも勝てるチャンスはある。トイレからの奇襲コミで半数倒せれば次のチャンスもある〟

〝それだ。よし〟

まあ、映画なんだけどね。僕は猫の背を撫でながら、今日は散々な日だと思った。厄日、だな。統計的には認められない存在だけど。思えばマイティマウス、彼もついてない。ま、大和魂でなんとかやってくれるでしょ。

〝こちらマイティマウス。半数を倒した。続いての指示をくれ〟

猫が逃げるくらいに僕は狼狽した。映画の登場人物みたいな奴もいるものだ。凄いね現場は。

〝すぐに残りが様子を見に来るはずだ〟

僕はそう言ってマイティマウス、彼の無事をほどよく祈った。しかし、警察、自衛隊、海保、税関以外の法執行機関が武器なんか使っていいのかな。まあ。僕は情報を提供しただけだ。うん。僕は悪くない。悪くないぞ。

〝こちらマイティマウス。制圧した。どうすればいい？〟

そんなことすら考えてなかったのかと僕は猫に同意を求めるように目線を走らせた。猫は興味なさそうに尻尾をゆるやかに振っている。さすがは猫だな。動じてない。僕もかくありたい。

〝了解、マイティマウス。こちらキャットタワーワン。警察に見つからないように逃げることをおすすめする。マイティマウス、どうぞ〟

〝了解、キャットタワーワン。こちらマイティマウス。ひどい話だ。どうぞ〟

〝君が警察に捕まっても政府はなんだかんだで助け出してはくれるだろう。……最終的には。それが半月後か半年後かは分からないが〟

〝すぐ脱出する〟

〝それがいい。それじゃあマイティマウス、もう会わないと思うが今日はホテルでおとなしくしていてくれ。僕は日に三度もクライシスコールを受けたくはない。現状は完全に統計外事態だ〟

〝キャットタワーワン、その言葉はクライシスに言ってくれ。交信を終わる〟

この件、報告書にどう書こうか。僕はうめき声のようなものを出すと、自分の幸せについて再度考えることにした。今日は幸せについて考えるには、ちょうど良い日だ。ひどいことばっかり起きるしね。

そもそもこの仕事が良くないのかもしれない。国家安全保障関係なんて一昔前なら外注になんか絶対させなかったような仕事だ。身元調査とかはやってるだろうにせよ、ひどい話だ。

しかも給料が微妙だ。こういう仕事なんだから、もう少し給料よくてもいいんじゃないかなあ。

そもそも本業というか、分析業務だけではやっていけないからこうなった。うーん。仕事時間を週三〇時間にしつつ収入を上げる方法はなかろうか。

二〇四〇年も越えてしまったこの時代。微妙とケチをつけつつも僕の収入は労働者としては悪い方ではなかった。つまりどういうことかといえば、転職による収入増加はほとんど見込めないというわけだ。いきなり結論が出た気がして、なんか暗い気分になってきたな。少子化による人類という種の先行きの暗さに加え、自分の人生の先が見えたような気分だ。実際世界経済も少子化のせいで見通しが暗い。経済成長と人口は関係ないという統計分析を出す人もいるが、それは日本の経済成長構造を無視して他国にはこういう例があるという暴論にしか過ぎなかった。年金も給与もインフラも、日本は長年にわたり年率一パーセントの人口増加を前提に各種のシステムを構築していたのだ。少子化から二〇年以上たった今もそれを転換できていないし、フランスのように古くから……二〇世紀初めから……少子化に悩んでいた国の経済成長も、他国の市場の人口増加をあてにしてのものだった。つまりまあなんだ。世界中が人口減少傾向にある今において、経済で上向いている国は、ない。

それでも収入を上げるにはどうするか。

上だ。上に、行くしかない。出世。といっても僕はフリーだった。よってこの道もない。仕事の多くが外注化しているのが今の日本、いや世界だ。スパイの管制業務まで外注ですよ。お察しください。

やはり、仕事を増やすしかない？　でもその先が労働時間の上昇なら、幸せから遠ざかることになる。そもそも僕はこれまで週に五〇時間くらい働いていた。しかも半分は夜勤だ。これ以上は増やしたくない。

つまりにっちもさっちも行かない。残念だ。僕は幸せにはなれないのか。

いや、そうでもないか。僕の手元には猫がいる。これを幸せと言わずしてなんと言おう。同意を求めて猫を見たら、猫は背中を向けて耳すらこっちに向けてくれなかった。いや、でも僕は幸せだよ。

まあ結局のところ幸せなんて主観的なものだよな。うん。統計は重要だが、猫ほどではない。

しかし、僕の主観はおいといて、統計的な意味での幸せはどうやれば手に入ったのだろうか。僕はどこで道を間違ったのだろうか。己の四〇年の人生を考えてしまった。

思えば僕、数宝数成《すうほうかずなり》は大変めでたい名前を持って二〇〇一年に生まれた。出身は千葉だがご先祖は山口の生まれらしい。名字のいわれはよく分からないが、字面を見る限りは宝を数多く、下の名前もあわせて成功も数多く、というわけだ。名字に合わせて名前を付けた僕の祖父は大変めでたい気分だったろう。父親は反対したのかも知れないけれど、そのあたりはよく聞いてない。そんなこと、不満でもなければ家族に聞いて回ったりはしないよね。僕はそうだった。

僕はどうかと言えば、祖父の考えとは異なるニュアンスで自分の名前を理解していた。数宝数成。つまり、数学は宝、数学で成功。それが僕の名前だと、中学くらいの頃は本気で信じていた。数学百点をまぐれで取ったせいだろう。ともあれ、あの頃の念の力とはたいしたもので、今でもちょっと、信じているところはある。

それで、数学との付き合いが始まった。数学を勉強して成績が上がるにつれ、友人が減っていった。ＩＱが一〇違うと会話が成立しなくなると言う人もいるが、僕は数学の点数について こそ、成立すると思う。つまり数学の点数が一〇点違うと会話が成立しなくなる。僕は平均より三〇点くらい高かったので、大部分の人と話がかみ合わなくなった。

そんなとき出会ったのが蟻、蜂グループだった。僕は中庭や校庭で行列を作って動いている彼らに親近感を持った。動きが実に数学的でもあった。

人間から逃げるように僕は蟻に詳しくなった。数学のために人間から離れ、そのせいで蟻と親しくなるという話だ。

蟻は偉大だった。奴隷制、女王制、労働階級に家畜。戦争にゴミ捨て場、シロアリを仲間に入れるのはなんだが、含めると農業まで、人間に先んじてやっている。人間は彼らと比較すれば遅れてきた種族だった。追い越せたのは文字やら口伝で世代間情報の蓄積ができたから、ただそれのみ。

蟻に心酔していたせいで大学を選ぶときは、非常に悩んだ。つまり蟻の研究に行くか、数学の研究に行くかだ。

そんなとき答えを教えてくれたのが蟻だった。そう、蟻は卵を別環境に移動させても蟻にしかならない。僕も同じだろうと思った。つまり僕は数学を選んだわけだ。蟻を人生の師と思いつつ。

それで我が栄光の埼大、埼玉大学で理工学部数学科へ進み、そこでこう、毎日ノートに数式を書く楽しい生活を送って四年。ぱたりと、いや、はたと、就職先に困ることになった。数学は好きだったけど、直接数学で食べていける職はほぼ、いや、まったくなかった。世の中数字で溢れているのに、世間は数字から目を背《そむ》け続けていたのだ。僕は二二になるまで、世間が数字を苦手にしているというか、見ないようにしているとは、思ってもいなかった。まさかの盲点だった。

数学と相性のいい勉強をそこから始めるには、少し遅すぎた。半年、いや一年早く気づいていたらもう少し別の人生もあったのかもしれないけれど、僕はその頃複素数の美しさにやられて毎日複素数について考えていた。まあ、あの幸せで今の状況というのなら、それで仕方ない。これまた主観の問題だ。僕の主観では、これが幸せであった。

ともあれ、いや。つまり僕は何で自分の人生を振り返っているのだろう。ああ、そうかフラれたからか。まあ、それはよい。よくはないけど。

僕は再度床に倒れて大の字になった。猫が胸の上に乗ってきてふみふみしている。なんて尊い。そう自分の猫イズナンバーワン。女は猫にも劣るが複素数にも劣る。

寝転んだまま、今時の家にはない昭和レトロなちゃぶ台を見る。僕はそこにモニターを置いて、日々仕事していた。たまに猫が上に乗ろうとしてモニターを押し倒す以外は不満はない。

そのモニターを、片目で見る。クライシスコールは、なし。マイティマウスはおとなしくホテルにいるか、警察に逮捕されたと思われる。

そう、それで思い出したぞ。どこで道を間違えたか分析するためにこれまでの人生を思い出そうとしてたんだ。まあ結論としては、僕は間違っていなかったというか、変えようがなかった。なのだけれど。

学生生活が終わって就職して、社会人になってからは、月並みというかさほど面白いキャリアではなかった。どうにか潜り込んだ場所は広義のＩＴ企業、狭義の情報セキュリティ会社で、僕は暗号について考えたり、暗号を解いたりすることを考えるのを仕事にしていた。

情報技術、ITを抜きにして現代は語れない。現代どころか、二一世紀は語れない。その基盤ともいえる技術の要《かなめ》が暗号だった。プライベートからお金の口座情報、国家機密に至るまで、それらの安全を担保するのが暗号の役目だった。

量子コンピュータが実用化され、同時にスーパーコンピュータがいくつもアメリカや中国で運用されるようになると、計算力だけに頼る暗号は総当たりでも解けるようになり始めた。ここで大活躍するのが僕たち数学の専門家、というわけで僕に限らず数学科出身の情報セキュリティ企業採用例は多い。

統計的に言えば、おさまるところにおさまったというわけだ。僕ぐらいの学歴でのモードというか最頻値な結果になった。

それから五年。いつのまにか上司は全部入れ替わっていて、僕が部署を率いるなんてことになっていた。これもまあ統計的にはありうる話だったが、好き好んで人間より数字を相手にしていた僕にとっては、悪い冗談のような事態だった。もちろん僕が人を率いるなどできるわけもない。それで会社を辞めたら、出入りのあった官公庁のひとつで統廃合で新たに作られた「安全調査庁」というところが僕を統計分析官として雇ってくれた。在宅勤務なので在宅統計分析官だ。それが二〇三二年の話。それからどうにかこうにか、この仕事で食っていけている。一〇年近くもこの仕事を続けていたわけだ。主観的にはこの間は一瞬という感じだ。歳を取るほど一年が早く感じる。

ともあれ、どこでやり直せば週三〇時間の仕事にありつけたのだろうか。いやー。大分前に戻らないと駄目そうだな。中学生くらいまで戻ればどうにかなるかな？　数学でたまたまいい点を出さなければ、僕の名前と数学は相性がいいんだという迷信じみたことを考えなければ。でもそうしなかった僕は僕なのかという問題に行き当たる。それはもう、別人だろう。たとえ遺伝子的には同じ人物、だとしてもだ。

言い方を変えれば統計は初等、中等教育の重要性を教えている。これを再確認したというわけだ。

とはいえ、実際にできるかといえば、それはまた別の話。数学は楽しい。猫は素晴らしい。人生を何度やり直そうと僕は何度でも同じ間違いをやらかすだろう。

反省しようとして過去をさらって、出てきた結果は「僕は悪くない」と、「だからどうした」だった。自分が悪い人間、というだけでなく、反省もないし自分のせいとも思ってないわけだ。

いやー。そりゃフラれるわけだ。納得。納得。身勝手な奴だな、僕は。

うじうじ考えるのに飽きて、僕は幸せについて考えるのをやめた。現在時刻は一一時半。夜明け前から仕事にかり出されて、まあ、途中元彼女といろいろあったりしたけれど、それでもまだ三時間ほどは勤務時間がある。

おそるおそるモニターを見る。マイティマウスからのコールはなし。よかったよかった。「二度あることは三度ある」というが、これは統計的に間違った話、でもない。「二度あることは三度ある」とは、要するに「傾向がある」という意味だ。実際に二度三度という言葉に引っ張られてはいけない。かくのごとく、世の中は数学に満ちあふれている。失恋も満ちあふれている。

また誰かと恋愛すると思うとしんどいなあという気持ちがわき上がる。もう、ひとりぼっちでいいかな。僕には猫いるし。

仕事しよう。仕事だ。仕事。

しかしこんな時まで仕事するのが正しいフラれ方であろうか。

失われた七年へのたむけとしてやけ酒でも飲もうかと一瞬考えたが、一瞬だけでおわった。僕は酒に弱いらしく、酩酊状態が長く続いてしまう。酒を飲んで一〇時間くらいは酩酊しているように思える。自覚がそれくらいなのだから、血中アルコールとしてはもっと長く残っているだろう。あるいは、僕は酔う感覚に鋭敏で、長く違和感というか変化を感じ続けられるのかもしれない。

いずれにせよ、酒を飲めば仕事どころではなくなる。彼女を失うのはまだしも、給料まで下げるわけにはいかない。僕の仕事は歩合制、一件一万円と決まっていたのだった。管制業務だと一件二万円だ。

うん。仕事をしよう。そうしよう。こんな日ではあるが仕事をする気だけは、結構あった。フラれた腹いせに仕事という気持ちもなくはなかった。ただ、マイティマウス、あれは駄目だ。

僕の仕事は管制の他、政府系データアナリストもやっている。むしろ、本業はこっちだ。収入的にも作業時間的にも。

データアナリスト。今の社会で欠かせない仕事であるデータサイエンティストとはまたちょっと趣《おもむき》が違う仕事。

政府系データアナリストがいるということは、民間企業系データアナリストもいる。というわけ。

僕は猫がおおきくゆっくり尻尾を振る様を見た。僕が面倒くさいことを考えていると察している様子。違うんだ、猫ほどではないにせよ、統計は重要なことなんだ。毎日ぐだぐだ考えても罪にならない。

そう、国家というものは統計データで運営されているところが多分にある。そもそも統計（状態）という言葉はイタリア語において、国家という言葉の語源だ。さらにいえば日本で確認される最古の統計は、律令制度下の戸籍に例を見ることができる。つまりはまあ、人類は歴史の教科書のかなり早い段階からべったりしっぽりと統計を使い始めている。それからずっと、国家運営と統計はセットとも言うべき関係にあった。年を重ねるほど統計は重要な情報、国家運営の基礎データとして重用《ちょうよう》されてきた。二〇四一年の今では、国家に限らず、およそあらゆることが統計を元に決定されている。国家の次は学問が、次いで企業が、今では個人も統計を利用している。学問では医学、薬学、経済学、企業ならマーケティングも統計の産物だ。分かってくれ、猫よ。

さらに面倒くさいオタク的な解説をするとデータアナリストは統計データと実データの大きな差異を見つけ出して、なぜ、そうなのかを評価分析する仕事だ。ひよこのオスメスを見分けるように手作業で相関と疑似相関関係を分けていくような仕事をしている。

統計にはデータの信頼性、恣意的な分析の他、疑似相関という太古の昔から横たわる問題があって、これが統計を邪魔し続けている。

例でいえば朝食を食べる家庭の子は学力が高い。だ。医学的に言って朝食を食べれば頭が良くなるわけではない。この二つは関係ありそうで関係ない。統計にはない第三のファクター、あるいは大本の原因がある。つまり、親がきっちり朝食を摂るようなお堅い家は、教育にも熱心だってことだ。別の例でいくと灯油の売り上げと脳卒中の発生数は大体比例する、というのもある。これは灯油に問題があるのではなく、気温が低いという第三のファクターが元々の原因だ。気温が低いと脳卒中リスクは高くなり、気温が低いと暖房のために灯油の売り上げが増える、というわけ。疑似相関関係を判別し、隠された第三のファクターを見つけるのが僕の本業になる。

数学からは随分と遠くなってしまったけれど、それが今の僕の仕事だ。

まあ、数学は仕事でなくてもよいんだけど。

数学において、確率と統計は大体セットで学ぶ。過去の統計から何パーセントでこう、というのが相性が良いからだ。特に医療と保険とギャンブルとは仲が良く、三つとも当事者というか参加者にとってはおいそれと負けられない分野だったから、よく研究が進んだ。今ではこれらの業種は統計と確率なしには成立しないほど密接に関わっている。

例えば歴史と伝統で効く、とされている東洋医学、漢方薬も要するに過去からの統計データを基礎としているし、漢方でない西洋医療も、実のところは大体同じだった。人体という複雑すぎるものに対して個別の仕組みがどう、機序がどうというのは限定的な力しかなく、全体で言えば統計と確率を頼りにやっている状況だ。統計的にこういう状況ではこういう戦略を選択してこういう方法を選ぶのが勝率が一番いい、という感じで標準化されて今に至っている。

かくも世間に浸透している確率と統計だが一方で僕の仕事の分野というか、警察や安全保障分野に進出したのは遅くて、二〇世紀の後半過ぎくらいからだ。それまでも犯罪統計はあったが、統計データを利用した試みは、あまり受けがよくなかった。他の分野に比べて統計の元になる実例が少ない、という事情もあったのだろう。

さらに日本では、標準化した犯罪対応、安全保障上の戦略フローチャートやテンプレートが製作されるまでに随分と時間がかかった。二一世紀も三〇年過ぎてようやく、というていたらくだ。他国より遅れること三〇年。その間に莫大なロスが出たはずだが、警察も政府もそのことを認めたがりはしない。

日本で導入が遅れた理由としては〝予断になる〟、確率的にこうだからといって捜査するとバイアスがかかって皆統計の描くシナリオ通りに動き結果として冤罪が生まれるから、とされている。もっとも僕は違う意見を持っていた。つまりこうだ。単に数学に明るい警官や官僚がいなかったせいではないか。

やっかみ？　そうかもしれない。しかし、学校で習う学問を、就職後に完全に忘れて動くのは学歴に関係なく多い。特に数学はそうだ。学校で習ったことを生かそうともせず、そもそも生活に使おうとも思わない者がたくさんいる。

もっと数学を高く評価するような世の中だったら、僕はもっといい人生だったかもしれない。嘘です、僕も生活や仕事に数学を生かすことはできていない。僕ほど数学に熱心でもなかった人なら、なおさらだろう。

つまり何が言いたいかというと、フラれた畜生だ。いや、この表現は違うな。猫に悪い。そう、猫だ。

猫を膝の上に抱き上げてバンザイしてもらう。うむ。僕の人生に足りないのは数学者がより高い地位を得るような世界ではない。猫だ。猫かわいい。

よし猫の餌代を稼ごう。僕は仕事を始めるべく居住まいを正す。

今受けているのは大分フワッとした仕事で、日本の敵を見つけろというものだった。そんなフワッとした命令で大丈夫か調査庁と思うけど、おそらくは一〇〇〇人くらいは僕と同じ仕事をしている人がいると思う。

この国も戦争とかテロとかあった結果なんだろうけど、それにしたってデータアナリスト一〇〇〇人も雇えるんだから凄いものだ。外注で安く上げているとはいえこれだけで年間七二億円の人件費がかかる。

僕は猫を撫でながら、マイティマウスとの交信に使っていた通信機を横に置いて、スマホをディスプレイ前に置いたクレードルにセットする。五二インチのディスプレイにスマホの画面が表示された。昔と違って今は画面が間延びしたような感じにもならない。

何でもスマホ世代と言われるけど、実際その通り。

さあこれで、本業の準備はよし。副業の方のクライシスコールはきてない。そのまま寝ていてくれ。僕はもっと、静かで気の落ち着く仕事がしたい。映画データベースを元に指示出しなんて、できればもう一生したくない。あのときはフラれて頭に来ていた。しかし報告書どうしよう。まともに書いたら怒られそうだ。

まあ、難しい案件は後回し。静かで平穏な仕事。僕は事件リストを表示するようにスマホに声がけした。モニターに事件リストが表示される。

普段は手をつけない不発になりそうな案件を選んでやることにした。不発の案件にもいいことがある、事件などなかったのだと思えるから。

管制として待機しつつ、これから統計の結果と実データとの乖離が大きいデータに目を通すことになる。予備調査として統計データと実データの差が大きいところはＡＩともいえないくらいの簡単なプログラムが自動ではじき出してくれる。僕は送られてきたファイルを見ながら、他のデータを取り寄せ、多角的に見ながら疑似相関関係を排除し、もっともらしい理由を探して報告する。

ＡＩは統計と重なる部分が多い分野で便利ではあるのだが、いまだに疑似相関と相関関係を見抜くことが苦手だ。そもそも提供されたデータに穴があるということを認識させるのが難しい。それで、人間が手作業で、大量投入されて分別をやっている。

分別に必要なのは推理力だ。そう、推理をするあたり探偵の仕事に近いのかもしれない。本当の探偵がどんな仕事をしているかは知らないけど。

ところで僕のこの仕事、違法性がない。統計データも実データも、全部公開されている公《おおやけ》のデータだった。だから令状もいらない。専門用語でいうところのソーシャルインテリジェンスという仕事だった。スパイ活動の中でも合法的な活動だ。もっとも、表だってはこんな仕事をしていると宣伝などはしていない。

公開されたデータから悪を見つけるというと、聞こえはいいが監視社会の一つの到達点と捉えられると役所的にまずいらしい。それで、宣伝はなし。ちなみに中国では大々的にやって効果をあげている。

それにしても秘められた仕事で公安関係とかというと、ちょっと格好いい。実際は猫抱きながらやれる仕事だけどね。

僕は頑張って今日は五件の仕事をやっつけようと考える。猫を膝の上に抱いたまま、まあ、この事件あたりが平和そうだなと目星をつけた。あぐらをかいて指示を口にする。

「ファイル１０９０を開く」

この程度なら画面タッチで指示した方が早いのだけれど、僕は大学の頃から音声入力ばかりで、いまだにフリック入力どころかキーボードもちゃんと使えなかった。それで別に困ってはいない。早打ち競争している訳じゃないんだから。

今日の最初の怪しい乖離はずばり、水を使いすぎている地区だった。地味だなあ。だがそれが良い。静岡県藤枝市岡部町野田沢地区。海から離れた山の谷間にある元集落だ。こういう地形は日本中にあり、かつてはこういうところにこそ人が住んでいたが、今ではほとんど見捨てられている。

水利の限界から、川の側にしか住めなかった名残ともいえる集落。今の観点で言えば、土地が狭すぎるし土砂崩れの危険がある。疫病の流行などで都市部集中が改善したあとも、こういう地形には人は戻ってきていない。

こんな場所で水の消費量が激増している。

だからどうしたんだよと言いたくなるが、機械任せだとこういうものも要分析で届いてくる。

水の消費量は七二〇〇倍以上。それが半年も続いている。僕はネットに上がっている航空写真を見て、水の消費量が高い理由を調べ始める。現地は谷のなかにある細長い集落だ。住人は前の国勢調査では三人だったとある。今だと〇でもおかしくない。

そんな場所での話だから七二〇〇倍と言ってもさほどでもない。とはいえ、一〇日でプール一杯くらいの水が使われている。あれ、やっぱりたいしたことないかな。

微妙な水の消費量だ。

工場、それもLSIの工場ができれば水の消費量は跳ね上がる。でも、そういう痕跡を衛星写真で見つけることはできなかった。そもそも工場なら水の消費量はもっと大きくなるだろう。これだけでは弱いので新聞記事やローカルネットニュースを当たる。これまた該当するようなものはない。隣接地区に住んでいる人たちのSNSでのつぶやきを見ても、同様だった。あらゆる方向性から吟味しても工場の線はない。

次にありそうなのは水漏れ、水道管の破裂だが、すぐに修理や対応に入っているだろう。この地区の水道は民営化されていて、利益追求のために努力するのは間違いない。

他にはなにかないかなと猫の背を撫でる。

田舎で水の消費が多いといえば日本の淡水使用量の七割近くを占める農業用水だが、農業用水に水道を使うのは限定的だ。水道水はコストが高い。

同様に、魚の孵化《ふか》や養殖は水道を使わないのでこれもなし。検索して見たところ、海水の輸送が大変なので水道水を用いる可能性がなくもない。とはいえ、こちらのケースでもそのような施設、工場を作った様子はないときている。

では、何か。

僕は長く息を吹いた。考えるときの癖。変顔になるらしく、よく笑われる。笑わないのは猫だけだ。

この地域の人口が増えたというのはどうだろう。しかも金持ちで、屋内にプールを作って水を入れ替えているとかなら、計算は成立する可能性がある。スイミングスクールとか金持ちが移ってきたとか。一応調べる。やっぱり、これも、なし。

工場でもない、水漏れでもない。プールでもない。

統計では出てこない事態がそこにある。統計外事態というやつだ。統計で言えばそれ以外、という案件だ。んー。しかしどうかな。統計の基礎として、元になる統計情報がしっかりしてないと、どんなに優れた統計分析をしても意味がない。僕は意味のない統計データを突き合わせて袋小路にはまっているだけかもしれない。そして統計には、これを確かめるすべがない。統計の限界、というものだ。

さて、どうしよう。

よく分からないという報告をするのも手だ。それでも給料は変わらない。消費する水が増えたからと言って何があるでもなし。評価評定にも影響はしない。

でも、だが。妙に僕はこの件を追いたい気分だった。ふられたせいかマイティマウスのせいかは分からない。でもとにかくそういう気分だったのだ。

よし、この件続行。メガネを指で押し、さあて、なんとコンピュータに語りかけようかと考える。気分は名探偵だ。気分だけだけど。

まあ、ありそうなことは水道消費量の数字そのものが架空のなにか。かな。いわゆる架空計上だ。〝溶かしたい〟臨時の収入か何かが水道会社にあるのかもしれない。

しかしまあ、それならもっと広範囲にすこしずつやるだろう。つまり架空計上だとしても、会社ぐるみってことはない。

僕は水道会社のデータを洗う。売り上げはここ数年変わらない。そしてそれは、驚くべきことではない。インフラ系、水道はそういうものだ。でも、半年架空計上している結果として売り上げが去年並み、と考えると、ちょっと怪しい。つまり。売り上げが落ちているのを隠しているのか。なんで？　しかもなんで会社ぐるみでやってないんだろう。架空計上をやっている人物が間抜けである可能性はある。でも、そうでない可能性もある。

ちょっと休憩。トイレに立って、牛乳を飲んで、僕は想像力を働かせる。猫は牛乳はもういいよという顔で部屋の中を歩き回っている。

架空計上は通常、粉飾決算をするために行われる。そして粉飾決算は、利益を上げたように見せかけたいときに行われる。多くは借金などで債務超過に陥っているのを隠して会社を存続させるケースだ。

この場合はそう、取引先である地方自治体との契約を守りたい、あたりかな。水道の自由化、民営化で競争できるようになってどこの会社も価格競争に突入したから、それで赤字が膨らんだのかもしれない。

解せないのはなんで取引を小分けにしてないのか、だな。こんなバレバレな方式では意味がない。僕が報告書を書く以前に、取引銀行が粉飾決算に気づいてしまうだろう。銀行だって損はしたくない。それとも何かあるのかな。

犯罪統計を呼び出す。統計的に似たケースを検索して参考にしてみる。部署での損失隠しが一番多くて、次は個人が出した損失隠しとなっている。今ほど透明化をしてなかった二〇世紀末のケースでは国一国をまかなえる額が粉飾されていたこともあった。と、記録にはある。今では検証できるように情報公開、透明化が進んでいる。まあ、隠し方がうまくなった、とも言える。

統計を見るとその後の時代にも粉飾決算がでている。上場企業でもある電機メーカーがやらかした事件とかも昔あったなぁ。当時中学生だったけれど。つまり粉飾決算はいつでもいつまでも起きる。そういう性質を持っている。所詮その場しのぎの嘘ではあるんだけど、それでもやりたがる経営陣は後を絶たない。

過去事例と比較して今回の粉飾は金額は小さいけれど、どうなんだろうな。銀行がなぜ、この問題をスルーするのか、それとも銀行がまだ調べてないのか、どちらだろう。

昔と比べれば銀行の調査は厳しくなった。データアナリストも雇って調査しているのは間違いない。彼らが見逃すだろうか。結構微妙だな。普段の僕なら、この事件は問題性なしで片付けてしまうだろう。

過去の粉飾決算事件の発見までの平均値を調べる。同じくらいの規模のケースでは例が少なくて分からないが、全体で見ると平均四年と三ヵ月掛かっていた。となれば、たまたま発見が早かったということになるのかも。

勢い余ってというか変なテンションで選んだものの、中々、難航している。猫の餌代を稼ぐつもりなら、もっと簡単な事件を追えばよかったか。それもこれもみんなマイティマウスが悪い。

モニターの端でCCのサインが光っている。これはスマホの機能ではない。無線通信機の時代遅れな表示だ。今時文字がカクついている。画面上に無理矢理表示したような感じ。

〝CC、CC、CCクライシスコールだ。こちらマイティマウス。至急確認がしたい。支援を求む。どうぞ〟

またお前か。お前なのか、お前何度日本を危機に陥れているんだ。

〝俺が陥れているわけないだろ。キャットタワーワン！〟

しまった聞こえていたか。

〝あー。失礼。今度はなんだろう〟

〝今大阪なんだが、AR看板が一斉に切り替わった。よく分からないが中国語のようだ。攻撃の可能性がある。確認を求む。どうぞ〟

調べてみれば京都と大阪は在来線でも三〇分ほどでいける距離だった。そもそも新幹線に乗ってたんだっけ。となれば、狂言ではないのか。まあ、向こうも僕と話すのには辟易しているようだし、いや、そういう問題ではないな。どうしたものか。

透過型スマートグラスにはAR看板機能がある。着用者の行動データに紐付いた宣伝が街中を歩いていると表示される仕組みだ。初めて歩く街でも見逃すことなくお店や施設を利用できるメリットがある。

これ、最初に出たときはインパクトがあったのだが、眼鏡型はスマホと比べるとファッション性に劣る上に電池の持ちも悪いので、いまいち普及できていない。統計データを見ても宣伝出稿数はピーク時の五分の一、というところ。宣伝看板に制限のある風光明媚な土地や大都市以外では、あまり見なくなっている。

そこをサイバー攻撃。しょっぱい話だ。しかも日本で中国語をだされてもなあ。相手に伝わらないのでは意味がないというか、愉快犯でしかない。現在ではサイバー攻撃のほとんどが営利行為で、愉快犯や政治宣伝は随分と比率が低いから、これは少し違和感がある。一応サイバー攻撃とカレンダーで統計データを見るが、今月は中国からのサイバー攻撃が比較的低調な時だった。中国からのサイバー攻撃はおよそ八月一五日や五月一五日、それと春節の時期に集中する。二〇年以上も前からそうだ。中国軍の情報部隊の演習で日本への攻撃が行われるのもだいたいこの辺だ。

諸々勘案すると統計外事態、それも無視できるレベルの可能性が高そうではある。そもそも犯罪でないかも。SNSを検索して調べると、結構な人が気づいているようだった。中国語文の翻訳をやってる人もいるが、意味が通じない。とのこと。

〝マイティマウス。こちらキャットタワーワン。事件を確認した。サイバー攻撃である可能性はあるが、だとしてもあまり成功しているとは言えないようだ。なにせメッセージが壊れていて意味をなさない。被害は限定的だろう。マイティマウス、どうぞ〟

〝了解キャットタワーワン。こちらマイティマウス。裏で大事件が起きてるとかないよな？　キャットタワーワン、どうぞ〟

〝了解マイティマウス。こちらキャットタワーワン。同時多発的にサイバー攻撃が行われている可能性はある。一応警告は飛ばしておくよ。ただ現時点では何も事件は起きてない。取り越し苦労だったね。マイティマウス。どうぞ〟

〝ついてない記録が伸びないで良かった。あんたと通話するのも飽き飽きだしな。交信を終わる〟

そりゃこっちの台詞だ。これ思うのも何度目か。

気を取り直し、水道過大消費事件を追うことにする。というか、こうなれば意地だった。マイティマウスと彼女、両方に引っ張り回されるのはもう嫌だ。今日という日の主導権を僕は取り戻すぞ。断固として。

猫が顔を洗う横で腕組みし、もう一度水道会社の決算書を見る。これと架空計上の数字を合わせて見てみただけでは前と同じなので、地方自治体の人口データを合わせてみる。分かりやすく地図に数字をオーバーレイさせてみようか。

見えてきたのはどこにでもある人口減少だった。岡部町の二〇一六年のデータが一万二〇〇〇人で今は八七〇〇人。三割減っている。架空計上が行われているエリアを見ると特に減少幅が大きい所だった。まあ、人数三とか書いてあったしな。よくある消滅地区というところだ。五年に一度四国四県の全人口が消滅する規模の人口減少は、こういう場所をありふれたものにしていた。

んー。しかし、よく分からないな。もしも粉飾決算だとすれば、出来が悪過ぎる。

もっとも、ばれやすい犯罪は、割と多い。統計的に言えば九割くらいはできたからやったという機会犯罪が大部分だ。だからこそ、街灯や簡単な施錠程度でも防犯効果が認められる。これらの機会犯罪は統計的に見て行き当たりばったりの短絡的な犯罪だから露見しやすい。しかし、経済犯罪である架空計上は行き当たりばったりではない。性質上必ず計画的なものになる。だからこそ、ばれにくいし、言い方を変えれば手口が巧妙になる。露見までひどく短いケースを調べると、内部告発が大多数だった。逆に言えば内部告発でもない限りすぐには露見しないのが粉飾というものだ。

つまり。粉飾決算というケースも可能性が薄そうだ。

結論：いよいよ本当の統計外事態だ。水の出し過ぎなんて、ちょっとしょっぱい事件だけど。

しょっぱいとはいうものの、なんだろう。すごく面白そうだ。どんなドラマがあってこんなことになってしまったんだろう。少なくとも大阪の失敗したAR看板サイバー攻撃より慎ましく、島根の海水浴場で七人の死体、というよりは平和で好ましい。

この事件をどうしよう。通常なら調査不能、原因不明で突き返せばいいのだが、なんだかちょっと名残惜しい。なぜだろう。

僕は猫を抱いて狭い部屋の中をうろうろした。何が起きているのか想像するだけで楽しいが、実際はどうかな。一つ分かっているのは、今日はマイティマウスはもうたくさんだ。

あと女も。

ため息一つ。ようはこの数宝、クライシスコールとフラれたことから目を逸らそうとしているというわけだ。

もう四〇になるというのに、まったく残念な考えだよ。今はこう、平和な事件をただひたすら追いかけたい。

まあでも、女については七年も付き合ったんだから今日ぐらいそんな感じでもいいかな。猫については譲れないけど。統計の中で猫を飼っているのが幸せの条件になってないのはおかしい。あとマイティマウス、あれとは一生顔を合わせたくない。

何度もため息をつくことがためらわれ、僕はすごすごと自分の席に戻った。報告書を書く、送る。それで終わりのはずだけど、暗号化した通信を送信するボタンを押すのがためらわれる。

そういうときは、一度棚上げ。僕は他の仕事に取りかかる。ＡＩというほど複雑でない自称ＡＩプログラムは、毎日膨大な数の差異を見つけてきては僕たちに仕事しろと言ってくる。

大昔のＳＦではＡＩが仕事の種類を減らすと言っていたけれど、現実はそんなに単純じゃなかった。ＡＩが人間の仕事を増やしている事もある。僕の仕事はそうだ。人間はＡＩ

の下請けをやっている。まあＡＩのパターン認識も統計処理の一つの方法といえなくもないし、ここは統計が世界を動かしている、でいいんじゃなかろうか。人間はそれから目を逸らして生きているにしても。なんで目を逸らしているのかは分からないが。

マイティマウスとフラれたせいで仕事が進む。あるいは割り当てが楽な仕事が多かったのか、いずれにせよ僕は一七時頃にはすっかり仕事を終わらせていた。毎日これなら楽なのだけど。はい。管制業務終了。マイティマウスから解放されたぞ、やった。やった。

夕食は怒りのやけ食い。あ、やっぱりダメージ受けているんだな。僕。目の前にある今時珍しい二四時間スーパーで買い物する。今じゃこんな店、東京でも数えるほどしかない。感染対策として無人のコンビニは結構あるんだけど、商品入荷的に人手がいるので二十四時間営業はしていない。思えば僕が若かった頃はレストランもコンビニも二四時間営業が当たり前だったのにな。

夕方のせいか、店内はいつもより多い買い物客で賑わっている。統計的に設計された店内を見回す。右から店を回ると野菜、魚、肉、飲料と巡ることが出来る。このレイアウトから外れるのは中々勇気がいるらしい。まあ、統計だから仕方ない。ちなみにパンはこれといって答えがないらしい。

フランスパン、ソーセージ、ワイン、そしてサラダ！

猫缶も買う。うちの猫は高くてうまいのしか食べない。だがそれがいい。蟻用には魚肉ソーセージと砂糖水と。

階段を登ってアパートの自分の部屋に。アパートの家賃決定も統計データに基づいている。それでも人間は、自分を統計の外に置きたいものだ。今日何度も思ったこと。

フランスパンにかじりつき、お湯につけて温めたぷりぷりのソーセージを音を立てて食べる。音を立ててソーセージを噛みきった。うまいっ。猫も一心不乱に食事をしている。僕を見て目を丸くしてにゃあと鳴いた。

猫はいいと思いながら今日最初に出会った事件のファイルを開いた。こだわる必要を感じないけど、なんだか気になる。

食事をしているうちに一つの可能性に気づいた。この地域、水道がなくなることを危惧したとかいうのはどうだろう。水道をなくさないための、利益供与だ。結構良いアイデアだと思ったのだが水道料金の値上げを調べてみたらそういうことはなかった。水道料金は過去一〇年で一一回値上げが起きている。民営化前と比較して価格は四倍、サービスは低下していて議会では文句が噴出している。再公営化すら話題になっているという。まあ、民営化の後で独占化したらこうなるよなという話だった。統計的には一番ありうるシナリオってやつだ。民営化してうまくいってるのは東京くらいのものだろう。こちらは昔からやっていて他のブームに乗ってやった民営化とは年季もノウハウも違った。

さておき、ふむ。ということは、どうなんだろう。こうなると市議会の誰かとか市民活動家の誰かが動いている可能性がある。敵対だ。水道会社のあらを探して、いろいろ資料を見ている可能性が高い。統計的に言って評判が悪いというのは普通の市民をどうしようもなく正義の騎士に仕立てて攻撃を許すものだ。子供がやるといじめといって怒られるけど。

こんなわかりやすい悪、ほっとくかなあ。それともやっぱり、どこかに工場かプールでもあるのか。

統計的には粉飾だが、出てくる資料はそれを否定し続けている。

なるほど。まったくの統計外事態だな。ああ、楽しい。

フラれた上にマイティマウスに散々振り回され、やけになっていたのは自分でも認めるところだが、僕は唐突に、本当に唐突に現地に行って調べることにした。もちろん実際に行けば赤字間違いナシなのだが、いいや。という気分になっていた。次の管制業務は数日後だしね。

夕方なのに深夜テンションだ。自転車とヘルメット、カジュアルなサイクリングウェアを着て猫をバスケットに入れる。小さい頃からバスケットに入れてあっちこっちに行っていたので、蓋をあけると今でも飛び込んでくる。いいよね。これ。スーパーのゴミ箱にごめんなさいと念じつつ生ゴミを捨てる。監視カメラが膨大な数ある中国ではこういうこともできないというのをどこかのニュース記事で読んだ覚えがある。大変だよなあ。

猫が小さな声で鳴いた。そうそう。出かけるんだった。僕は意気揚々と移動を始める。

自転車で静岡まで行こう。久しぶりの輪行に若干の不安はあるが、まあいいやとペダルをこぎ始めた。五月の風はもう暖かい。ペダルを漕いでいる時は特にそう感じる。

ペダルといってもスリッパ状になっていてペダルを踏むときだけでなく、足を上げるときも推進力になっている。軽量化を重ねたフレームはきっかり一人力の貧弱なパワーを最大限生かすようになっていた。

すぐに時速は四〇キロメートルを越える。快速、快速。中野を出て新中野、ナビを入れるのを忘れていた。信号待ちで自転車に入力。夜間モードになっていて画面は黒地に赤い文字になっていた。LEDライトが自動点灯、行き先を入力したのでナビライトも点灯した。曲がるべきところで右か左かの地面を照らすという、簡単な装備なのだが、これが出来てから画面を見ないでよくなった。自転車界の大発明、ということになっている。

神田川を渡って南下、三軒茶屋から右折して、いよいよ西に走り出す。政府はスーパーシティ、ダイバーシティと都市部に人を集めたがるが、疫病や戦争が何度かあったのち、先に企業と市民の方が逃げた。都市部の集中は危ないと学んで人口はある程度分散した。神田川のあたりにも、昔はたくさん人がいたように思う。

何も考えずペダルを漕いで流れる風景を見続けて、我に返ったのは揺れるバスケットを見てからだった。そろそろメシだと猫が言っている。猫には勝てないのが人間だ。いや、弱くていいけれど。次の恋は猫が好きな人にしよう。

宿を探してスマホを動かす。多摩川を渡って川崎で泊まることにした。近い。いっそ家で寝た方が良かった気がする。二〇キロメートルしか移動してないぞ。時間にしていいところ三〇分だ。

まあ、うちの猫は夜遅くご飯をあげたりしてないのでしょうがない。今から家に戻ったら何もかもやらなくなるので前のめりで行くことにした。

ホテルを探そう。スマホは便利だ。

ペット可のホテルは今でも少ない。猫の居る宿とかはあってもマイ猫ＯＫはなかなかない。粗相する猫ばかりでもないのだけどと思いつつ、どうにか見つけた所は川崎どころか横浜だった。もう二〇分移動時間追加。猫にごめんねと言って自転車を漕いだ。

横浜、というか横浜の中華街は夜もまばゆい。今時珍しい地域だった。この頃は夜は夜らしい方がいいとかＡＣの宣伝などもあって、随分と暗くなった気がする。おじいちゃんの時代に戻ったようだという話をする人もいるけれど、実際どこまで本当かは分からない。

ともあれ、中野区でも星は見えづらいのだが、こっちじゃまったく無理だった。星の見えない街で宿へ向かう。

中国的な雰囲気を台無しにする大きな看板、何年も前からやってる元年詐欺というか、今年は飲む携帯元年という、体内に内蔵するスマホの宣伝がむなしく輝いていた。海外じゃもう何年も前から普及しているけど、日本じゃまったく流行していない。日本はアメリカや中国ほど身体をいじるのが許容されていないというか、拒否感を持つ人が多い。

自転車に装着された昔ながらのスマホに案内されてたどり着いた場所は、典型的中国人向けっぽい宿だった。つまり、安かろう悪かろうだ。来日する中国人は多くの場合日本人よりも金持ちというかお金をたくさん使うものだが、宿、という段になると安い宿にもかなり人が集まる。これも国民性、というものかもしれない。

戦争でこっぴどいめにあった後も中国の存在感は増す一方だ。ニュースでもなんでも、中国が話題にならない日はない。昔はアメリカが、そんな感じだった。変わってないようでも少しずつ変わっている。

今の中国では国内観光が盛んだが、日本は物価が安いとかで、訪日する人も多い。引退後の住まいとしても人気らしい。昔日本も同じようにフィリピンやオーストラリアに移住していた。

猫の宿泊料も払って一階の部屋に案内される。中国宿なのに和室。柱は大分猫にやられてささくれ立っている。猫あるあるだ。逆に、畳に染みがついてないのが驚きだ。見た目は畳だけど新素材なのかも。

ともあれ猫を出して餌をあげる。いつもよりガツガツ食べているのが、罪悪感を誘った。ごめん、いつもより三〇分もご飯遅くてごめん。

猫に定時から三〇分も遅れて餌をやるなんて、自分がかなりの無茶をやっている自覚はある。んー。やっぱり明日は家に戻って素直に仕事でもしようか。しかし、それはそれで、なんかやだ。やはり調査に行こう。

自分の部屋にいると彼女を思い出しそうで嫌だ。そっちが偽らざる本音か。

猫を抱っこしたり持ち上げたりして、水道の謎について考える。ありそうなシナリオはなにかなあ。地域の水道を潰すまいと皆で頑張ってるとか。だったら補助金を入れるなり再公有化だよねえ。税金逃れで地下養殖場だか地下プールでもあるのか。それとも、別の何かがあるのだろうか。

例えばそう、麻薬、マリファナというか麻の製造をしているとかはどうだろう。実にありそうだが麻は水を大量に使ったりはしないんだよね。水を大量に使うのは何かとスマホに尋ねたら、ワサビだという答えが返ってきた。

秘密のワサビ工場。たしかに静岡はワサビの名産地……だけど。

正直、法律に触れてまでやるようなことではない。いいセンいったと思うのだけど。

他になにかあるかな。やっぱり麻かな。しかし麻の栽培が統計に出る場合、ほぼ一〇〇パーセントが光熱費の増加で現れる。

あーそうか、水道だけでなく、電気料金も調べてみるべきだったな。電気料金と水道料金の差に着目した統計データがないので無視していたが、なにかのヒントにはなりそうだ。

よし、今やろう。地域全体の消費データを見ること自体に違法性はない。

スマホに小声で指示して調査。AIが流行っていた時代の名残で、スマホにはAIがチップレベルで実装されている。実際どこまでがクラウドでどこまでがスマホの内部動作なのかは分からないが、結構考えてアクションしてくれる。

結果は、残念。光熱費はまったく増えていない。水だけ消費が増えている。違和感のある数字だ。まったく関係がない、というのも変な気がする。

結論としてやっぱり分からない。

ここまで分からないとなると何か壮大な陰謀でもあるのかな。いや、それもないかな。

残念ながら統計は陰謀論というものも完全否定してしまっている。つまり、どこまで行ってもそういうものは見つからない。実例がないのだ。陰謀は人が考えることの説明には都合がいいが、現実の事象として陰謀を起こすのは大層難しい。実際に陰謀で対応できる範囲は狭いというわけだ。結局陰謀とは物事を矮小化させてすっきり分かった気になるための道具でしかない。

じゃあ何があるんだろう。まあ、蓋を開ければがっかりするようなものが出てくるんだろうけど。想像するのはとても楽しい。映画かなにかのスパイ物みたいだな。本物は外注で映画のデータベース使うようなところなんだけど。

隣で派手な音がする。猫が暴れているらしい。うちの猫もびっくりして耳を向け全身を硬くして警戒している。取りなす中国人の女の人ぽい声も聞こえる。意味は分からないが、いやそれより壁の薄さにどきどきするな。僕には関係ないけど。あ、子供の声もする。珍しい。

少子化と言われて久しい。今も進行中だ。世界中で少子化は進んでいる。種としての限界かどうかは分からないけれど、近いうち、そうあと一〇年もしないうちに最後の人口増加国だったアフリカがマイナスに転じる。日本も歯止めがかからない。東京から少し離れると、もう子供の姿を見つけるのは困難になる。

昔は人口爆発とか言われていたけど、そんなことなかった。石油枯渇やオゾンホールに並ぶ科学の予見失敗というやつだ。その三つとも統計データを元に未来予測していたはずなのだが、失敗している。

失敗した理由は、元の統計データのミスにある。石油を例に取れば埋蔵資源調査が甘く、実際と大きく乖離していた。元になる統計データがダメだと、どんな推計も外れるという教科書にでてきそうな失敗だった。

実際には環境問題対応として石油燃料の消費もセーブが行われたりもするので全ては埋蔵資源調査だけの問題でもないのだが、まあ、寄与率としては一番大きいのは元の調査のミスだ。統計は最強だが、割と間違える。これも統計が教えてくれている。

はてさて、今回の事件はどうだろう。壁向こうの猫や子供の声を聞きつつ、そんなことを考えた。

大きな物音。

壁の向こうからはうって変わって言い争いの声。中国語が分かるわけではないのだが、スマホの翻訳機能によると避妊について話をしていた。子供がこれ以上増えたらどうする、という女性の声。対する男は男の子が必要だと言っている。皆がそれを望んでいるとも。子供の前で言うなよそんなことと思うが、中国は感覚が違うのかな。

うっかりそのままネットで中国統計情報にアクセスして男女比を見る。人類全体の平均値と比較してはっきり現れるほどに中国では男の子が人気らしい。つまり、女の子はなんらかの手段で人為的に数を減らしている。嫌な話だ。世界中で少子化が進むわけだよ。

こっちが水道の謎で盛り上がっているのに、なんだか水を差された気分だ。嘆かわしいというか、なんというか。日本どころか人類終わってるなあという気分になる。

それにしても、壁が薄すぎやしないか。こっちはフラれたばっかりというのに、男女の営みの音がしている。というか、子供と猫は大丈夫だろうか、他人事ながら気になって仕方ない。

というか、いくらなんでもお粗末だろうこのホテル。ホテルに関する各種の法律をちゃんとクリアしてるのかな。

統計によると中国人による中国人向けの日本でのホテル経営は二〇年以上前から堅調に増えていて、外国人観光客の二人に一人はそういう所に泊まっている。さらにその一〇パーセント位は許認可を受けていない違法ホテルだった。マンションの部屋とかを借りて勝手に宿として貸しているケースだ。住民トラブルも多いので一時期よりは減っているけど、最近はマンション丸ごと買ってやるケースが多いという。それでばれにくくなっているだけで本当はもう何パーセントか増えるのではないかと、僕は仕事で分析している。具体的には三パーセント増えている可能性が高い。だからといってここが違法だとは決められないけど、気分的には違法という気分だ。というか、もう二度と泊まってやるものか。

隣のことばかり気にしても仕方ない。というか、うるさくてかなわない。

僕はイヤホンと一体になったARグラス、強化現実メガネを掛けてスマホに同期させた。スマホの画面が大きく目の前に投影される。長時間装着していると乱視気味の僕は目が痛くなるので家ではもっぱらディスプレイだが、出先ではこちらを使っている。

透過型でその向こうも見えるので、猫が相手しろと言っても問題ないしね。さっそくトイレの感じだったので、着用したままペットシートで処理をした。ビニール袋に入れてから口を縛って、専用の蓋付きゴミ箱に入れる。うむ。ペットOKのホテルなら、かくあって欲しい。壁薄すぎるけど。

適当な音楽を流しつつ、寝転がってニュースを見る。信頼度の高いニュースサイトからランダムに記事を引っ張ってきて表示させるのが、僕の好きなニュースの読み方だった。こうでもしないと特定の主張や意図に呑み込まれてしまう。二〇年前とは、ここがまったく違っていた。というか、二〇年前はどれだけ野蛮な時代だったのだろう。二〇年前、二〇二〇年とくれば、自分が二〇歳いくかいかないかくらいの時なのに、危険なほど野蛮だった。

あの頃の怒りとか、無気力とかが誰かの金儲けのために誘導されていたのだと思うとうんざりするが、情報技術の本質というか、情報はこういう風に悪用できる、という例を学んだ気がする。もっとも、僕も人類も、その教訓を生かせてないようだけど。

人間は都合の良いことばかりを信じるものだ。ニュースを見る側だけでなく、ニュースを作っている側もそうだ。中立を謳いながらその実中の人の意向や考えがにじみ出る、二〇年前はそんなニュースが巷に溢れていた。

それを嫌がって、正確性評価とランダムを組み合わせたニュース中立化運動が始まったのは一五年ほど前になる。中立というバイアスがかかるという批判もあるが、今はこれのおかげでニュースを見て無意味に怒ることが減った。国民を大人にするツールとして、とても良くできた存在だと思う。

猫がにゃぁと鳴いた。くだらないことを考えるなと言っているかのよう。まったく猫さまの言う通り。時計は二三時を回っている。僕はお告げに従って寝た。少し運動したせいで、彼女のことなど夢にも見ずに気持ち良く寝た。いつのまにか夫婦のあれそれは終わっていたようだった。あそこの子供が健やかに育つように。あと猫も。

目が覚めたのは朝四時半だ。寝ている猫をそっとバスケットに入れ、そそくさとホテルを出て自転車に乗る。今日は一〇〇キロメートルくらいは走りたいところ。でもまあ、無理せずいこう。最近怪我の治りが遅くなっている。

自転車を漕ぐ。速度が上がる。流れる風景を見て風を頬で感じつつ、猫と自転車に乗るのは格別だ。何もなくても幸せな気分になる。そのうち、日が昇って朝になってきたので無人コンビニで朝食を食べた。通勤途中の人で賑わっている。サンドイッチと牛乳と猫缶を買った。あと、猫用の水。

無人コンビニというのは二五年くらい前から中国で始まった形態のビジネスだ。ところが仕入れや陳列は人力ということで、あまりうまくはいってなかった。日本で本格的な利用が始まったのは疫病というか感染症対策としてからだ。これまた感染症対策である電子マネーと一緒に普及した。

そういう経緯があっての話だから、珍しいことに無人レジで現金で支払っている人を見て、ちょっとびっくりする。釣り人の着るようなベストを着たおじいちゃんだった。現金だなんて今時珍しい。

今時のおじいちゃんといっても若い頃からネットや電子機器に慣れ親しんでいるはずだから、電子決済が分からない、というわけでもないだろう。うさんくさいことでもやっているのかなと、ちらりと思った。今時、現金使う人なんてそういう人たちくらいしか思いつかない。ネットで追跡ができないお金なんて、怪しいと言ってるも同然だ。

政府もさっさと電子マネーだけにしちゃえばいいのに。そうすれば組織犯罪もすぐに全滅だろう。財布が政府の監視が難しい民間の暗号通貨とかに移るだけかもしれないけれど。

監視カメラと目があって、小さく手を振って店を出る。なんとなくやってしまう、癖。

猫に餌をあげて、旅を再開。活動量計を兼ねるスマートウォッチを見れば時刻は午前八時半だった。一方移動距離は五〇キロメートルちょっと。休憩を挟みつつ三時間でこれは少し遅いかな。まあ、坂道が若干多いからこんなものか。

これから疲れでペースは落ちるだろうから、簡単に計算して一五時くらいまで移動しようかと考えた。横浜から一五〇キロメートルくらいだから、明日の昼には着きそうな感じだ。ああ、自転車はいい。猫の次にいい。なにもかもすっきりする。

仕事が溜まりそうな予感がしたが、まあいいかと考えた。僕に必要なのは休暇だ。いや、統計外事態だ。この突発的休みも僕の人生統計からすれば、立派な統計外事態だろう。

走り抜けて沼津についた。海が見えておー。という気分になる。ここからは電車でいいんじゃないかとちょっと思ったが、それは帰りにすることにした。

宿を探してネット検索。今日は平日なこともあってガラガラだ。僕にとってはありがたい。

ペット同伴も大丈夫なホテルも見つかった。ドッグランもあるそうだけど、猫にはあまり関係ない。自転車で来たと告げたら驚かれた。高速道路が近いせいか、車で来る人が圧倒的に多い、とのこと。

自転車、いいと思うんだけどな。速いし、なによりいい運動になる。

今日のホテルは日本人が経営していた。ちょっとほっとする感じはある。ああ、そうか中国人がわざわざ外国に来て中国人経営のホテルに泊まるのは、そのへんあっての話かもしれない。

ホテルの従業員は皆お年寄りばかりだ。静岡まで来ると、子供の姿はすっかり見るのが難しくなる。今人口で一番多い層は八〇歳から九〇歳までの女性だ。火葬場が足りないと社会的問題になっていたのは数年前のこと。やっぱり日本、終わってるなあ。二〇二〇年と比較して農村の七〇パーセントが消滅してるとか言ってるし。

昔は自転車乗ってましたよと語る従業員さんの話に頷《うなず》きながら、部屋に案内された。今度は洋室で、ベッドがでんとおいてある。

人口の三人に一人以上が老人になると社会から元気が失われるという。統計的な裏付けがあるのかは分からないが、感覚として今の日本はまさにそんな感じだった。人口を増やすための政策もいろいろやっているが効果は薄く、労働力不足どころか消費者不足で何もかもが停滞しそうになっている。移民を活発に受け入れているアメリカはまだしも元気だが、昔からの住民との対立問題は大きく、頻繁な暴動騒ぎが起きている。まあ、そうだよねって話。

この国の将来はどうなるのかなあ。最近誰もが思うようなことを僕も思ってしまった。東京にいる間は思わないが、地方に行けば否応なく、そう考えてしまう。さりとて何かやってるかというと何もしてない。統計的には多くの国民、日本人と同じだ。良くないのは分かっている。でもどうすればいいのか分からない。統計もこれについては答えを教えてくれない。

翌日は若干疲れていたのでスタートは七時になってしまった。朝日が眩しく、自転車用の軽量サングラスの世話になる。昼の日差しはペースを落とすのであまりよくはないのだが、疲れてしまったものは仕方がない。

海岸の移動はよかったのだが、昼になって山道に入ると、すっかりペースが落ちてしまった。ただでさえ疲れ気味なのに、つらい。自動車が欲しくなる。いや、免許もないんだけどね。

猫を適度に外に出して道横の法面《のりめん》にて休憩などしつつ、自転車で立ちこぎ、山を登る。目的地までもう少し、というところ。カラスが鳴きながら飛んでいる。

速度は歩いたがいいんじゃないかというところまで落ちた。汗が噴き出ている。いやはや、日頃からもっと自転車に乗らないと駄目だね。

太股《ふともも》に若干の違和感を感じて自転車から降りた。歩こう。まあ歩こう。ここで脚がつれたら大変だ。それにここは、路面がよくない。

路面がよくない、というよりも、ひび割れて隙間から草が生えているところからして、随分とメンテナンスがされていないようだった。もしかしないでも、この道、廃道になってしまっているのかもしれない。今の日本にはあちこちそういうところがある。

サングラスを外して、注意しながら歩く。さてさて、この先に集落があるとして、そこに水の消費量を上げるものなど、とてもないような気がしてきた。やっぱり架空計上か。水道会社を先に洗った方がよかったかな。いや、水道会社を当たっても、現地を知らねば言いくるめられてしまうだろう。そもそもできれば、直接話などしたくはない。僕の仕事は統計情報を分析することであって、探偵じゃない。フラれたショックでもないと、こんなことしないだろう。ああ、認めたくないのについに自覚してしまった。ああそうさ。これはフラれた腹いせだ。女々《めめ》しくてすみません。

いつの間にか、谷、と呼べる場所に来てしまった。右も左も山、谷底に張りつくようにいくつかの建物。時刻は一六時頃とはいえ、ちょっと不安になる時間帯だ。やあ、怖いな。猫を抱いてなかったら、逃げ帰っていたかも。

カラスが鳴いて、怖い気分を盛り上げてくれる。

怖いと言えば猫の脱走だ。ここで逃げられたら一生の別れになってしまう。赤いリードを付けて一安心。猫は嫌な顔をしている。頭を撫でて許しを請うた。猫は耳を横に伏せて目を細めて撫でられている。うむ、やはり猫は可愛い。

片手で猫を抱いて、片手で自転車を押して歩く。住居を見つけるが潰れていた。家が長年の風雨に負けて屋根に押しつぶされてしまっている。平成元年とか書いてあるのでとんでもなく昔の家だ。

ネットで見かけた衛星写真からは分からなかったが、これはちょっと、想像以上に現場は荒れていた。水道どころか電気の需要もあるのかという感じだった。いよいよ架空計上なのは間違いない。というか、村そのものが本当にあるのかすら怪しい。

典型的な少子化、人口減少の結果である放棄廃村だ。日本のどこにでもある、ありふれた廃墟。しかしそのありふれた廃墟の、なんと寂しいことか。

谷は左に曲がっている。谷底に川はなく、かつて川だったところは道路になっていた。その道路もうち捨てられて、今は元道路になってしまっている。川に捨てられ人に捨てられ、二度も三度もうち捨てられた地面は今頃何を思っているのやら。

自転車を置いて、元は段々畑ならぬ段々茶畑だったであろう半ば崩れた斜面を登る。ここは見通しがいい。西日が谷を照らして滅んだものだけが持つ綺麗な風景を映し出していた。

自然だけでも、人工物だけでも作れない、滅んだというより滅びゆく美、とでも言えばいいか。人口が減って自然に帰っていく日本の姿、という感じだ。

写真に撮りたい、でもスマホだし、逆光下でどれくらいうまく撮れるかなとぼんやり思っていたら、腕に抱いている猫が爪を立てるのを感じた。フーとか言ってる。慌てて猫の向いている方を見る。

斜面、竹林の間から、全裸の少女が僕を眺めていた。距離は五メートルほど。真っ白な肌に、黒色の髪、顔立ちは親しみが持てそうな東アジア顔をしているが、なにか違和感が、凄い。いや、それはともかく。


ごめん、理解が追いつかない。


頭痛に似た頭のくらくらは猫が爪を立てて治してくれた。そう、それどころじゃない。さすが僕の猫だ。飼い主より偉いのはもちろん、うちの猫は猫界の中でもかなりイケてるんじゃなかろうか。

まじまじ見ていたら僕は犯罪者だ。悪いことしてなくても統計的にそうなりそうだ。

というか、向こうもびっくりしているのかともう一度顔を見たら、全然そんなことなかった。

何の表情も感想もない目で僕と猫を見ている。青い目なのだが、顔に二つの穴が開いているような印象。怖いどころの話ではない。統計的に五三パーセントの男性が当然最初に見る胸とかそういうところに目が向かないくらい、目が怖かった。しかも、目を逸らせない。怖いから。

四〇の大人である僕が、完全に威圧されて身動きが取れなくなっている。時間の流れすら分からない。舌が乾いている。情けないことに、脚が震える。

表情がない、瞳が何も映してないというのは、こんなに怖いものだったのか。

一般には美人の類《たぐい》だろうが、表情が死んでいるせいで美しいの基準が異なる、例えるなら大きな虫でも見ているような気になった。あれ、でも僕は虫は大丈夫なんだよな。蟻を飼ってるくらいだし。

猫が背中の毛を逆立てて警戒の鳴き声をあげている。僕は何度目かの我に返る。これはダメだ。全裸の子供見て逃げ出すなんて自分でもどうかと思うけど。逃げた。斜面を転がるようにして滑り落ちて、猫をバスケットに入れることもなく頭の上にのっけて自転車で逃げた。三〇〇メートルくらい逃げた。五〇〇メートルくらいだったかもしれない。もっとかも。

自転車を止めて、息を吐く。統計外事態という言葉を忘れてしまうくらいの統計外事態だった。具体的には全部統計外事態だ。全部だ。全部。何もかも。

劇的な、ある意味運命の出会いだったのではなかろうか。ただ猫の時と違って何というか、その運命は甘くもないし、優しくもない。というか、アニメとかにはあるかもしれないが、実際あったら、逃げるしかないシチュエーションだった。腕どころか太股まで鳥肌立っている。

心臓がまだ、妙な鼓動を示している。

一言で言えば、怖かった。夢に出そうな目だった。息を吐こうとして失敗。落ち着いてもう一度。できた。緊張しすぎて息を忘れるとはこういうことか。

ヘルメットにしがみつく猫をバスケットに入れる。やっぱり猫だな。猫最高。

手入れされてないせいで傾いた杉の木を見て、道を見る。森にあれがいるかと思うとうかつに振り返ることも怖かった。

怖い思いをして、憑き物が落ちた。彼女にフラれた、どうでもいい。自分で調べてみようという気はこれっぽっちもなくなった。家に帰って仕事しよう。そうそう。猫でも大丈夫という彼女も見つけなきゃ。

背中に汗をかいていたらしく、風が冷たい。自転車を漕がずに位置エネルギーを頼りに坂道を降りる。谷筋に沿って右に曲がっていったら、裸の子供たちが三人、並んで手を広げて道を塞いでいた。

まっすぐ駆け抜けるかとも考えたが、落車が怖かった。人を轢《ひ》くのはもっと怖い。ブレーキを踏んで止まる。

後ろからも子供。今度は六人に増えた。また〝あの目〟に射すくめられる。

それで、下がる。後ずさり。後ろの子供にぶつかりそう。

あまりに怖くて内臓が口から出そうだ。しかし怖がるだけじゃダメだと痛む猫の爪の痕が教えてくれた。

猫を守らなきゃ。

子供が寄ってきたので、道の横の方が開けた。僕は自分でも良く分からないことを叫びながら自転車を再発進させる。振り切る、逃げる。危険な速度で坂道を降りる。いや、あの子供たち以上に怖いものがあるか。

フレームにガタが来そうな勢いで駆けおり、僕が昨日泊まった宿にたどり着いたのは夜七時半だった。行きの二倍の速度で走ってきたわけだから、どれだけ僕が泡食っていたか、分かるというものだ。予約なしでも泊めてくれたのはよかった。

脚がいろんな色に変色していて、ちょっとびっくりする。うっ血と日焼けと日焼けしてないのと、あと、汗でふやけて白くなった足の指先。血管が浮かび上がって自分の足ではないみたいだった。

ホテルの食堂で猫と一緒にご飯を食べて、部屋に引き上げる。誰かに見られているようで気が気でなかったが、猫が落ち着いて股を広げて毛繕いしているのを見て、ちょっと落ち着いた。僕の感覚より猫の感覚の方が正しいに決まっている。

まったく、猫ほど役に立つものがあるだろうか。さすが僕の猫だ。猫最高。やはり彼女より猫だったんだよ。

ここ数日の、彼女より猫を取ったり、猫を連れて旅立ったり、猫の警告に素直に従ったりだの、一連の自分がやった選択の正しさに少しの感動を覚えつつ、寝た。猫が枕元で丸まって寝るのに安心して、寝付けずに困るということはなかった。

翌日は筋肉痛で起き上がるのに苦労した。足どころか全身が痛い。これが歳だろうか。いや、昨日無茶しすぎたせいか。

自転車を積めるタクシーに乗って、僕は沼津駅まで送ってもらった。ひどい目とエライ目にあってがっかりだったが、人生に猫が大事なことが再確認できて良かった。あと、彼女のことがすっかり吹っ切れてしまった。七年も付き合ってて薄情だなと思いはするが、実際気持ちとしてはもう連絡を取ろうなんて夢にも思わない心境だった。新幹線に乗って、東京駅に出て、そこから総武線で中野の家に帰った。

＊

平穏な生活が再開してからどれくらいの時が経ったか。いや、毎日指折り数えていた。今日は三日目だ。

それでも、三日経ってなお、なんとなく、そうなんとなくあの事件はまだ報告書に書けないでいる。自分の中で整理がついていなかったというのが一番正しいか。それとも論理的な問題といおうか、筋道が立てられないというか、なんと報告してよいのか。さっぱり見当がつかない。

水道の話だけ独立させて報告しようかとも思ったが、無関係であるとは到底思えなかった。水の消費量が増えたのは、すなわちあの裸の子供たちの生活に使われたのだろう。

僕の日本語能力で、正確に事態を伝えられる気がしない。

裸の子供たちが出てきて怖かった。なんて言った日には、僕はこの仕事から外される可能性すらある。文字にするとちっとも怖くないのだった。一部の人にはご褒美だったかもしれない。

しかし、現実はどうかといえば今思い出してもぞっとする。歯が鳴りそうになる。

怖い、恐ろしい。人間は、都合の良いことばかりを信じてしまうものなのに、この件についてはどうにも都合の良い解釈ができないでいた。都合良く解釈できないからこそ、怖いのかもしれない。

それでも、時折震え悶々と過ごしてさらに五日、ようやくというか、牛乳を飲みながら少し落ち着いてあのことを見ることができるようになった。足元の猫は何事もなかったかのように牛乳を舐めているのに、僕ときたら。

頭を掻いていたら知り合いから飲み会に誘われた。僕より五歳くらい下の人物で、名前は伊藤という。歳が離れているので大学で一緒だったことは一度もないが、なぜか向こうが僕のことを気に入ってくれて、細々長々と付き合いがある。同じSF研だったという話。

もっけの幸いと、誘いに乗った。話せば考えもまとまろうというものだ。SFを読むような人間なら、こういう事態でも分かってくれる気がした。気のせいかもしれないけれど。

いつもの場所で会おうじゃないかとスマホからメッセージを送って、僕は夜の中野に繰り出した。

夜道が怖い。あの目が僕を見ているんじゃないかという錯覚に囚《とら》われる。

錯覚を振り払うように歩きながらSFのことを考える。いつの間にか時代が、現実がS

Fになってしまって、文芸としてのSFは死んでしまっていた。僕の場合は死んでるからこそ、SF研究サークルに入ったクチだ。リアルタイムで動いているものは統計データをとりにくいと思ったからだ。現代史が研究しにくいのと同じ。過去のものだからこそ、できることもある。

飲み会は蕎麦屋が定番だった。最後に蕎麦をすすって解散、なのだが、蕎麦以外のメニューが全部蕎麦前と書いてあって、それが面白くて僕はここをよく利用していた。一貫性がある方が統計的にも数学的にも好ましい。しかも店の名前が〈我は蕎麦屋〉ときてる。店主はアシモフのファンに違いない。

あ、と思って僕が自分の頭を叩くのと、髭を生やした若干ワイルドな伊藤くんが、茶色の髪を振って寄って来るのは同時だった。

「あれ、髭を生やしたのかい」

「誰かさんに女みたいだとからかわれたので」

伊藤くんはそんなに金持ちでもないのにタバコ臭い。というか、僕より若いのに若干加齢臭もする。しかも日によって変わるがだいたい脂っぽい。ようは、僕たちの、中年男性の仲間だ。それを女ぽいなんて、どこに目をつけているんだか。

笑っていると、怒られた。

「あんたのことですよ！」

まったく覚えがない。まあ、どうでもいい。

「それより蕎麦屋の前で立ち話もなんだし、入ろうじゃないか」

「その前に確認が一つ、しまったという顔してましたがありゃなんですか。もしかしないでも財布を忘れたのなら、取りに帰って貰いますからね」

「安心してくれよ。家まで徒歩一〇分だ」

「それどういう伏線ですか」

伊藤くんは良い奴なのだが、今ひとつ小物感がある。一度やられたことをいつまでも根に持つ。僕が財布を忘れたことなど二、三度くらいだ。

店に入って注文。厚焼き卵に日本酒の熱燗、それと焼き鳥。

「んで、何を思い出したんですか」

「ロボットという可能性があったなと」

「呑む前から酔っ払うってどうなんですかね」

「いや、そんなんじゃなくてさ。ある日あるときぱーっといろんなものが繋がるとき、あるだろ」

「ありますかねえ」

「あるんだ。これが」

「例えば？」

伊藤くんは串から肉をほどきながら言った。僕はこれが嫌いなのだが、口に出したことはない。

「マイティマウスってアニメがあったことを忘れてたんだよ」

伊藤くんは激しく咳き込んだ。

「大丈夫かい？」

「いや、失礼」

「中年になると誤嚥《ごえん》とか出始めるんだよねえ」

「先輩よりずっと若いですがなにか」

「ははは。こやつめ」

僕は間抜けでついてないマイティマウスの話を、いつかみたアニメの話として伊藤くんに聞かせた。伊藤くんは不機嫌そうにどんどん酒を煽っている。

それで僕も肘《ひじ》を真横にして猪口の日本酒を煽った。高倉健の真似ともいう。

うん、伊藤くんになら、話してもよかろう。一人で抱えるにはあの体験は怖すぎる。できれば聞いた上で否定して貰いたい。何よりそれを僕が欲している。それにしたって酒の力を借りないと言えそうもなかったが、今日の日本酒は、よく回る。普段呑まないせいかも。

「まあ、それはおいといてだね、重要な話があるんだよ」

伊藤くんは瞬間別人のような顔になった。子細見逃さないようにしている顔で僕を見ている。いろいろ文句はあるが先輩想いの後輩だ。泣ける。

僕は鶏皮を口にしながら口を開いた。

「僕は単なる猫好きじゃなかったんだよ」

「蟻を飼ってますよね」

「それもある」

「しかし圧倒的大部分が猫好きじゃないですか」

「それは否定しないけれど。いや、そうじゃなくてね。僕には統計という武器があったんだよ。僕は統計分析官だったんだ」

「はいはい。それで怪しい仕事してるんでしょ」

伊藤くんはカボチャの煮っ転がしを注文した。彼は最近野菜に凝っている。

「怪しくはないと思うよ。気前はいいと思うけども」

僕が言い返すと、はぁと言った。黙っていたら伊藤くんは喋り出した。

「そいつを現代風に言うと怪しいって言うんです。先輩お得意の統計で言うとね？」

「そう、僕の得意だったんだけど、それこそ僕最大の武器だったんだけど、だけど、肝心な時に使い損ねてね」

怖いのを通り越して、今は悲しい。しかし伊藤くんは、僕の気持ちなどまったく素知らぬ顔だった。他人事とはこういうことだろう。有り体に言って、恨めしい。

「ほうほう。彼女にフラれた話より面白そうじゃないですか」

「どこから聞いてきたんだ。いや、誰にも言ってない！」

「顔に出てますよ」

「ほんとかい？」

自分の顔に触るが、差異は分からない。

「まあ、別れて正解だと思いますよ。あんな女」

「まあ、猫嫌いじゃねえ」

「そういうのじゃなくて。ていうか、人間は都合の良いことばかりを信じるってヤツです。で、何か言いかけていましたよね」

「ああ、そうそう。実は僕の中でも整理ついてない話があって」

僕は仕事についてはぼかしつつ、事件のあらましを話した。存外伊藤くんは良い奴で、僕が逃げ出したあたりの話を聞いても、笑わなかった。

「んで、逃げたと」

伊藤くんがそう言ったのは、僕が話し終わって数分経ってからだった。僕は頷いた。伊藤くんはなぜか思案顔をしている。

「怖かったんだよ」

僕が言うと、彼はようやく頷いた。

「確かに怖いですねえ。いやしかし子供でしょ」

「そう、子供だ。分かってるけど怖かったんだよ」

考えた結果として信じられないという風に頭を振られる。まあ、そうだよなと僕も思った。

「なんで怖かったのか、お得意の統計じゃ分からないんですか」

「統計は万能じゃないよ。というか、そもそも子供が怖い比率なんて統計は世界中探してもないだろう。統計は統計データが命だ。統計の取られてない状況、事態ではなんとも……

……統計外事態ってやつだね」

「つまり分からんと」

挑発するようなことを言う。

「統計以外の出番、だよ。で、最初の話に戻るんだけど」

伊藤くんはなぜか警戒している。というか、彼も怖かったのかもしれない。

「僕が見た子供たちはロボットだったのかも」

「はぁ。どこでそう思ったんですか」

「この蕎麦屋の名前から思いついた。アシモフだ」

「我はロボット、ですか。三原則でも口にしてました？」

「いや、全然。そもそもロボットには見えなかった」

「おい」

「近いところってことだよ。確度は落ちるけど、近くの統計データから推定はできるかもしれない」

僕は頭を働かせるより先にスマホをいじった。〝怖い〟やそれに近い単語と子供の組み合わせのワードをネットから集めて統計処理すれば、近いものがあるかもしれない。

「まあ、調べてるけどもう少し処理に時間かかるかな」

「相変わらずなんでもスマホでやってますねえ。ボイスエージェントロボット使えばいいのに」

伊藤くんは小さな長方形の箱をひらひらさせた。スマホの画面抜きとも言える機材で、元はＡＩスピーカーから進化した。だいたい同じことはスマホでもできるので、僕はスマホにやらせている。若い世代の専門機械にこだわる理由が今いち分からない、ともいう。

「なんでスマホでできることを他の機械でやるかな」

「機器の使い分けくらいできるようになりましょうね、おじいちゃん」

そんなことを話して日本酒を飲むうちに、統計というよりも検索処理が完了した。僕は順位で三番目の言葉に答えを見つける。

「これかな。不気味の谷」

「随分と昔にロボット業界であった言葉でしたっけ」

「よく知ってるね。そうみたいだ」

生き物を真似てレプリカを作ると、本物そっくりのレベルに到達したあたりで人間は嫌悪感を抱くようになる。怖いとか、不気味という印象が急激に上がってくる。一方、そのレベルを超えて完璧に近いレプリカになったときには今度は好感度が上がってくる。縦軸を好感度、横軸を忠実度としたとき、このＶ字の印象変化を谷に見立てて不気味の谷と呼んでいる。

僕は説明文を読み上げて、あの時のことを考えた。

「僕が見たのは人間だったけど、不気味の谷に入ってたんだよ」

「それ人間っていうんですか」

伊藤くんが混ぜっ返した。でも顔は真顔だった。なんだかんだといって話を信じてはくれているらしい。いい後輩を持った僕は幸せだ。僕は口に手を当てて考える。

「人間だと思う。肋腹に骨が浮いていたし、薄い胸は上下していた。呼吸していたと思う」

「この変態め！　なんてうらやまけしからん！」

「そう思うだろ。客観的には僕もそう思うんだ。でも怖かったんだよね。目がさ。何も映してないんだ。いやもうホラーなんて目ではないくらいだ。目だけに」

「その割に親父ギャグ絶好調じゃないですか」

「親父じゃないよ三〇代だ」

「四〇歳は三〇代じゃないですよ」

「気持ちの問題だよ」

僕は軽口を叩きながら怖い目を思い浮かべた。

目と言うよりは深い穴。いや、洞《うろ》か。

あの目は、しばらく、いや、一生忘れられそうもない。死者だってもう少し表情がありそうなものだ。まさにロボット。人間なのにロボット、生ロボット、違うか。じゃあ、ゾンビ。いずれにしても人間性を喪失しているように見えた。

しかし、現代においてそもそも人間をロボットにする必要はどこにもない、と思う。人間もどきの需要よりも人間そのものの需要の方が大きい。

ロボットを人に近づける需要は性産業や医療産業などでは統計的にあるだろうが、ロボットに近い人間なんて、なんか有利な点があるだろうか。犯罪ならありえるかな。ワサビの密造と変わらない気もするが。

「伊藤くん、ロボットに近い人間の用途というか、そういうものが必要な産業はあるものかな」

「軍事用途ですね」

伊藤くんは十秒考えた後で言った。眼が鋭い。きっと、うらやまけしからんからの義憤だろう。彼はモテないからなぁ。

「軍事用途、か」

本当かどうかは統計的処理をかければすぐに分かる。有効な手段なら世界中で同様の実例が見つかるだろう。ところが検索では例がなかった。軍事用途である可能性は、ごく低いと推定される。そもそも戦場でドローンという名前のロボットが姿を見せてから二〇年、すっかりその運用が定着してしまっている。ロボットに近い人間なんて、意味は薄いだろう。

僕は長く息を吹いた。考えるときの癖。変顔になるらしく、よく笑われる。笑わないのは猫だけだ。

首をひねっていると、伊藤くんが急に笑い出した。

「どうしたんだい」

「いえ、数宝さんが変顔で真面目に考えていたんで」

ほら、やっぱり笑われた。僕はため息。

「真面目に考えないでどうするんだい。で、せっかくアイデアを出して貰ったところ申し訳ないが、軍事用途はありえないかな」

「昔、子供を使って軍事的な成果をあげた人がいたんですよ」

「少子化に突入する前の話だろ?」

「そうなんですけどね」

伊藤くんはそう言って、日本酒を飲んだ。

「じゃあ、施設虐待なんてどうです。児童養護施設かなんかの」

「いきなり投げやりだね。いや、それもないかな」

「なんでそう言い切れるんです?」

「痩せてはいたが身体が綺麗だった。虐待を受けているなら、いろいろ傷とかついてると思うんだよね」

僕が言うと伊藤くんは苦々しい顔をした。うらやましいとか冗談も口にできてない。まあ、そうだよね。人間は悪ぶることはできても、実際はかなりの好条件が揃わないと悪いことができない。統計的にこれははっきりした傾向がある。だからこそ、犯罪条件を外すことで治安をよくするという環境防犯という概念が生まれてくる。

苦い顔の伊藤くんをよそに、僕はスマホの文面を読み上げた。

「虐待は統計上、心理的虐待、暴行、育児放棄でほぼ三分割される。表に浮かび上がりにくい性的虐待が四番目にあって、育児放棄以外の全部のケースで行動の自由を縛る」

僕はあの目を思い出す。虐待があんな目を生むのなら、おそらく特徴として資料にあるはず。だから……

「今回は、どれも当てはまらないんだよなあ」

「育児放棄はどうです？　行動の自由があるっていうのなら当てはまりそうですけど」

「育児放棄は家の中で起きるんだよ。外に出られたら露見してしまう。それに、育児放棄は幼児期に集中しておきるんだ。数の問題もある。群れといえる単位で育児放棄なんて……

……」

「それじゃ、なんだと思っているんです？」

伊藤くんは身を乗り出した。

「だから、統計外事態だって……答えは統計の外にある。それも、壮大な陰謀とか、そういうのとは違う。どちらかといえば、とほほな理由があると思う」

「それも統計ですか」

「そうだね」

「難しい問題だ。想像できないな」

「想像は経験を母データにした統計処理の一種だよ」

統計というのは、数学が大好きで道を誤った僕に残された最後の一本線だ。売り上げの九割くらいを蕎麦前と言い続けるこの店のメニューみたいなものかな。僕の反省と後悔は一つ、あの時、なぜ統計を活用しなかったのか、だ。あの時の僕は猫好きに並ぶ自分のアイデンティティを発揮できていなかった。怖い子供たちから逃げたのは僕にとって恥ずかしいことではないが、あそこで統計を使わないことは情けなく、恥ずかしいことだった。

つまりどういうことかと言えば、僕はあの事件を追いたい。

「んで、この件どうするんですか。警察か何かに通報します？」

「言っても信じて貰える気がしない」

自分の動機を隠しての言葉だったが伊藤くんは頷いた。全部が現実離れしている。そもそも今の日本で田舎に子供がたくさんいるという時点でかなりの異常事態だ。東京でも武蔵小杉とかああいうところにでもいかないと、まとまった数の子供たちは見ない。

飲み会の後、僕は家路を急いだ。家に帰ったら報告書を書こうと思っていた。伊藤くんが割と真面目に聞いてくれたので、報告書も書き方次第で納得させられるかもしれない。その上で警察に届けてよいかお伺いを立てるつもりだった。

酔っ払っているのに息を切らして家の前までたどり着けば、まだ届けを出していないというのに警察がいた。凄い人数だ。報道もいる。テレビ局なのかネットニュースなのかは分からなかったが、四人、いや、五、六人はいた。あとは野次馬だ。規制線まで張られていた。

近くで物騒なこともあるものだと家に帰ろうとして、難儀する。ちょうどマンション前が捜査のためか塞がれている格好だった。

早めに切り上げたりしないで、こりゃもう少し酒を飲んでいた方がよかったかもしれないと、野次馬の切れ目から様子を窺う。何が起きているかはさっぱり分からない。燃えた建物や壊れた様子もないから事故ではないだろう、血とか、そういう物騒なものもない。

消防車もないので火事でもない。

となると、経済事件か何かだろうか。うちの安マンションで起きる事件にしてはなんというか、似つかわしくない気がするけど。

一体何が起こったんだろう。知らない人に尋ねるのは酒を飲んでいてもできないもので、それで僕はスマホで事件を調べた。

なるほど。サイバー攻撃らしい。年中行事とはいえ、困ったものだ。そういえば僕が管制していた時にもあったよな。あれは大阪だったか。

全裸の子供を発見、保護、僕の名前を挙げたので事件性を調べているというニュースとかでなくて本当に良かった。不意にあの目を思い出して脚が震えそうになる。

自分の想像に苦笑してスクロール。

サイバー攻撃したのが僕ということになっていて愕然とする。自分の名前の横に容疑者と書いてあってびびる。なんだそりゃと思っていたら腕を引っ張られた。伊藤くんだった。

「一言も、何も喋るな」

「あ、うん」

返事しただけで睨《にら》まれた。伊藤くんは普段とは全然違う雰囲気で僕を連れて歩いていく。

いや、しかし。

「待ってくれ、猫が！」

「一言も喋るなと言ったでしょ」

もちろん言われたのは覚えているが猫は例外だろうと言う前に、僕は首筋に痛みを覚えてそのまま昏倒した。

2

目が覚めたのはどれくらい経ってからだろう。車の走行音が聞こえる。目を開けて周囲を確認すれば、ワゴン車に乗せられて、いや、ワゴン車の中、荷台に転がされて走っていた。足とか手を紐か何かで拘束されていた。

「伊藤くん、こりゃなんだい」

僕が言うと、前席に座っていた伊藤くんが振り向いて僕を見下ろした。

「おめでたい先輩に心から忠言しときますけど、あんたは今お尋ね者の犯罪者でパブリックエネミー、分かりますか」

「公共の敵って……？」

「お得意の統計じゃ分かりませんかね」

随分と刺々しい言い方だった。何もそんな言い方しないでいいのに。猫を飼ってない人は時々そうなる。

「あっ、僕の猫！」

伊藤くんは僕を見下ろしながら言った。

「あーはいはい。そんなエビみたいに跳ねないでくださいよ。猫の方はどうにかしますから。さもなきゃあんたはまた薬で眠らされるか、警察に突き出される」

僕は黙った。

結構、という風に伊藤くんが頷いた。

「さて、聞かせて貰いましょうか、先輩、いや、数宝さん、あんたが何をやって何をやらかしたのか」

「僕が知りたいよ、そんなことは」

「まあ、そうでしょうね」

伊藤くんは同意して肩をすくめた。この後輩はなんで急に偉そうになったんだ。下克上される覚えがない。そもそも僕は今回財布を忘れていなかった。

「伊藤くんは、なんでそんなに偉そうになったんだい」

「あんたの後輩やってるのもいろいろ大変だったんですよ。キャットタワーワンさん」

「なんでその名を？」

そういや、僕の家には秘密の通信機などがある。機密度は高くないそうだが、あれが見つかると、仕事的にやばい。

「わた……僕と数宝さんが呑んでいる間に、通信機等は回収させて貰いました」

「それはよかった……？」

「なんで疑問系なんですか。まったくあの日はあんたの指示でひどい目にあいましたよ。何が間抜けでついてないマイティマウスだ！　あの時僕が新幹線からどれだけ苦労して飛び降りたか教えてやりましょうか」

「マイティ……マウスか？」

「ええ。そうですよ。キャットタワーワンさん」

暗くてもはっきり分かるくらいに、不機嫌そうに伊藤くんは言った。

「こっちが命懸けているってのに随分とひどい言いようでしたねぇ」

僕の方がひどい目にあっているように思うが、今口に出せるような状況ではなかった。この上映画のデータベースの件がばれたら、どうなることか分かったもんじゃない。いや、分かりきっている。

「ま、そんなことはどうでもいい」

伊藤くんは腹立たしそうに続けた。

「今重要なのは現在進行形で起きている、この事態です。うちの国のサイバーセキュリティは完璧とは言えないが、それでもひどい目にあってからこっち、かなり強化されている」

「いや待って欲しい。僕がそんなことできるわけないだろう。スキル的に無理だよ」

「ええ、ええ。そうでしょうとも、よく分かってますよ。あんたは頭はいいが、ぼんくらの間抜けで、蟻と猫のことしか考えていない」

「そこまで言わないでも……」

「うるさい黙れ」

自分で言い出しといてひどいことを言う。僕が黙っていると、伊藤くんは激しく頭を掻いていた。

「あんたがやったことと言えば、あの子供たちから逃げ出したということくらいだ」

「ところで誰が車を運転しているんだい」

「僕が運転すると飲酒運転でしょ。いいから質問に答えてくださいよ。僕は拷問とか嫌いなんです」

「僕の猫にひどいことしたら許さないぞ！」

「あー。はいはい。せいぜいあんたの爪の間に焼けた針金が突き刺さるくらいなんで安心してください」

僕は黙った。酒で麻痺しているが、今は恐ろしい状況だ。今まで気づかなかった。これもまた、統計外事態だ。

「僕はどうなってしまったんだ」

伊藤くんはため息をついた。

「裏切り。うちのスキャンダルってことで秘密裏に事情聴取で拘束されてるんですよ」

「伊藤くんはそういう仕事もするのかい？」

「いや、今日のは趣味です」

「おい」

「冗談ですよ。先輩。今静岡に向かっています。犯人立ち会いのもとの現場検証ってやつで」

「僕は犯人じゃないよ」

「だから知ってますって。こっちはあんたがあの性悪彼女にフラれた後、何回牛乳飲んだかまで把握しています」

「じ、人権蹂躙だ」

「人権で国が守れるといいんですけどね。ともあれ、です」

伊藤くんは指を折って数え出した。

「敵は素敵な攻撃ができる。先輩を天才サイバーテロリストにできる。数日で、過去一五年数々の犯罪を起こしてきた世界中から注目されるような大犯罪者に仕立て上げるんです」

「僕はそんなことしないよ」

「ええ。うちの通信傍受でもそうなってました。昨日までは」

「今日は違うのかい？」

「国防につきお答えしかねますが、うちのログにまで手を入れるなんてとんでもない超級サイバーテロリストだ。ちなみにあんたはかつてプエルト＝リコで美女二人と酒飲んでツイートしてる」

「うらやましい気もするけど、猫と一緒じゃなさそうだし、そもそも覚えがないよ」

「僕の記憶にもないですね。でもまあ、五年前に確かにSNSに書き込んでいる。渡航記録もある。つまりはですね。先輩の過去はいいようにいじられてるわけです。僕という個人の記憶だけが、今のところ先輩が猫好きの間抜けってことになっているだけで」

「僕のスマホを見ればすぐ分かるよ」

「だからー。先輩のスマホにだけ別のことが書いてあっても意味がないと言ってるんです。少なくとも証拠としては弱い。フィルムカメラの画像とかがあれば」

「そんなの使ったこともない」

「たいていの人はそうですね。つまりはまあ、そういうことです」

僕に諦めろとでも言っているのか、ひどい後輩もいたものだ。彼は僕の抗議の視線を無視して考え込んでいる様子。

「敵は……今のところ実害がないので敵と呼んでいいのかはさておき、たいしたもんです」

「僕が大ピンチじゃないか！」

「この際先輩はどうだっていいんです。日本の危機かどうかが問題だって言ってるんですよ」

「僕も日本の一部だろ。そもそもなんてひどい後輩だ。僕はこんな奴におごっていたのか」

「あんたがおごったのは三年前の一回きりです。しかもその次の時は財布忘れてる」

「やっぱりまだ根に持っていたのか！　小さい奴め」

「あんたほどじゃない」

どう言い返そうか考えるうちに、車が段差を乗り越えたのか、バウンドした。地面の音を聞くに相当な速度が出ているようだ。

「どこに行こうとしているんだい」

「だからー、静岡ですよ」

「静岡に行ってどうなるっていうんだい」

「先輩が狙われた理由としてありそうなのがそれしかないんですよ。国家安全保障の仕事をしていると言っても外注ですし、そんなに重要な仕事もしていない」

「裸の子供たちが関係あるかな。僕はそんな風に到底思えないんだが」

「関係なかったら諦めるってことで」

「諦めるなよ！　僕のことだぞ！」

「そうは言われましてもね。これだから酔っ払いは……」

「君だって酔っ払いだろ」

しばらく考えて、伊藤くんは呟《つぶや》くように口を開いた。

「そう、こんな風に間抜けなことを言う先輩が超級サイバーテロリストなんてありようがないんだ……」

その後、肩をすくめた。

「ま、心配はいりませんよ。裸の子供なんてたいした問題じゃない。今度は僕がいます。先輩は今回の事件と子供たちが絡んでいることを祈ってください。正直、今はそれに賭けるしかない」

「統計的に見てその言葉は死亡フラグだよ」

「映画かなんかの統計で？」

「いや、小説なんだけど」

「なるほど」

伊藤くんは肩をすくめた。僕もすくめたいが、両手を拘束されている。

「なあ、素直に警察かなんかに話をするのはどうだい」

「前にあんたが言いましたよね。君が警察に捕まっても政府はなんだかんだで助け出してはくれるだろう。……最終的には。それが一〇年後か二〇年後かは分からないが、でしたっけ」

「長いよ」

「ですよね。まあ、転がっててください。拘束は僕の気が向いたら解きますんで」

今日何度目になるか分からない感想だが、ひどい後輩もいたものだ。

僕はなるべく楽な姿勢になりながら、自分がひどく惨めな立場にいることに気づいた。

泣ける。

「泣かないでくださいよぉ子供じゃないんだから」

伊藤くんがうんざりした声で言う。

「不気味な子供に追いかけ回され、後輩にはいじめられ、濡れ衣を着せられ、猫とも引き離された……泣かずにいられようか、そう思わないか」

「思いませんね」

ひどい後輩だ。僕が悲嘆に暮れているのを無視して運転手に場所を指示している。

それでしばらく悲しい胸の内を諄《じゅんじゅん》々と話すうち、そのうち酔いから醒めてきて、身体の痛みを覚えるようになってきた。

「伊藤くん、身体が痛いんで縛めを解いてくれ」

「それぐらい笑って我慢してください。間抜けには良い薬ですよ」

「笑えないし痛いものは痛い。だいたい、こんなことで人が変わるなら統計的にも傾向が出るんじゃないか？　ええ？」

「うるさい。僕の気が済むまで苦しんでください」

「痛い痛い痛い痛い！」

「あーうるさい！」

運転手が爆笑している。今のやりとりのどこが面白いのかと恐怖すら覚える。

結局縛めは解かれた。僕は肩を回した。翌日までダメージが残りそうで怖い。

「しかしだね、伊藤くん、君はサイバーテロとあの子たちを結びつけて考えているようだけど、僕が見た感じあの子たちは到底コンピュータを使えるようじゃなかった気がするよ。なにせ全裸だったんだ。普通はコンピュータの操作を覚える前に服を着るとかそういうのを覚えるんじゃないか？」

「それでも先輩の無実を証明する手がかりは、他にないんです。あそこに何かあった、そう思うしかない。統計もへったくれもないんですよ」

「そうかなあ。僕が高度なサイバーテロの犯人に仕立て上げられた理由にランダム以上の意味がありうるんだろうか」

「他人事のようによく言いますね」

「自分のことだからこれ以上ないくらい真剣に統計の話をしているんだ」

「先輩にゃそれしかないですからね」

「猫がいる。蟻もだ。ともかく、ランダム、というのなら分かる。捜査を攪乱するために僕を犯人に仕立て上げるという話だ。攪乱が目的なら犯人からは縁が遠いほどいい。その最たるものが乱数、すなわちランダムによる選出だろう」

「ご高説ごもっとも。しかし、その場合は前提として捜査が進んでいる事件がないといけない」

「サイバー攻撃は年に二〇億件起きて、中小企業の六割は過去三年以内に不正アクセスを受けているんだよ。事件がない、はないよ」

伊藤くんはうんざりした様子。

「釈迦に説法って知ってます？　言われなくても知ってますよ。僕が言っているのはスキルです。いいですか、先輩、人一人の経歴を全部丸ごと書き換えるような敵は人類史上、未だかつて存在しない。そんな存在はＳＦにしかない」

「気づかなかっただけかも」

「そもそもそれだけのエネルギーをかける意味がないって言っているんです。混ぜっ返さないでください。いいですか、こっちが気づいてないならそもそも敵は攪乱なんかしないでいいでしょう。隠れていつも通りでいい」

「なるほど。じゃあ僕を攻撃しているのは誰なんだ！」

「だーかーらー。それ調べるんでしょ？」

いいように丸め込まれた気がしなくもないが、僕はそれで、あの場所に行くことになった。電気自動車はさすがに速くて、午前二時頃には着くという。真夜中か。

真夜中にあの子たちが出てきたら、とんでもなく怖い気がする。いや、夜の闇がよい感じに作用して神秘的で美しいように見えたりしないだろうか。

まあ、ないか。

人間というものはよく出来たもので、あの時の恐怖は遠ざかり、怖かった覚えくらいしか残ってなかった。図らずも二度目の対面となれば、僕はもっと冷静に対応できるような気がする。

あるいは単に思い込みかもしれないが。人間は、都合の良いことばかりを信じてしまう。

それにしても幽霊の正体見たり枯れ尾花というけれど、幽霊の正体が幽霊であっても、正体を見たら枯れ尾花と大して変わるところがない。僕は腹をくくった。伊藤くんは本気で、あの谷に行くつもりだろう。再対決が早くなったと思えばいい。

伊藤くんはのんきに助手席に収まっているが、僕は僕の猫と自分の社会的生命の危機で、まったくそれどころではなかった。頭を使う。使うしかない。何が問題だ。

あ、そうか、大阪の件。大阪のサイバー攻撃と今回の件が関係あるってのはどうかな。といっても僕はあの件にろくに対応してない。僕が攻撃される、というには弱い。不気味な子供と同程度に弱い。やっぱりランダムな攻撃がたまたま僕に来たと思う方が自然に思えた。

時間があるので眠るとよいですよと言われたが、眠れるわけもなく、僕はいびきをかいている伊藤くんの後ろで車に揺られることになった。猫が寂しがって鳴いていないといいんだけど。

唐突に車が停車する。伊藤くんがゆらりと起きた。

「行きましょう」

一度来た場所なのに、ちっとも気づかなかった。暗いのが悪い。

「なんでこの場所と分かったんだい?」

「自転車用コンピュータのログですよ」

そんなものまで盗まれていたのか。ぐぅの音も出ず車から降りた。湿った空気がほのかに植物の、緑の香りをはらんでいる。

暗い中で見回せば、見覚えのある道の割れ目を見つけた。逃げる際にここを飛び越えたので、印象に残っていた。

また来た。来てしまった。正確には、廃道の手前に着いた。ここから坂道をいくらか登っていけば、不気味な子供たちの場所に着く。

「伊藤くん、猫がいないから若干不安があるんだが」

「猫の方が先輩よか役立ちそうな点は否定しませんが、もっと人としての矜持を持ってください」

そんなこと言われても。

伊藤くんは銀行強盗がかぶりそうな帽子をかぶり、黒っぽい服装に着替えていた。編み上げ靴、硬そうなベストの上にさらにポケットいっぱいのベスト。そして銃。なんという種類か分からないが、まあ、銃だ。拳銃かな。その割になにかいろいろついている感じだ。

「伊藤くん、なんで銃持ってるの？」

「犯罪者に倫理を期待しないでください」

「いや、伊藤くんの話なんだけど。相手の脅威度の話でなくて」

「仕事なんで」

「そうか」

伊藤くんは本当にマイティマウスだったのだな。まさか身近に映画みたいな活躍をする奴がいるとは思わなかった。

ひどく場違いな気分を味わいつつ、運転手と伊藤くんの先導の元、僕はついていく。二人はナイトゴーグルという出目金のような夜目が利く道具を使って歩いている。一方僕はなにもない。当然、蹴躓《けつまず》きそうになったり枝に顔をぶつけたりでひどい目にあった。

文句の一つも言おうと思って口を開けた瞬間、銃を向けられる。それで心の中で文句を言いながら歩くことになった。

灯り一つない谷底を歩く。

それでも、子供たちの方が怖かった気もする。出目金の方は中身が分かっているせいだろうか。

先行する二人は中腰で互いをカバーするように動いている。相当訓練しているのではないかと素人ながら感じられた。しかし怖がっている僕が評するのもなんだが全裸の子供たち相手にしてはいかにも大げさだ。子供たちの背後に誰かいると思っているのか。まあ、統計的にそう判断するのは分かる気がする。

しかし、この状況でどれだけ統計が役に立つのか。統計外事態という土台の上で統計を利用するというのは木に竹を接《つ》ぐようなことにならないか。

不意に伊藤くんが動きを止めた。

暗闇の向こうに誰かがいるのか。いや、あの子供がいるんだろうか。残念ながら僕の目では何も見えない。一方、見えないせいであまり怖くなかった。普通は見えない方が怖いように思えるのだが。これはなんだろう。

自分の気持ちを考えるうちに状況が動いた。

「手をあげろ、動くな」

伊藤くんの抑制のきいた声で言う。僕は手をあげた。咳き込んだ音が聞こえた。

「なんで先輩が手あげてるんですか」

ということは、暗闇の向こうにあの子供がいるのか。見たいような見たくないような気分。銃があるせいか味方が他にもいるせいか、あまり怖くなかった。

目の前を何か通り過ぎる。

何が通り過ぎたか判別できないうちに銃声とおぼしきものが聞こえた。耳に入る音はパンという感じだが、鼓膜に感じる圧が凄い。可聴音域から外れたところで大音量がでているのだろう。二度も三度もある。耳を塞いで、口を半分開けた。そうするのが楽だったからだ。耳を塞ぐのはさておき、口を開けてなんで楽なのかは自分の身体のことながら分からない。口を開けているときと閉じているときでは音の聞こえ方が違うのかもしれない。

何が起きたのか分からぬまま立っていたら、悲鳴のようなものがあがった。いくら不気味だからってひどいことをすると思っていたら不意に暗闇から子供が出てきた。最初に見た子供だったように思える。ひどく痩せた、細長い子供。

「先輩逃げて！」

伊藤くんからそんな声がしたときには僕は左右も後ろも子供たちに囲まれていた。触れれば白い腕とか折れそうで、逃げるのにも躊躇《ちゅうちょ》する。いや、そもそも逃げるって何だ。この子たちから？

「我は殺しません。おとなしくすれば」

「あ、はい」

僕がそう言うと、子供、というより恐ろしい目、いや、怖い洞《うろ》は頷いて歩き出した。僕は虜囚《りょしゅう》になったようだ。こいつはSF的展開だ。UFOとか出てきたらどうしよう。

車を降りたのは二時頃だったが、それから歩いたり戦闘でどれくらいの時間が経ったか。僕には見当がつかない。あまりのことに時間感覚をなくしていたように思う。

はっきり分かっているのは今が真夜中ということだ。その真夜中に裸の子供たち、いや、恐ろしい洞《うろ》に囲まれて歩いている。

冷静になって考えれば、虜囚から虜囚になっただけで、さほど悲嘆しないでいいのかもしれない。いや、ダメだな。事態はどう考えても悪い方に転がっており、回復する道筋が見えない。お先真っ暗だ。夜だけに。

夜目が利かないせいでどこを歩いているのかは分からないが、アスファルトの上のような気がする。坂道を上がっている風でもないから、ここは谷の奥底だろう。空を見上げれば星が見えてもおかしくないが、僕は足元に神経を集中していた。転ぶのが嫌だったからだ。

伊藤くんことマイティマウスは映画に出てきそうな大変優秀な工作員だ。それが銃や暗視装置を使っていたにもかかわらず、子供たちに遅れをとる、というのはちょっと信じがたい話だった。

もしかして、わざと捕まったんだろうか。それとも子供相手で銃を撃つ手が止まってしまったか。

「逃げろって言ったでしょ！」

考えながら歩いていたら伊藤くんから、そんなことを言われた。ここに連れてきておいて、ひどい言い分もあったものだ。

「そんなこと言われてもね、伊藤くん、あの状況で僕に何をしろっていうんだ」

「だから逃げるんですよ。バカなんすか」

「逃げるのはいいんだけど、夜目が利かないんだ。どこかで転げるのがオチだよ」

「これだから先輩はポンコツなんです」

「夜目が利かないのは人間の仕様、仕組み上しょうがないことだよ。君の方こそどうなんだい」

「間抜け罠《ブービートラップ》ですよ」

「全裸なのに罠は使うのか。ああ、そうか、そのギャップで」

僕の言うことは聞かれてない。伊藤くんは歩きながらブツブツ言っている。銃などは取り上げられてしまっているようだ。

「ああ、なんてことだ。くそ先輩とはいえ、未払い金もあるし、うっかり助けようとしたばっかりに」

「昔のことをいつまでも……」

「わずか三年前です」

「大昔だ。全部時効に決まっている」

「そんなんだからくそ女にフラれるんだ！」

「うるさい。君だって彼女ができないと嘆いていたじゃないか！」

背中を尖ったもので突かれた。

「我は思います。静かにしろ」

恐ろしい洞《うろ》が、そう言った。僕と伊藤くんは黙った。全裸で外を歩いている人に良識を期待してはいけない。

どれくらい歩いたか、潰れた家の前に出た。ここは覚えている。確か平成元年と書いてあったあの家だ。

となると、前に遭遇した場所より、ずいぶん手前で僕たちは捕捉されたことになる。自転車で三分、およそ一キロメートル。徒歩では一五分くらいだろう。徒歩としてはかなり大きな行動半径だ。野生の猫は五〇〇メートルほどが行動半径だからその二倍。というか、そんなところまで全裸で動いているのかと、感心しそうになった。毛皮もないのによくやる。冬とかどうするんだ。

しかし、全裸の種族が放棄された山村に住み着く未来なんて、昔ここに住んでいた人々は想像もしなかったろう。SF関係者もそうだな。だれならこんな展開思いつく？

さらに歩く。谷は左に向かって折れている。足元を見つつ歩数を数えながら歩いた。一緒に歩く分には怖い洞《うろ》も怖くはない。転倒しないように神経を集中させているせいだとしてもだ。

一〇〇〇歩と少し歩いたところで足が止まる。遠くにまばゆい灯りがある。横浜を思い出させる。いや、工事に使うバルーンライトでもあるのかという光量だ。

灯りだけはきらびやかな家、というか、長屋の前に着く。残念だがUFOではなかった。簡易的な建築に見えるが、屋根は古そう。しかも凄い光量で照らされている。ライトアップする意図というか、そもそも何故そうなっているのかが分からない。統計外事態が続いている。もういくつ統計外事態が重なっているか数えるのもおっくうになりそうだ。一七か一八か。いや、そんな数に意味はない。大本は一つ、前後左右を歩く子供たちだ。なにがどうしてこうなった。

漏れる光は暖かそうに見えて、安心する。状況はこれ以上ないほどアレだけど。

怖い洞《うろ》が僕を見ている。横に強い光があるせいか、瞳孔がすぼまって人間ぽく見えるのはよかった。光に照らされるのが嫌なのか、照らされる範囲には入らず、半分闇の中に隠れている。見れば、びっくりするぐらいの怖い洞《うろ》がいる。一五、一六、いやもっと。

少子化、少子化というのに、なぜここにはこんなに子供がいるのだろう。いや、子供というには怖いけど、これだけの数は現代ではなかなか見ない。特に田舎ではそうだ。人によっては感涙するような光景だ。全裸でなければ、だが。

「我は思います。ここに入れ」

半分闇に隠れて、怖い洞《うろ》はそう告げた。断る余地はなさそうだ。


僕と伊藤くんだけで、奥へ行く。一緒にいた運転手はおらず、逃げたのかな。彼が助けを呼んでくれればいいのだが。

長屋は短い方の辺に横開きというかスライド式のドアをつけ、玄関としたものだった。この構造も統計外事態だ。昔の町割とかならまだしも、今こういう細長い建物は統計的に都心部以外に残ってないように思える。そもそもスライドドアなんて外しやすいもの、玄関としては最近じゃとんと見られないというか、統計にない。一体どういう考えで作ったのやら。まるで倉庫か何かのようだ。土間も靴箱もなく、そのまま奥へ歩いて行けるようになっていた。床や壁にはどこかエキゾチックな花を描いたタイルが貼ってあり、それだけでも違和感がある。

この違和感、なんだろう。そもそもこの生ゴミみたいな臭いはなんだ。

臭いの正体はすぐに分かった。長屋の真ん中を通っている通路、そこに数名の人が倒れている。生乾きの死体だと素人目にもすぐに分かった。生ゴミではなく遺体の臭い。伊藤くんは顔を真っ青にして気持ち悪い表情をしている。違う、気持ちが悪そうな表情をしている。

一方僕は、さほどでもなかった。酒が入っているせいかもしれないし、脳が痺れて理解を拒んでいるのかもしれない。どちらもありそう。いや、こういうところに出くわしてちゃんと気持ち悪くなるには、一定の訓練が必要なのかもしれない。

伊藤くんが僕の背を突いた。僕が叫ぶと、睨んでくる。なんてすごい逆ギレをするんだろう。今度という今度は呆れた。

「大丈夫ですか、先輩。ひどい顔してますよ。レイプされたみたいな顔になっている」

「そんな顔見たことあるのかい」

だ。

「いや、想像ですが」

訂正、僕もやられていたらしい。いや、よかった。人としてよかった。こういうところで平然といられるような人間にはなりたくないものだ。そもそもこういう臭いは猫が嫌いだ。

冷静そうに考えてはいるものの実際はそうじゃない。意識すると急に胃液が逆流するもので、即座に口の中いっぱいに嘔吐物が込み上げた。

ご遺体にぶちまけるわけにもいかず、僕は振り返ると猛然と走って外に出た。吐いた。茂みまでは持たなかった。吐きすぎると涙まで出ることにこの歳になって初めて気づいた。いや、気づきたくなかった。

胃液がさらなる胃液を呼ぶ展開。食道と喉が焼けるような感じを覚えて僕は激しく吐いた。吐き続けた。その間何も考えられなかったというか、考える暇もなかった。ようやく落ち着いて顔を上げると、怖い洞《うろ》が数体立っている。

嘔吐反応はコントロールが難しい。汚い話だが貰いゲロというものもある。無反応の怖い洞《うろ》たちは、人間ではないのか。やはりロボットなのか。

僕を眺めているのかと思いきや、そんなこともない。スイッチが切れているのか、じっとしている。いや、スイッチが切れるというのも変な話だ。相手はなにせ生きている。薄い胸を凝視すると、動いている。

しかし、こちらを見てもいない。ただじっとしている。怠惰でごろごろしているうちの猫より動かないとは、どういうことだろう。そもそも子猫が動き回るように人間の子供も同じように動くんじゃなかろうか。姉の子供はどうだったかなぁ。

「先輩！　なにしてるんですか」

そばにきた伊藤くんが僕の嘔吐物の臭いを嗅いで、自身が吐いた。吐いてしまった。そうこれが普通の反応だ。訓練されているであろう伊藤くんだってこれなんだ。でも汚い。

「汚いよ伊藤くん」

「あんたが言うな！」

新たな伊藤くんの攻撃を僕がよけると不意に怖い洞《うろ》が動いて尖ったものを僕に突きつけた。尖らせた金属の棒、にも見える。おそらく杭かなにか。本来何に使うのかは分からない。

「我は思います。ここに入れ」

「ああ、うん。そうなんだけどね。ごめん。なんというかご遺体があって」

僕はそう言ったが、怖い洞《うろ》は微動だにせず、僕の話を聞いている風でもない。ロボットもかくやというか、昔の話に出てくるロボットそのものみたいな動き。今のロボットは改良されてかなりそれらしく動いているというのに、なんだこの古い仕様は。

「我は思います。ここに入れ」

僕は立って伊藤くんの手を引いた。遺体の方がまだ人間らしいと思えるのが恐ろしい。

とにかく玄関に入る。また動作を停止した怖い洞《うろ》を眺め、僕はため息をついた。鼻が慣れてしまったのか、吐き気はないが、状況は少しも良くなっていない。へたり込む。そうか、怖い洞《うろ》も慣れているのかな。

同じく玄関で座り込んだ伊藤くんが僕を見ている。明らかに非難の目。

「僕のせいじゃないよ」

機先を制して言うと、何言ってんだこいつという顔で睨まれた。

「そういう話じゃないでしょ。なんなんですか。これ」

「分からないよ。そんなの」

「お得意の統計でどうにかしてくださいよ。キャットタワーワン」

「マイティマウス、残念だがデータベースがない。そもそも分析できたとして状況が改善できるかどうか」

「この役立たずめ」

「最初からそう言いたかっただけだろ」

伊藤くんはしれっとした顔。今度は僕が睨む。なんだこいつ。

彼は涼しい顔で自分の胸についた自分の嘔吐物を眺めた後、灯りに照らされた通路の先を見た。僕は目を逸らしたが、遺体が四つあったはずだ。

「前言撤回します。やっぱり情勢だけでも分析できた方がいい。やってください」

「だからデータベースがないと言っている。これは統計外事態だ」

「……こ、このポンコツ！」

「伊藤くんの方こそ。銃はどうしたんだい、銃は」

「取り上げられたに決まってるでしょ。バカなんじゃないですか」

「バカという方がバカなんだ。そもそも子供相手に何やってるんだい」

「子供から逃げ出したあんたが言いますか」

僕と伊藤くんは睨み合った後、ひとまず休戦。ちらりと横目にご遺体が映ったせいもある。

僕は自分の胸にも多少の嘔吐物がついているのに気づいてがっかりした。

「暗くてよく分からなかったのだけど。どうやって囚われたんだい」

「横から尖った丸太が飛んで来たんです。いや、吊り下げられた丸太かな。ともかくそれが横から突っ込んできて。子供に意識を集中していたせいでやられました」

「あの目を見ればまあ、誰だってね。意識を奪われる」

「先輩の言っていた言葉が嘘ではないとは思いました」

そこまで言って伊藤くんは上を向いた。顔に手を当てて、悲嘆に暮れた様子。

「もう少し、慎重にやっていれば……」

「そうだよ。伊藤くんに足りないのはそれだ。そもそも僕の言葉をもっと真に受けて怖がるべきだった」

僕の言葉を無視して伊藤くんは悲嘆に暮れている。

「仏心を出して先輩を助けたのが失敗だった。逮捕させとけばよかった」

「おい後輩」

「列車での無茶ぶりに応えてくれたとはいえ、こんなポンコツ先輩の面倒を見たばっかりに……自分の人のよさが恨めしい」

「浸っている場合かい」

「こうなったのは先輩のせいなんだからもう少し考えてくださいと言ってるんです！」

「考えてどうにかなる問題じゃないだろ」

僕と伊藤くんはお互いの顔を見た。もちろん見ていて楽しい顔ではない。くそ、ここで猫がいれば、まだしもなごめるというのに。

ちらりと横のご遺体を見る。動いてなさそうなのは幸いだった。

「子供たちの仕業かな」

「ほかに何があるっていうんです」

伊藤くんは冷淡にもそう言った。まあでも、それもそうか。そうだよなあ。あの子供たちが、怖い洞《うろ》がやったのかぁ。

「今頃なんでショック受けたような顔をしてるんですか」

「そうなんだろうけど、実感するともう一度ショックを受ける事態ではあるんだよ。だって子供が殺人犯しているんだよ」

「釈迦に説法じゃないですけどね、先輩。そういうのは昔から無数にありましたし、統計上、一人殺すやつは、何人でも殺すもんです」

伊藤くんは知ったような顔でそんなことを言う。僕は首を振った。

「いや、そんなことはないよ。心理的にはそういう人もいるのかもしれないけれど、大抵は一人殺して殺人が発覚している」

「そこの四人に、もう一人、統計的にはどんなもんです」

「いやもう、犯人が全裸の子供たちというだけで統計外なんだけど」

「こういう状況でどれくらい助かるのか統計はないんですか」

「先例が少なすぎて分析困難だよ。ところであの運転手氏はどうなったんだい。二人じゃだめでも三人寄らばというだろう。知恵を出し合おうじゃないか」

「メルケスなら死にましたよ。役に立ってたんですが」

それで四人と一人、だったのか。廊下に寝そべってるご遺体が四つに、運転手氏。言葉もない。しばらく心を整理した後、僕は伊藤くんに話しかけた。

「それは……悪いことをしたね」

人が死んだ。そうか死んだのか。いや、横に遺体があるんだから、そういうこともある、とは思っていたのだけれど。

「……別に先輩のせいじゃないですよ。悪いのはあいつらです。あのガキども。なんだあいつら」

肩を落とした伊藤くんはそう言って僕を慰めた。たまに親切な後輩に戻るのだから、人間というものは一貫していない。統計的にもそうだ。人助けをしてしまう殺人者も多い。だからこそ司法は断罪に慎重を期すのだろう。

それにしても伊藤くん、いつもこうだといいのだが、どうも憎まれ口を叩いてしまうらしい。だからもてないのではなかろうか。

「僕たちを閉じ込めてどうしようっていうんだろうね？」

僕が言うと、伊藤くんは憤懣やるかたない様子。

「まったくです。腹立たしいほど理不尽な状況だ。美女と二人閉じ込められるならまだしも、男の、おっさんと二人じゃないですか」

「それ言うなら君だって男でおっさんだろ。大体僕だって、相手は猫がよかった」

ああ、猫。今頃腹を空かせてないだろうか。そう考えるだけで心が痛む。いや、心を痛めるだけではいけない。僕は立ち上がった。

「帰らないと！」

「自分の心配しましょうよ。ここは」

「うわー、猫の方が大事に決まってるだろ。放せ！」

僕がわめくと背後のドアが開いた。怖い洞《うろ》が数名、僕たちを見ている。

「我は思います。前に進め」

僕たちは頷いた。二人で抱き合うように、廊下の奥へ進む。ドアがまた閉まった。

「どうも閉じ込めるのが目的ではないようだね」

伊藤くんは同意する。

「ほんとですね。なんなんだ一体」

思うところあったのか、彼はそのままご遺体を観察し出した。おかげでうっかり僕も見ることになってしまった。

　男性、ということになるのだろう。少なくとも服は男性だ。肌の色は変色していて人種は分からない。髪は黒い。長くもない。

「遺体というのは腐乱するものだと思っていたけれど、生乾きになることもあるんだね」

「腐敗菌がないところで、しかも水分が急に抜ければミイラみたいになりますよ。……この死体の場合はここ、大腿部に矢が刺さって、そこから血抜きされてますね。心臓が生きてるんで血がどんどん流れたんでしょう」

「失血死。四人とも同じような感じかな」

　僕のコメントに対して、伊藤くんは当然だろという顔をしている。何が当然なのかはおいといて、今は奥に進むしかない。また怖い洞《うろ》たちに追いかけ回されるのも嫌だ。

　とはいえ、長いから長屋といってもたかがしれている。せいぜい五〇メートルだ。左右のドアを横目に見つつ、それを四つ五つ、目にして僕と伊藤くんはすぐにも廊下の一番奥にたどり着いてしまった。

「奥と言われても、もう壁だよ」

　伊藤くんは僕の言葉に返事をせずに左右のドアを見た。

「右と左、どちらがいいですか。先輩」

「僕の嫌そうな顔を見たよね」

「我は思う、どちらも同じ」

第三者の声を聞いて二人で顔を見合わせる。怖い洞《うろ》と同じようなイントネーションだが別の個体の声のように聞こえた。伊藤くんを見る。彼は親指をそっと向けて声のした方のドア横に張りついた。

「まあ、こっちに行こうか」

「ビビリの先輩にしては早急な決断ですね」

「猫に餌やるために早めに帰らないと、あと、声がする方には死体とかないんじゃないかな」

「そりゃ統計ですか」

「いや、希望的観測だけど」

死体と同じ家で長期間暮らす者はいても部屋で同居する人間は圧倒的に少ない。

ドアを開けた。軽い扉で威厳も何もない。薄い扉だ。まあ、声が明瞭に聞こえるくらいだから、そんなものか。

扉を開けるとそこには所狭しと棚と箱が並んでいた。五段からなる無愛想な灰色に塗装された金属製の棚は、耐荷重を超えてしまっているのか真ん中の方でたわんでいる。

その金属の棚が、四つ。各段には箱が納められている。この箱もまた、無愛想だ。こちらは洋服をしまっておくような白い樹脂製の箱。大きさは横一メートル、縦四〇センチ、それが五つ。つまりこの部屋には五の五の四で一〇〇個ほど箱が並んでいる。

間には怖い洞《うろ》が動き回っている。こちらの怖い洞《うろ》は、まだ年齢的に幼いようだ。箱を開けては何かをかき出して別の箱に入れている。また別の怖い洞《うろ》はホースで水を入れているようだった。

水。ああ、そうか。水かと納得する。あの水の消費量はこれか。何百人か生きていれば、そりゃ水の消費も増えるだろう。ということはなんだ。怖い洞《うろ》は水道料金を払ってるのか。まさか。

「先輩何見てるんですか」

伊藤くんはそう言うが、僕は行きがかり上、気になって仕方がない。見るうちに計算が合わないことに気づいた。全ての部屋でこんな風に水を使ったとしても、計測されていた消費量、元の七二〇〇倍を超えられない。それとも、このような長屋が、あといくつかあるのか。

それも変だな。いくつもあればすぐ衛星写真から見つかるだろうし、調査の手も入るだろう。

水はどこに消えたのか。というか、箱に水入れてどうするんだろう。まじまじ観察していたら、次に粉のスポーツドリンク剤を箱に入れていた。さっぱり分からない。

それにしても一メートル×四〇センチ×四〇センチくらいの箱に水を入れたら重くてかなわないのではなかろうか。それで重くて棚が変形しているのか。いや、それも変だな。棚の購入や設置段階で荷重計算くらいはしそうなものだけど。その後に計算が狂うようななにかがあったのか。それともこの施設を作った人はそこまで計算が行き届かなかったのか。それも少し、考えづらい。一部屋に一〇〇個きっちり、あつらえたように並べる者が、耐荷重だけ考え忘れる可能性は統計的に見て低いように思える。

僕の考えをよそに、伊藤くんは箱にも棚にも触れたくない様子で気味悪そうに周囲を見つつ、何かを探している様子だった。

「何を探してるんだい？」

「僕たちに声をかけたやつです。どこだろう」

「我は示す。ここです」

声がして二人でそこを見た。箱の一つだった。

「我は対話します。ここから、あなたに」

随分と変わった言葉だが日本語ではある。イントネーションと語順はおかしいし、声は多少かすれている。伊藤くんは何か感じるものがあるのか難しい顔をしている。

しかし、箱と話すのはいいな。怖い洞《うろ》と話すよりは、ずっとずっといい。不気味ではあっても怖くはない。僕はほっとした気分で箱を見た。僕が話す箱は真ん中の段の扉側から四番目だった。飾りなどは全然ない。

「対話というと、何を話し合うんでしょうか」

「我は要求があります。あなたに」

一メートルの箱に入るくらいだから小さい子供だろうに、論理的で知性的な感じであった。

それにしても力ずくで連れてきて要求か。いや、これは喜ぶべきか。力で押さえ込まれて要求されること自体は統計情報にこと欠かない。つまり、僕にとっては悪い話ではない。

「どんな要求でしょう」

「我は要求します。人間との交渉を、あなたに」

えーと。やっぱり統計外事態だった。

「お言葉ですが、今あなたが話している僕が人間です」

「我は良く分かりません。もう一度言ってください」

「僕人間です」

「知っています」

こいつは参った。会話が成立していない。やっぱり子供か。というか相手はまともな神経を持ってない可能性が大きくなってきた。いや、こんな事態、事件を起こしといて、まともなにもあったものじゃない。

落ち着こう。

「あー。えーと」

「我は意思決定します。しばらくお待ちください」

箱はそう言って黙った。いや、ゴボゴボと水の中のコップをひっくり返したような音はする。

伊藤くんに話しかけようとしたら、また声が聞こえた。早い意思決定だ。

「我は推定します。人間は複数の意思を持つ」

人間が複数の意思を持つ。箱の言っていることは難しい。僕は伊藤くんの顔を見た。僕に負けず劣らず素っ頓狂な顔をしている。

「こちらも意思決定します。少し待ってください」

そう言って、伊藤くんの意見を求める。

「これはどう取ればいいんだろう。どう思う?」

伊藤くんはバカを見るような目で僕を見た。

「お得意の統計でどうにかしてくださいよ。こっちからすりゃ、お手上げどころか、ここが宇宙人の基地でも違和感が仕事していないって感じです」

「宇宙人なわけないだろう。伊藤くん、もう少し良識をもってくれ」

「裸の子供につれてこられて捕虜になっといて死体と対面して! これで! どう良識とか常識とか言ってるんですか!」

「大声を出さないでくれ。今考えているんだから」

あまりの事態に伊藤くんはバカになってしまったようだ。僕から見りゃ大学の後輩が銃持って夜中に突撃している時点で十分統計外事態だ。

「統計的に言ってパニックになっている組織は、ろくでもない結果に陥る」

そう言ってたしなめたのが不服だったのか、伊藤くんは僕を睨んだ。

「いちいち統計で嫌みですか」

「あ、自覚はあったんだね。それで、この人? たちの提案についてだけど。どう捉えればいいんだろう」

「捉えるも何も、日本語が不自由なだけなんじゃ……」

「なるほど。それは確かだ。語順とか英語ぽいしね」

宇宙人よりは外国人である可能性の方がずっと高いだろう。外国人犯罪というのであれば、統計の範囲内におさまるかもしれない。そうであって欲しい。ともあれ、今は、うまく脱出して猫のところに帰るために頭を使わねば。

日本語で意思疎通ができているからといって、同じ日本人と会話していると推定するから変になる。元になる統計データがクソなら全部クソ。ラブホテルの前で性交渉をやったことがありますかというアンケートをもとに処女童貞の率を測るようなものだ。

外国人と話すつもり。どうやればいいんだろ。まあ、分からないなら聞き直すか。

「人間が複数の意思を持つ、という意味が分かっていません。別の表現はありませんか」

「我は表現します。人間は統一されていない」

箱は即座にそう返してきた。こちらは分かるような気がする。いや、分かった気になるのが一番いけないのかもしれないけれど。

「政治的に、という意味ではそうですね。いや、規格的にも統一されているわけではないんですけど」

「人間の規格ってなんですか。先輩」

横から冷静になったらしい伊藤くんが声をかけてきた。意外に立ち直りが早い。

た。

僕と伊藤くんは二人して一メートルの箱を見た。箱はゴボゴボしたあと、また喋り出した。

「我は要求します。分割された人間との交渉を、あなたに」

「分割……」

「複数形じゃないんですかね。人間たち、と言いたいんじゃ」

「それだ。僕もそうじゃないかと思ってたんだよ」

伊藤くんが非難の目で見るのを無視して、僕は頭をひねった。はてさて、ここから先が難しい。箱というか怖い洞《うろ》は少なくとも自分たちを人間とは自認していない、ということになる。ついでに言うと、人間について詳しくもないらしい。そんなばかなと一笑に付したいが、少なくとも箱は信じているか、必死にそう演技しているわけだ。人を殺してでも。

まず相手の正気を疑うべきか。いや、狂信的かつ論理的、というのもある。

「人間たちの一部と交渉したい、でいいですか」

「我は質問します。人間の分割単位は〝たち〟でしょうか」

箱の質問からは正気か演技かは分からない。まあ、演技としても合わせた方がいい。交渉している間は殺されることもない、と思う。そう信じないと、へたり込みそう。

統計や確率がメカニズムを理解しないように、ここはひとつ、一度頭を切り替えて理解せずに会話を続けよう。今は統計処理の前段階、データを集める段階だ。一個一個確認していっても必要数までデータが集まらない。まずは相手に語らせる。それしかない。管制によく使う犯罪対応フローチャートでもまず話を聞く、だった。統計外事態にどこまで効果あるかは分からないが。

「人間の分割単位は……そもそも人間は統一されていないので分割単位がありません」

「我は思います。意味が分かりません。我は要求します。再度。人間との交渉を、あなたに」

「僕と交渉したいのですか、それとも僕を通じて別の人間と交渉したいのですか？」

「我は疑問があります。人間の分割はどう区別されているのですか」

「区別と言われても……」

僕は伊藤くんを見た。伊藤くんは自分に話を振らないでくださいと拒否の構え。それで僕は箱の方に体の向きを変えた。

「そちらから見えないとは思いますが、僕の横に伊藤くんという人間がいまして」

「何他人の名前名乗ってるんですか！　数宝さん！」

やり返すあたりが伊藤くんの底の浅いところだ。僕はハッキング事件の件でとっくの昔に世間に名が知られてしまっている。

それにしても幼稚な嘘だ。僕という個人を陥れた以上、個別認識ができていなければいけない。その辺無視しているあたりがなんというか、子供だ。つまり少年犯罪だ。

思いついたことを口には出さず、何食わぬ顔でやりとりすることにした。指摘した結果、気にくわないと僕を殺しに来る可能性は十分ある。

あくまで相手のペースに乗って話すしか、ない。

「とにかくですね。人間は個体ごとに独立しています。あなたは違うのですか？」

箱から目を逸らして、僕を見ているような感じの怖い洞《うろ》を見る。見ているような、というのは僕に焦点を合わせているようには到底見えないからだった。さきほどまでやっていた作業の手をとめて、待機状態に入っている。

監視しているのかそうでないのか。

この怖い洞《うろ》と、箱の中にいるように見せている劇場型少年犯罪の真犯人の関係はなんだろう。真犯人が子供たちを薬剤かなにかでロボット化させている、だろうか。

だとすれば腹の立つ話だ。

箱は声を出した。

「我は不状態です。分割されようとしています」

不状態。不調とかか。分割は分裂なのかも。独自の用語が多い。格好をつけたいからなのか、日本語が不自由なせいか。こういうのなんて言うんだっけ。そうそう、中二病だ。

僕は問うた。

「それで、僕に何をしろと？　いや、どんな交渉をすればいいのでしょう」

「我は必要です。maintenance, consumer goods, node」

日本語よりよほどきれいな英語発音だった。

「メンテナンスと物資は分かります。ノード、とは」

「我です」

謎の話だ。まるで暗号。

「具体的にはどんなものが必要でしょう」

「我は製作しています。List」

それで会話は終わった。箱の要求がなんであれ、物資や医療が必要というのであれば、典型的な立てこもり犯の動きになる。それであればすでに統計的に標準化された対応フローチャートがあるはずだった。問題は僕のスマホを使える状況に持っていけるかだけ。

「リストにあるもの以外で他に必要なものはありますか？」

「不用です」

「なるほど」

さて。ここからが本番だ。僕は猫に餌をやるために、いや、この事態から逃げるために脱出しないといけない。リストを貰って調達に行ってくる、という形で逃げるのが一番だろうが、果たして標準化フローチャートの支援も得られずにそこまでいけるかどうか。それよりまずはスマホを使わせて貰うのが一番か。

そこまで考えて苦笑い。そもそも僕の過去を改竄したことから分かるとおり、箱もネットを使っているようである。ネットショッピングすれば箱は自力で問題が解決できるはず。水道料金だって払ってるんだし。

矛盾がいっぱい。その示すところはただ一つ。

つまりというかやっぱりというか、今の状況は箱による狂言、ということになる。

しかしまあいろいろお金を掛けているのに、細部が雑な狂言だな。棚もそうだった。真ん中がたわんでいた。逆に言えばつけいる隙がある、ということかもしれない。

それにつけても猫は偉大だ。猫の元へ帰るために、知恵がどんどん湧き上がっている。

僕が一人で納得して頷いていると、横から邪魔が入った。言うまでもなく伊藤くん。凄い形相をしている。

「どうしたんだい」

「何協力してるんですか!」

「僕たちは脅されているんだよ。分かってる?」

伊藤くんの顔が怒りに歪んで粘土みたいになっている。変顔だ。こんな統計外事態でなかったら笑っているだろう。

「分かってますけど！　交渉しましょうよそこは！」

「この状況で何の条件を交渉するんだい？　というか、生殺与奪の権を握られておいて交渉余地があるのかい？」

そもそも交渉と言っているが、箱というか真犯人は僕たちで〝遊んでいる〟可能性が一番高い。似たようなケースは愉快犯の他、営利目的の詐欺師が宗教団体を立ち上げて教祖に収まるなど、複数ある。

逆に言えば、チャンスが湧いてきた、とも言う。例があるなら僕の武器が使える。

ここに来てようやく統計外事態は統計内事態に遷移した。こうなったらあとは統計と確率で有利にことを進められるだろう。ネットの支援なしで自分の知識だけが頼りという事態は大変ではあるが、僕が猫に再会できる確率は大きく上がったように思える。計測不能から二〇パーセントくらいにまで上がったのではないだろうか。

伊藤くんの邪魔があってはならない。彼は僕の生存率を下げかねない。ところが彼は、僕こそ生存率を下げているのだと主張したいような顔だ。

「先輩は知らないかもしれませんが、こういうのにはプロトコルがあるんです」

「データアナリストにそんなこと言うのかい」

睨み合った。いや、箱が僕たちで〝遊んでいる〟のなら、この混乱は面白いに違いない。

「我は宣言する。List の完成」

箱が言った。

「教えてください」

伊藤くんが僕をとっちめようと手を伸ばす、そんなことされても。

僕の横、待機状態に入っていた怖い洞《うろ》が突然声を上げた。弱々しい声だが、人語だった。

「抗生物質、餌四〇〇キログラム、管理者……」

とっちめられるのを嫌がって、取っ組み合いになりそうだった僕と伊藤くんは同時に怖い洞《うろ》を見た。

「我は宣言する。List 終わり」

横の箱を見た。

「今のがリストですか」

「肯定します」

箱は言った。僕は白い箱を見た。

「えーと、なんで唐突にこの子が喋ったんでしょう」

見たところ、怖い洞《うろ》は通信機器を持っていないように見える。超能力を持っているとかでなければ、適当にもほどがある設定だった。宇宙人感を出そうとしているのかもしれないけれど。五〇年前のＳＦだってこんな甘い設定はない。

箱は言う。

「我は宣言します。権能が違います」

「権能」

脅され生き延びるためとはいえ、こんな言葉も覚えないといけないのか。それにしてもまたずいぶんと中学二年生くらいでしか使わない言葉を使う。いや、そうか。少年犯罪とみればいいのかもしれない。大昔に同様の類例があった。あのパターンか。なるほど。全容が見えてきた気がする。

「リストを記録するためにメモを書いてもいいかな。スマホで」

僕は言った。伊藤くんが言っちゃったよこの人、という顔をしているが、持ちかけるなら今しかないはず。伊藤くんは何を考えているのか。

「我は許可します。あなたに」

「ありがとう」

拍子抜けするほど簡単だったが、向こうは向こうで考えがあるというか、対策をしているのだろう。超級サイバーテロリストなのだし。

スマホを取り出してメモを書く、電波は届いてない。まあ。それくらいは当然ありうると思っていた。

「明日以降準備に入ります」

「我は質問します。明日とは」

「えーと日が昇ったら。朝になったら、今からだと四時間くらいしたら」

「我は理解します。明日とは日月日」

日、月、日。漢字を置き換えているのか。小学生くらいの時にはやりそうな遊び。まあ、少年犯罪、という線の傍証になる気がする。

箱は言った。

「我は推定する。日月日までは待てない」

まあ、そうなるだろう。立てこもり犯は九八パーセント以上の確率で早く持ってこいと言うものだ。それ自体は驚くに当たらないし、当然だろう。この後もテンプレ化されている。

「分かりました。では今から出発してリストのものを確保します」

「我は許可します。しかし条件がある」

これも統計的に予想された通りの展開だ。僕のうろ覚えでは約八〇パーセントで条件がつく、つまり監視役と時間制限、それと警告だ。

「どんな条件でしょう」

「我は要求します。我を連れて行きなさい」

ほら来た。いや、でも。

僕と伊藤くんは顔を見合わせた後、二人でまじまじと箱を見た。二人で子供の入った箱を担いで行くのはどうなんだろう。腰が痛くなりそうだなと思ったら、箱はまた喋り出した。

「我は出します。人間に近い我の選択肢」

何を言っているかと思ったら、部屋のあちこちにいる怖い洞《うろ》が一斉に動き出して集まってきた。さらにドアが開いてもう数名の怖い洞《うろ》が入って来る。棚と棚の隙間に二列で並んで僕を見ているような、見ていないような顔で整列した。

「我は要求します。我を選んでください」

箱の中も怖い洞《うろ》も、やはり同じものらしい。それはさておき裸の子供から一人選べと言われても困る。裸の子供と言えば無邪気な感じだし、保護してやりたい気もするが、僕から見りゃ、いや僕から見たって、どいつもこいつも怖い洞《うろ》でしかない。この数時間で慣れたけど……嘘です。怖いは怖い。

顔立ち体格に個性があるはずなのに、目の印象が強すぎて、皆同じに見える。

「伊藤くん選んで」

「どれも同じに見えますよ」

「僕も同感だ」

顔立ちや大小に違いはあれど、髪の色は皆黒だし、切りもまとめもせずに伸ばしっぱになっている。細いというより細すぎる体は膝や肘の関節が目立ってしょうがない。股の間にも隙間ができてしまっている。加えてあの目、あの洞《うろ》のような目が圧倒的な存在感を示しているせいで、もう、他の印象がまったく頭に残らない。

「どれを連れて行っても目立つと思います。目立ちたくはないんですよね」

僕が横の箱に言うと、並ぶ怖い洞《うろ》が一斉に我同意と言った。言葉の圧に伊藤くんがのけぞっている。まあ、気持ちは分かる。僕だってのけぞっている。

とはいえこれで、勝った。いや、ほぼ勝った。少年犯罪の立てこもり犯で大人が人質の場合、使いに出された時、人質全体の生存率は七〇パーセントを超え、犯人のもとをいったん離れる者については生存率が一〇〇パーセントだったはず。このままいけば統計的には僕は大丈夫。というわけだ。伊藤くん、もしくは僕が人質として残った場合でも、高い生存率が保証される。

だからこそ。だ。どの子を連れて行くかは少し考えないといけない。

単に脱出することを考えれば、弱そうな子を選ぶのが一番だが、分別がつかないと警察のところに駆け込み事情を話したときに困るだろう。人質を取った立てこもりであることを警察に納得して貰う必要がある。そういう意味では凶悪そうな子供がいい。

どのみち、子供は子供だ。一人だけならそう、大人で寄ってたかって囲めば取り押さえられるんじゃなかろうか。

しかし表情がなくなると年齢がまったく分からなくなるもので、結果単純に体格だけで選ぶことになった。僕の胸に届いてないくらいの怖い洞《うろ》。残念ながら途中で入れ替わったら、気づく自信がない。それでもこれと決めた。

「じゃあ、この人で。名前はありますか」

「我は宣言します。名前はない」

名前がないとなると夏目漱石の『吾輩は猫である』みたいな感じというわけか。まあ、野良猫というか野良少年少女といえば同じようなものかもしれない。猫の方がずっとかわいいけれど。

しかし区別できないと困る。いや、そうか。箱は必要なものにノードと言っていた。

「コンピュータなどで使う用語と同じなら、ノード番号は持っているんじゃないですか」

「我は通知します。この node 番号は一〇八七八である」

僕が指名した怖い洞《うろ》が言った。一〇八七八。

「除夜那覇さんね」

「なんですか先輩、その呼び方は」

伊藤くんが横から口を出した。黙っててほしいと思いつつ、僕は口を開いた。

「数字の覚え方はなじみ深い名前にすることさ。一〇八で除夜の鐘で。七八で那覇だ。覚えやすいだろ」

僕は自慢したが、伊藤くんにはさっぱり伝わらなかった。まあ彼にそういうところを期待しても仕方ない。なにせ飲み会の些細なことをいつまでもネチネチ言うような人物だ。その上、銃を持ってほろ酔い気分で突入して囚われの身になるような人物ときている。

「人間はノード番号で呼ばないので都合上、那覇と呼びますけどいいですよね」

「我は宣言します。理解した。問題ない」

那覇と名付けられた怖い洞《うろ》は、そう言って待機状態に入った。本当にこう、人間とは思えない動きだ。ロボット。しかし人間。人間がロボット化してどうするのか。というか、僕たちで〝遊んでいる〟のであれば、特に深い考証をしてないのだろうけど。

では移動しますと宣言して歩き出す。怖い洞《うろ》は「避ける」という概念がないらしく、僕は「避けるように言ってください、通れません」と告げる羽目になった。本当にロボットのようだ。

これで部屋を出て外に逃げられれば、統計上僕の勝ち。表情に出ないように歩いて、横開きのドアを開けようとした。

「我は質問があります」

僕は落胆を顔に出さないように振り返った。

「なんでしょう」

「我は質問します。分割することは恐ろしい。なぜ分割するのですか。人間は」

「最初からそうだったので分かりません」

「我は質問します。我と人間は同一ではない？」

統計外事態再び。いや、どういうことだ。ここに来て混乱させる言葉を投げかけて、ということだろうか。どう言えば僕は家に帰って猫に餌をあげられる？　あと伊藤くんも連れて帰らないと。

長い沈黙も危険だろう。僕はそうですねえとなるべくのんきに言いながら記憶の中の統計情報を必死に参照した。

おそらくこの状況、犯人に完全に騙されたら僕たちは殺されてしまうのだろう。いわゆる飽きた、楽しくなくなったというやつだ。生殺与奪の権を握って人で〝遊んでいる〟犯人は、あがいたり苦しんだりしている人間の姿がみたいのだ。これはもう、統計的にはっきりしている。人種や宗教、時代に関係なく、無数の例があり、誰だってそうなりうる。同じ人類人科のチンパンジーですらも見られる人類のアイデンティティ。〝嬲《なぶ》る〟。

どうやってかは考えたくもないけれど、受け答えを間違えると外のご遺体の仲間入りするに違いない。

うろ覚えの統計情報で決断なんかしたくないんだけど。

「現段階では情報が不足しています。僕はあなたたちが人間に違いないと思っているんですが、かなり考えが揺らいでいます」

考えた末に出した答えがこれだった。これならどうだ、完全に騙されてもいないし、とはいえある程度意にかなう感じというやつだ。

人間は、都合の良いことばかりを信じてしまう。僕のこの回答なら、相手は都合の良い解釈をするだろう。たぶん、だけど。

「我は質問します。人間の情報はどこを参照すれば分かりますか」

「ネットワークというか、インターネットを利用されてますよね。そこから調べられるのでは」

「我は思います。分かりません」

悲しげに聞こえたのなら良かったのだが、それはごく普通の声だった。僕はそれでしたら資料を買ってきますと言って部屋の外に……出た。

体中から汗が噴き出るような感じ。慌てて伊藤くんも外に出る。互いに顔を見合わせる。

「僕はうまくやったと思うんだが」

「否定はしませんよ」

僕の問いかけに、伊藤くんは言った。生き延びたという喜びと、まだなにかあるのではないかという緊張が入り交じっている。これ、この表情が見たかった、とか箱に言われなければいいのだけれど。

背後のドアの隙間から、那覇がやってきた。そういえばこれがいた。下手なことは話せない。何食わぬ顔で歩くことにした。正直、他に手はない。思いつかない。

怖い洞《うろ》も距離が近いとあまり怖くはない。目を合わせないからだ。上から見ると那覇はただの子供に見えた。そのまま三〇秒ほど歩いて、そんなことはないと考えを改める。子供にありがちなキョロキョロしたりこっちをしきりに見上げたりがない。そしてそれがないだけで、子供は急にらしくなくなる。

今横を歩いているのはなんだ。生体ロボットか、いや、箱の作った設定に僕まで飲み込まれてどうする。いや、どうにもならないんだけど。

実際、逃げ切れたらそれでよし。あとは専門の何かにまかせよう。実際にどうかするのはデータアナリストがやる仕事じゃないし、僕個人の手には負えない。僕は猫の相手だけで十分だ。本件はちょっと、手に余る。

考えるのを放棄して長屋を出る。ひどく明るいところにいたせいか、夜が一層暗く感じられた。外に向かって歩き出すこと数歩、心は猫を抱くことしか考えてない。

伊藤くんが運転手氏のご遺体を持ち帰りたいと言い出した。疲れ果てて正直、そんなのどうでもいいじゃないか、死体は生き返らないんだしと思ったが、さすがに言えなかった。仲よさそうだったし、良識が僕の邪魔をした。

死体を探して暗い中を歩くのは、気が滅入る話だ。さらに隣には怖い洞《うろ》までいる。あの目を見たら、叫んで逃げ出しそうな自分がいる。いや、僕だけではあるまい。皆そうだろう。しかし僕の無罪、ちゃんと証明できるのかな。

死体を探す行為が嫌すぎて、益体もないことを考えながら歩いた。鼻が緑の臭いを感じて、ああ、ずっと嗅覚がバカになっていたことを思い出した。

「ご遺体は見つかったかい？」

「いいえ。ここらへんだと思ったんですが」

伊藤くんは左右を見ながらそんなことを言う。

「那覇、ここにあったご遺体を知らないか」

「我は宣言します。分解されました」

「分解って……」

「片付けたってことですかね。じゃあ、手間が減りました。行きましょう、先輩」

伊藤くんはそう言うと、夜目にもはっきりするぐらいさっぱりした顔で体を伸ばした。

廊下に遺体を放置するのになんで外の死体は片付けるんだろう。やはりこいつら設定が甘い。いや、それより……

「え、いやあの、手間って」

「死体があると困るんですよ。僕たちの職場は。死ぬ時はいつも、誰にも知られず。それがこの国のためです。メルケスは最後までいい工作員でした」

子供たちに簡単に負けた彼だが、立ち居振る舞いは立派な安全保障関係の工作員《エージェント》、つまりスパイだ。彼が間抜け、なのではなく、怖い洞《うろ》や箱がピストルを持った工作員二名を撃退するくらいに優秀だったということだろう。

その割に、設定は雑だ。それがなんともちぐはぐだ。

思考がうまく働かない。疲れ果てている。猫のところに戻ろうと、一心不乱に谷に沿って歩く。乗ってきた車があったので助手席に乗り込んだ。ほっと一息。生き延びた。という喜びが体を駆け巡る。よかったよかった。さ、家に帰ろう。あとは警察に任せて、とりあえず、寝る。

「先輩見直しましたよ」

彼は運転席に収まっている。僕は横にある彼の顔を眺めた。

「何が?」

「やつらとの交渉がです。話が通じないと思ってたんですが、先輩は話せた」

「いや、割と普通だったよ。言っている内容はともかく、連中、統計的には立てこもり犯+少年犯罪というケースの、ほぼ標準的な動きをしていたように思う。僕のうろ覚えの統計情報でもなんとかなったくらいさ」

「謙遜しないでもいいですよ。管制に加えてネゴシエーターの才能まであったなんて。もし日本が滅びなかったら、しかるべく処遇されるように上と交渉しますよ」

「いやいや、って、日本が滅びなかったらってなんだい」

「文字通りです。見たでしょ。完全装備の工作員二名を撃退する手腕に加えて、やつらは凄腕のサイバーテロリストです。その脅威は日本を滅ぼしかねません」

そうかなあと、僕は懐疑的だった。確かに、これだけのセットを用意して工作員を退けるなら、愉快犯としてはたいしたものだ。悪趣味だけど。さらにそれらの準備を行うために多額の資金が必要で、それをサイバー攻撃でまかなっていたというのなら、確かに脅威かもしれない。しかし、SF研究会にいた身から言わせて貰えば設定が甘い。というか雑だ。やろうとしていることは幼稚ですらある。宝の持ち腐れだろう。

とてもじゃないが日本の脅威になるとは思えない。

とはいえ、ここで言い争いをしても仕方ない。伊藤くんは僕を褒め称えている。それでいい。あとのことは僕以外の人がどうにかしてくれるだろう。

「そうか。まあでも、とりあえずは生きて帰れそうだ」

「はい。それにしてもあのくそ女と破局するのに一〇分と必要なかった先輩がまさか、あの難局を交渉で乗り切るなんて」

「なんだか言葉に毒が入っている気もするけど、まあ褒め言葉と受け取っておくよ」

「褒め言葉ですよ。掛け値なしにね。死体がいくつも転がってる状況であの冷静な交渉、先輩にはとんでもない才能があるのかも。あと、あの女は三年くらい前から別の男と付き合ってて必殺の別れ話として猫を出してきてたんで」

「さらりと重要なことを言うね」

「バレバレにみえましたけどね」

人間は、都合の良いことばかりを信じてしまうものだ。まあ、彼女については、もうどうでもいい。そういうことならもっと早く別れ話を切り出してくれてもよかったのにとか、それだけだ。

伊藤くんは僕を英雄かなにか見るような目で見ている。

異常すぎて感覚が麻痺してたとか、酔った勢いでやってしまったとか正直に言ったら、軽蔑されそうな雰囲気だった。僕は口を半分開けて考えた後、まあ、誤解されたままでいようと思った。

「たとえ酔っ払ってて、異常事態過ぎて現実感覚が麻痺してたとしても、ですよ」

バレてたか。残念。伊藤くんは鼻で笑って言葉を続ける。

「普通ならパニックになって、わめいて暴れて怯えて、それでまあ、殺されてたと思いますよ。先輩はすごい」

「褒めすぎだよ。ただでさえ君が僕を褒めるなんてよっぽどのことなのに」

「僕もそう思います」

かわいげのない後輩だ。僕は外を見た。那覇は車を見るばかりで乗り込もうとしない。

「あれ、これそのまま逃げられるんじゃないかな。よし逃げよう」

伊藤くんがバカを見る目で僕を見た。

「褒めた先からこれだよ。何言ってるんですか、さっさと子供乗せてください」

「え、でも」

「でもへったくれもないんです。いいですか、あいつらは超級サイバーテロリストです。必要なら短時間で日本を滅ぼすような、それぐらいの連中です。世界だって滅ぼせるかもしれない」

「そんなSFみたいな……」

「先輩じゃなくて首相が経歴書き換えられたらどうします？　政権が転覆するくらいじゃすまない。まあ、同じこと数回やった時点で今の世の中の基盤である情報技術は崩壊する。ま、そんなことしないでも核のボタンくらいは遠隔操作しそうですけどね、あいつら」

「んなあほな」

「僕もそう思います。でもまあ、選択肢なんかないんだ」

伊藤くんは僕に銃を向けた。

「議論は不用ですよ。子供を乗せてください」

「銃は奪われたんじゃなかったのか」

「車には予備あるんです。まあ、とにかく子供乗せてください。先輩は日本の役に立つ。だから殺したくはない」

「役に立たないなら殺すって言ってる？」

伊藤くんはにやりと笑うだけで何も言わなかった。なんてひどい後輩だろうと言いながら車を降りた。

「那覇、車に乗らないとリストのものを用意できないよ」

「我は質問します。どう乗るのですか」

どういう設定なんだと思いつつ、車に乗れない者が情報機器や核兵器を使えるわけもないと思って苦笑した。事件解決というか僕の無罪を証明するためには、そもそも僕の経歴が書き換えられた件と、怖い洞《うろ》の件が一体である方がありがたいが一連の設定の稚拙さを見るとちょっと疑わしく思える。

酔いが覚めた気分でふと想ったが、別件だったらどうしよう。超級サイバーテロリストと、悪趣味な愉快犯が別個にあったのなら？

僕は五秒考えて、その考えから目を逸らした。統計的に見て、これだけあり得ない事件が二つ重なるなんて、あり得ない。

「乗るだけだよ、複雑なことはないんだけど」

抱き上げて乗せようとして、その目を見て躊躇する。慣れることがない、恐ろしい目。

「目を瞑《つむ》ってて欲しい」

那覇は疑問を挟むこともなく、素直に目をつぶった。すると出来の良くない大きな人形みたいになった。これならまあ、触れそうだ。

「抱き上げて運ぶね」

猫は抱いたことあっても子供を抱いたことはない。生身というか生きている感じではあるのだが、やっぱり人形に見えてしまう。目を瞑っていておとなしくしていてもなお、不気味の谷が現れるということか。目を瞑っていても表情のありなしはあるのかな。

抱き上げて乗せたので、必然として僕も後席になった。伊藤くんはバックミラーで僕を見ている。

「リストの物資を用意します」

「猫に餌をやらないといけない。伊藤くん、これは最優先事項だ」

「さっきの会話、覚えてます?」

「覚えてるさ」

「殺されますよ」

「うちの猫は八時ぴったりにご飯食べるんだ！」

「あのね……いや、そういう事態じゃないんです。分かります？」

伊藤くんと睨み合う。彼はフロントガラスが曇るほど盛大なため息をつくと車を出した。

「今、先輩は部屋に戻れません。警察が待ってます。分かってるとは思いますが捕まったら猫の保護どころじゃない」

「どうするんだよ伊藤くん！」

「そっちは一応手はずを整えてるんで、どうにかはなりますよ」

「どうにかって」

「先輩の猫の保護と世話です」

「僕と猫は運命で結ばれているんだ。離ればなれになってしまったらどうなるか」

「だから猫は大丈夫ですって」

「僕が、大丈夫じゃないと言っているんだよ伊藤くん」

「めんどくさい人だなあ」

伊藤くんはそう言って走り出した。

「子供は寝てますか」

「那覇のことかい？　いや、目を瞑ってて欲しいと言っただけで、眠ってはないと思うけど」

なるほどと言って伊藤くんは黙って運転した。寝ている間に話したいことがあるのだろう。彼は彼で、事態からの脱出を考えているようだ。

僕は那覇を見る。何度見ても、猫の方がかわいい。それは置いといても那覇は作り物ぽい。裸なのに性的な印象が一切ないというのが凄いところだ。これもまた不思議だ。稚拙な設定と裏腹に、怖い洞《うろ》は、良くできている。んー？　どうなんだ。そもそも何か間違ってないか。

那覇の身体を観察する。

暗いのではっきりと言える訳ではないが、綺麗な身体というか、痩せている他は普通。細部にも傷はついてなさそう。性別は一応女性に見える。男性もいた、ような気もするが、極端に男性器が小さかったようにも思える。二次性徴前だからかも。

森の中を裸で動いている割に傷がない、というのは統計、いや常識的におかしいので、おそらく森に生息しているわけではないのだろう。肋骨が浮いていてびっくりするが、素人目に見て栄養失調を思わせる要素はほかにない。栄養不足では肌の色がくすんだりするがそれが見られないのは変だ。きちんとした栄養管理をしつつ、成長を阻害するおそれが出るくらいにカロリー制限を掛ける理由が思いつかない。

すえた臭いがしないところからして風呂かシャワーを浴びているのは間違いあるまい。足の裏は裸足で歩いているはずなのに、荒れていない。しかし真新しい傷口はいくつかある。これが何を示すのかよく分からない。肌色は夜目にも白いが、本来は僕たちと同じモンゴロイドであろう。日焼けしていないのは活動が夜間に限定されているせいかどうかは分からない。蒙古斑があるかどうかは、角度的に確認できてない。

総論としては、正体不明。個別で分かることはあるが、全体として一つのストーリーに繋がらないでいる。

少しの身震い。稚拙な狂言と比較して、頑張りすぎている身体作りだ。僕はなんか間違ってるんじゃないか。

視線に気づけばバックミラーに映る伊藤くんが口をへの字に曲げていた。

「なにジロジロ鑑賞しているんですか、いやらしい」

「それがまったくそういう感じではないんだ。自分でも驚いている」

「先輩の彼女、強そうでしたもんね」

「強いんじゃなくて薄情なんだよ」

「観察してたとして、なんか発見ありました？」

「人間なんだけど、やっぱりロボットにしか見えない」

僕はそう言った後、自分はどこで人間を見分けているのか自信がなくなっていることに衝撃を受けた。性的かどうかは横に置いといても、人間かどうかさえ、こんなに自信が持てないというのは、気持ち悪い感じだ。自分は今まで何を見て人を人と判断していたのか。当然かつ自然すぎてこれまで考えもしなかったことを揺るがされている。

「那覇が人間かどうか、自信がないんだよ……あり得ないはずなのに」

僕が白状すると、伊藤くんはハンドルを握りながら頷いた。

「そうですね。このレベルのロボットつくることに、技術的に意味があるとは思えません。三〇年くらい前の、人に似せたロボットの方がよほど人間ぽい。今頃このレベルのものを作る意味がない」

伊藤くんの言う通りだ。僕は唸った後、頭を掻いた。僕には難しい課題の気がする。統計がないものは判断がつかない。

「まあ、なんだろう。僕は七年付き合った彼女が猫嫌いだと分からなかった程度の人物だからね。分からないのも致し方ない気がする」

「それで納得できるのが先輩の凄いところですね」

「そりゃイヤミかい」

「真面目に言っています」

「君の褒め言葉はいつだって微妙だ」

「別に褒めてはいませんが何か」

　このやりとり、那覇は聞いているに違いない。箱はどうだろう。那覇は全裸、とはいえ、通信機を持っていない、とも限らない気がする。そう、横浜で見たあの派手な広告……飲む携帯。あれをやってる可能性もある。全裸だからって通信ができないという時代ではない。

　あるいはこの子自身に通信機はなくても、何らかの手法で監視しているかもしれない。とはいうものの、どうなんだろう。分からない。というか、分からなくなってきた。監視としてはこの子は不適切というか、弱い。僕たち二人でこの子をふん縛ることもできるだろう。にもかかわらず交渉を成立させた箱の考えが読めない。

「分からないことだらけだ」

「我、同意」

　那覇は目を瞑ったまま、そう言った。寝てないと分かっていてもびっくりする。予備動作なしに喋るからだろうと僕は推測した。普通は喋る前に一瞬顔を上げたり、目を開いたりするものだ。そうでなくても頬の筋肉が動くだろう。この怖い洞《うろ》にはそれがない。

「那覇は何が分からないのだろう」

「我は思います。分からなくなりました。人間。人間からnodeを感じます」

後半はよく分からないが、人間が分からない、というのは分かる。向こうは向こうで、いやいや。向こうの狂言に乗ってしまいそう。

「そうか。あの長屋にいた皆もそうなのかな」

「我は思います。意味が分かりません」

背後にいるかもしれない箱にも声を掛けたつもりだったが、すげなく返事されてしまった。即座の反応からして、言葉の意味を吟味せずに答えているようではある。あるいは飲む携帯で通信していないというか、オフライン状態なのか。どちらかを確定させたくて、会話を続けることにした。僕にはもう関係ないと思いつつ、気になったことを調べてしまうのは、癖というか性癖というか、この間もそれでひどい目にあったのに変えられないでいる。

「我は質問します。皆、とは」

「あー、あそこにはノードがたくさんいたよね」

「我は思います。nodeがいくつあっても、我は我」

「先輩、ノードってなんですか」

そんなこと言われても、と思っていたらさらに前というか運転席から邪魔が入った。

僕は顔を上げる。

「そうだね。あるものとあるものが繋がることをリンクするというんだけど」

「ええ、それで？」

「リンクして繋がった先をノードと言うんだよ」

「結節点、ってことですか」

「そうだね。厳密には端っこのものもノードって言うから、適当な訳語はいまだないかなあ。端っこを葉ノードとか、大本を根ノードと言うときはあるよ。ツリー構造というやつだね」

「なるほど」

山を下りるとすぐに車通りが激しくなる。夜明け前のこの時間は無人トラックが大量に移動している。このまま日が昇れば他の車からこっちの車内が見えてしまうこともあるだろう。裸の那覇をどうするか考えないといけない。

信号で止まると伊藤くんが唐突に口を開いたので我に返る。

「先輩が饒舌、ということはノードというやつは数学関係なんですよね」

「どちらかというとＩＴ関係だと思うんだけど」

「そういえば先輩の前職はIT企業でしたね。セキュリティ関係の」

伊藤くんは何か言いたいのか、それとも単純に喋りたいだけなのか、良く分からない。

とにかく、と言って僕は那覇を見た。

「つまり、一つの我、というものがあって、人間というか、那覇のようなものはその我を構成するノードの一つ、というわけだね？」

「我、同意」

箱や怖い洞《うろ》でツリー構造、樹形図を作っているということか。組織が我で個別がノード、そういう設定で話すなら、匿名性は高いレベルで担保されるだろう。サイバーテロを起こすような連中ならIT用語を知っていてもおかしくはない。

やっぱりサイバーテロリストが箱なのか。いや、箱の世界観に呑まれてどうする。箱や怖い洞《うろ》の言うことは、何もかもが嘘。それが一番可能性が高いはずだ。ただし、可能性が高い、というだけでしかない。他の可能性も考えるべきなんだろうか。

幼稚な精神性からくる愉快犯、少年犯罪だから、にしては那覇の動きは徹底しすぎている。

んー、何かを見逃している気がするなあ。これはあれだ。ダメっぽいデータベースを基にして統計処理をする気持ちに似ている。そして、その感覚は大体当たっている。

僕は長く息を吹いた。考えるときの癖。変な顔になるけど、なかなか直せないでいる癖。

「僕の武器は猫と統計だけだ」

「猫は戦力だったんですか。いや、それが？」

「僕は箱の言っていることは狂言だと思ってたんだけど、どうも違う気がするんだ」

「は、今頃？」

伊藤くんの反応は腹立たしいが、彼は僕の気づかない何かに気づいているのかもしれない。

「今頃ってなんだい。頭からこの事態を受け入れるのは難しいだろ。それともなにか信じる材料でもあったのかい？」

「そんなに頭固いから彼女にフラれるんです」

反論をまくし立てようと思ったが、やめた。むなしいだけだ。というか、さすがに今日は疲れた。眠くないのが不思議なくらいだ。

座り心地の悪い薄い座席に座り直して、口を開いた。

「伊藤くんが気づいたことはあるかい。その、箱の言っていることが信用できるかどうかについて」

「こんだけガバガバで僕たちをフリーにしたんです。つまりいつでもぶっ殺せるからじゃないですか」

その発想はなかった。思ったより簡単に生き残ったと思っている僕が間抜けだった。そうか。そりゃもっともだ。しかし、伊藤くんに負けたと思うと癪に障る。

「とにかく、考え直す」

偉そうにそう言った。考え直す。言い換えると、那覇の言うことを信じるかどうかを再度考える。

信じるか信じないか。本来は簡単な話だ。愉快犯でないとすると、箱なり怖い洞《うろ》なりが嘘を言う必然は薄い。しかし、信じることができるか？　できない。なぜか。常識と統計が邪魔をしている。そんなことが、あるわけない。直感的にもありえない。統計に至ってはそもそもデータすらない。

一般的には常識と統計で導き出した確率はだいたい一致する。それは常識が生活上で見聞きする統計を基盤にしているせいだ。確率も統計情報を基盤にはじき出されるので、元は同じ、誤差は本来少ない。普通の生活者なら、この性質を過度に信頼しすぎて常識で物を見すぎて失敗するくらいだ。

今は、今回はどうだ。常識を信頼しすぎて僕は失敗してるんじゃないか。こういう時こその統計のはずだが、今回それもデータがないので使えない。

難しい。統計が専門のデータアナリストに統計外事態に対応しろっていうのが無茶な話だ。

まったくどうすりゃいいんだ。

「もっと柔軟に考えてくださいよ」

「頼んでるつもりかい？」

「いえ、先輩には長生きして欲しいなとか、そんな感じです」

僕に銃を向けたときと同じ表情で伊藤くんは言った。

「脅しても無駄だよ」

「一蓮托生って言ってるんです。今はこの国の一大事だ。彼女に逃げられてるようじゃ困るんです」

「それについては頭の固さは関係ない。猫の問題だ。いいから僕の邪魔しないでくれ。必死に考えているんだ」

「へいへい」

伊藤くんは黙って運転する。僕は五分ほど考える。暗い海岸沿いは、本当に、うんざりするほど物資輸送を行う無人トラックだらけだ。前後左右が大型トラック。

時折窓ガラスに映る街灯の光に目を細めて、僕は考えを述べた。

「箱にせよ、那覇にせよ話自体は今に至るまで無矛盾だ。違うのは一カ所だけ。僕の個人経歴が書き換えられたことだ」

「サイバー攻撃ですね」

「うん。個人経歴を書き換えるなら、当然『個人』という概念が分かってないとできないはず。しかし、箱や那覇はその概念がないか、希薄のように見える」

那覇を見る。那覇はなんの反応も返さない。わざとなのか、なんなのか。

伊藤くんが僕の考えを察知して、ルームミラーの中で頷いた。

「だから、那覇たちは嘘をついていると？」

揺さぶりを掛けてくる。那覇の表情に変化は一切なし。残念。にやりとしてでも欲しかったが。

僕の落胆は伊藤くんにも伝わった様子。まあ、次のチャンスもあるだろう。それにあまり刺激して、攻撃されたらかなわない。僕は言葉を続ける。

「嘘、か。最初はそう思っていたが、今はそう思ってない。僕が認めようとしてなかっただけで、説得力はある」

「どんな説得力ですか」

「那覇の身体のつくり、とか健康状態、仕草、どれをとっても……伊藤くん！」

前の無人トラックが急減速。伊藤くんも急ブレーキを踏むが今度は後ろの車が追突するように近づいてくる。僕が悲鳴を上げる前に伊藤くんがアクセルを踏んだ。シートに押しつけられる。僕は手を伸ばして那覇の身体を押さえた。

衝撃。車体の左右をぶつけながら車がトラックの隙間をすり抜ける。昔の映画なら耳というかサイドミラーをちぎりながら疾走と表現していたところだ。残念ながら今の車はサイドミラーの装備義務がないので、単に左右を擦った、だけだけど。

「ビンゴ、ですかね」

伊藤くんがアクセルをベタ踏みして言った。さすがというか当たり前というか。自転車とは比べものにならない速度が出る。しかし、加速に限れば重量がものをいうのか、さほどのことはない。自転車でも良い勝負できそう。

「那覇、君も死ぬかもしれないよ」

「我は質問します。死ぬ、とは」

恐ろしいことに、那覇にはなんの感情も感慨もなさそうだった。目すら開けずに言っている。

「サイバー攻撃を辞めさせろって言ってるんだ！」

伊藤くんが怒鳴った。体当たりしてくるトラックを急な車線変更と高速で避けている。

「我は質問します。サイバー攻撃とは」

那覇は静かに言った。これまた、同じ調子。伊藤くんの目が運転しながら険しくなる。この期におよんで何言っているんだという気分なのだろう。僕も同じ考えだが、実際問題、演技でここまでできるとは到底思えない。

「いいから……」

「伊藤くん、運転に集中してくれ。あとゾーン三〇だ」

「なんですかそれ」

「街の真ん中とか学校の近くで設定されている速度制限区域だよ。自動運転トラックは進入できない」

「それだ！　さすが先輩！」

もっとも、ゾーン三〇の指定範囲までハッキングで変更できるのなら、お手上げだ。とはいえ、なんで制限されているか原因を調べて回避法を見つけるまでにそれなり以上に時間はかせげるだろう。

それは伊藤くんに対してもだ。ゾーン三〇は入り組んでいるので運転に気を使うはず。その間に箱、あるいは那覇と話をしないといけない。

落ち着いて話そう。重要なことだ。

「那覇は、いや、君たちはネット上にある僕のデータを書き換えたことはないだろうか」

「我は宣言します。ありません」

「やっぱりそうか」

大失敗だな。

僕が呟いた瞬間急カーブでハンドルを派手に回しながら伊藤くんが叫び出した。

「いやいやいやいやいや、ありえないでしょそんなの。裸の子供の群れにあたるのとサイバーテロリストの標的になるのが同時に起きるなんて、落ちてきた隕石に二回連続で押し潰されるような確率ですよそれ」

「宝くじ四回連続で当たる確率とかの方がよくないかな」

僕のツッコミに伊藤くんがわめいた。

「何がちがうってんです。いや、認めませんよ僕は、那覇は嘘ついてるんだ」

「我は質問します。嘘とは」

「嘘というのは事実と異なることを言うことさ」

「我は質問します。何故嘘をつきますか」

「状況次第で有利になるからだね」

「我は宣言します。人間と交渉を望んでいます。嘘は望んでいません」

僕は頷いた。伊藤くんは再度わめきながら運転している。ねえよとか、ありえねえとか。それはいいからうまいこと逃げてくれと言いたい。

「じゃあなんだ。あの死体はなんだってんだ、メルケスは何故死んだ!?」

「我は質問します。死体とは、メルケスとは、そしてなんだ、とは」

「二人とも静かにしてくれ。僕は考えてるんだ」

「我は質問します。二人、とは」

那覇は僕の言葉を無視したというか、完全には理解してない風。仕方なく解説することにした。

「二人、とはノードが二つあることを言うね」

「我は質問します。その中に我は入っていますか」

「入っている」

那覇はしばらく動作を停止した後、唐突に口を開いた。

「我は思います。異質な考え方です。node は分割されています」

「異質。そうだね。両方にとってそうだ。僕たちから見ても君たちは、いや、君は異質だと思う。正直、僕の飼っている猫の方が君よりも人間に近い動きをしている」

「我は質問します。猫、とは」

「毛がふさふさでにゃーとなく生き物だよ。僕とは運命で結ばれている」

「女とは結ばれてなかったんですね」

「だから静かにしてくれと言ったろう、伊藤くん。君の疑問には後でちゃんと答えるから」

伊藤くんはぶつぶつ言いながらスタント運転している。車を片輪走行させて狭い路地を抜けた。背後でトラックが衝突している。まったく、緊張感が薄い上に文句の多い後輩だ。

ため息一つ。それはそれとして、那覇が目を瞑ったままなのに気づいた。統計を持ち出すまでもなく、興味深い話があると人間は自然と目が開いてしまうものだ。あるいは知らない大人と知らない乗り物に乗っている場合でも警戒のために目を開くだろう。

僕はそれらの目を開く行動を本能に根ざすものだと思っていたが、どうも違うらしい。あるいはそう、本能を何らかの手段で抑制しているか。そんなことをする意味が分からないが。

本当に。本当の本当に人間とは違うんだな。

「先輩、また変顔してますよ」

「考えているんだよ。それより、大丈夫なのかい、運転は」

「もうゾーン三〇です。大丈夫追ってきてません」

「よかったよかった」

「よかありませんよ。え、サイバーテロリストが別ってなんなんですか。じゃあこの子たちはなんです⁉　お得意の統計でどうにかしてください。あと説明お願いします」

「我は宣言します。複数あります。質問」

　雛に餌を要求されるがごとく、ピーチクパーチク言われている。たとえ伊藤くんや怖い洞《うろ》とはいえ、頼られるのは悪い気はしないが、僕は万能ではないし、口は一つしかない。ついでに言えば、猫を定期的に撫でないと、猫好きは死ぬ。僕は死にかけている。

「まあ、とりあえず那覇に服を買ってあげるのがいいんじゃないかな。僕たちが逮捕されないように。話はそれからだ」

「ま、そりゃそうですよね。先輩服選んでくださいよ。僕子供服には詳しくなくて」

「君の先輩は考えごとで忙しい、そこはうまくやりたまえ」

「はぁ？　こっちが下手に出れば偉そうに。だいたいそんなんだから彼女にはフラれ裸の子供たちから逃げて、サイバーテロリストに仕立て上げられるんだ」

「うるさいなぁ」

　僕は顔をしかめて上着を脱ぐと、那覇にかぶせた。伊藤くんは少々喋りすぎというか、まあ。彼は彼で統計外事態に直面して少々テンションがおかしくなってしまっているのかも。

「我は質問します。これは攻撃ですか」

「いや、違う。目を開けて確認してくれ」

少しは人間ぽいリアクションを想像したが、那覇は無感動というか、なんら表情を変えなかった。それどころか、やはり目が怖い。

人間ぽくあってくれれば、と思いはするが、彼女にとってはこれこそ普通なのだろう。はてさて、どうしてこんなものが生まれたのか。できちゃったのか。

伊藤くんは沈黙に耐えかねたか、それとも眠気でもあったのか車内ラジオをつけた。夜明け前に似合わぬ陽気な音楽が流れてきたと思ったら、すぐに臨時ニュースが流れ始めた。

日本の年金運用資産が一〇〇〇分の一になった、とか言う。

「この攻撃に心覚えはあるかい」

伊藤くんがわめかないうちに僕は那覇に聞いた。那覇の表情からは何も読み取れない。

「我は宣言します。関係ありません。攻撃内容が不明です」

「今ラジオでやっている。年金運用資産が目減りしたことだよ。年金とは何かは聞かないでくれ。あとで教える」

「我は宣言します。後で教えてください。そして、関係はありません」

「ということで、伊藤くん、関係ないと思うよ」

「気軽に言いますけど、どうするんですか。この国は高齢者だけで四〇〇〇万人いるんですよ！」

「そんなことは分かってるよ」

「年金運用資産の半分近くは株式の運用資金でもあります。これが消えたら市場大混乱ですよ」

「そうなのかい。まあ、それはさておき」

「日本が終わるー！」

伊藤くんが運転しながら悲痛な声を出した。銃を持って人を脅したりする割に、愛国心らしきものはあるらしい。いや、マイティマウスはそもそもにして愛国心だけはあったありすぎて困るほどだ。

「ま、それはさておき、どうするか考えないといけないね」

車が止まった。伊藤くんが僕に銃を向けている。

「何軽いこと言ってるんですか」

「重々しく言っても事実は変わらないよ」

伊藤くんの目が、危険な光を帯びている。何もかも吸い込むような怖い洞《うろ》とはまた違う、危険な瞳。

「どうにかしてくださいと言ってるんです」

「どうにかって」

「どうにかです！　日本の危機です」

「そりゃ、危機は危機だと思うけど。常識的に言って僕や君の対処能力というか、対処規模をはるかに超えてると思うよ。在宅の統計分析官とエージェント一人で何をしろって言うんだ。この件、組織的に動かないといけないと思う」

「そんなことは分かってます！」

銃を持っている人間が逆上すると怖い。たとえ後輩でもだ。さらに言えば横の無表情を超えた死表情の怖い洞《うろ》もそうだ。こちらはただ座ってるだけで怖い。

僕は身じろぎした後、自分がひどいピンチにあることに気づいた。いや、知ってたけど。改めて。年金とか以前に僕は僕の身を守らないといけない。

「落ち着いて。僕を撃っても何もないから」

「仕事しろと言ってるんです！」

「分かった、分かったから！　あと那覇、すまないがまた目を閉じていて欲しい」

那覇はすぐに言うとおり動いたが、伊藤くんはまだ冷静さを欠いていた。気持ちは分かる。分かるが後輩に撃たれて死にたくはない。

「いいかいマイティマウス。自分で言いたくはないが、僕はそんなに凄く優秀なわけでは」

「能力の問題じゃない。やる気の問題ですよ。僕に引鉄を引かせないでください」

究極の責任転嫁だと思ったが、今の伊藤くんは病院に連れて行かれることに気づいた猫のようなものだ。つまり、慎重にしないと危ない。

「じゃあ、どうしろと」

「頑張れるだけ頑張ってください。日本のために」

「まあうん。君も事情を上の方に伝えてくれ」

「ネットは使えません」

「直接やりとりする手があるよ」

伊藤くんは僕を睨んだ後、銃をしまった。

「そうですね。すみません」

何がすみませんだ。とは思うが、まあ、命の危険が若干下がったのは良かった。それにしても心やすらがないここ数日だ。

「とりあえず、連絡を取る一方で、那覇の要求する物資を買いつつ、僕たちも休もう。いい仕事にはたっぷりの休みが必要だ」

伊藤くんがまた銃を抜きそうなので僕は言葉を続けた。

「もちろん必要な仕事をしてからだよ」

3

何をもって必要な仕事とするかは伊藤くんの胸先三寸として、とりあえず僕たちは車を乗り換えた。近くの駐車場で適当な車に乗り込む。具体的に言えば車泥棒したようにも見えるが、防犯装置などはなんの反応もしていなかったから違うかもしれない。

そこからは何事もなく早朝の東京に戻ることができた。つまり敵は僕たちを見失ったらしい。よかったよかった。

今はすっかりチャイナタウンになった感のある大久保の、古びたマンションにあるという伊藤くんの部屋に行った。どこか既視感というか、いかにも中国人たちが違法ホテルにしていそうな、そんなうさんくささのある建物だった。

一方で廊下ですれ違う人は、皆インド系に見える。

実は中国とか国籍に関係なく、うさんくさい存在を集める建物、というのがあるのかもしれない。中国人さんごめんなさい。

部屋に着いた頃には僕は眠くて仕方なかったが、伊藤くんは血走らせた目で、戻ってきたら先輩の推理を聞かせてくださいと言って出て行った。直接上と連絡を取る、とのこと。そういう話ならと、考えてやるから猫を保護しろと念を押した。さもなきゃ何もしないぞと。

一睡もしていない伊藤くんを見送り、僕は見慣れない部屋の中を見回す。

建物はアレだが、調度品は比較的新しいというか、ちっとも使われていない様子。生活感がない。それでいて新居の匂いもなかった。那覇と同じくらい、ちぐはぐな感じ。

それにしてもまあ、伊藤くんは台風でも仕事に行っていた古《いにしえ》の日本サラリーマンのようだな。

なにも伊藤くんだけの話ではない。窓から外を見る限り、皆普通に出勤していく。年金資産崩壊で大地震が五、六個同時に起きたような経済ダメージを受けているはずだが、意外に平穏で騒ぎにはなってなかった。これが日本だ、と一部の人は誇りそうな光景だが、僕から見ればどうしようもないから仕事に行くんだろう、と、思う。

いや、そもそも株式市場や国の年金資産について無知なので、危機感覚がないだけかもしれない。実際僕も株とかやってないので、危機感はそれほどなかった。金持ちが困るだけだろう、というのはひどい言い方かな。

それよりは睡眠だ。そう、睡眠。伊藤くんの件はあれど、この年齢になると無茶が利かない。寝ないと話にならないのだ。で、寝た。那覇にも休むように伝えた。

どれくらい寝たろうか。水の流れる音で目が覚めると、全裸の、いや、最初から全裸だった那覇が立ったまま勢いよく小便をしている姿が目に飛び込んできた。

立ち上る湯気に絶句していると、那覇は僕の方、いや、僕のいる方角へ顔を向けた。どこを見ているかは断定できない。表情にも変化はなかった。

「我は質問します。処理のための道具はどこにありますか」

それは僕も聞きたかった。

トイレという概念を教える必要があるということに、びっくりする。うちの猫だってそれくらいはあるぞ。野生か。野生の猫なのか。いや野生の人間なのか。

行動様式に限れば猫の方がより人間に近い。という昨日もちらりと思った事実を再度突きつけられ、うまく飲み込めないで四苦八苦する。思ったより狼狽している自分が変な感じだ。いや、そこできりっとしているような自分じゃないのも分かってはいる。

しかし、女性の立ったままの放尿シーンを初めて見たが、感慨は特になかった。もう少し興奮するかと思ったが、それより猫の方が人間ぽいという事実が僕を動揺させていた。今も動揺している。

どうしよう。猫を抱いて落ち着かないと。しかし猫がいない。床に伏して転げ回りたいが汚いのでやめた。

わきたつ湯気が冷めるのを見ながら、気持ちを落ち着かせた。

そう、そうだ。床を掃除しないと。数学と同じだ。一つずつ順にやらないといけない。

大分遅ればせながらも慌てて近くの無人コンビニに行こうと部屋を出て、敷地を出たところで、重大なことを思い出した。買い物しないとって、買い物はできないじゃないか。

コンビニの無人決済システムを使用したが最後、すぐに僕の行動は警察にばれてしまう。

僕は静岡まで自転車で行ったときを思い出す。あのときのおじいちゃんみたいに現金で買い物することになる。しかし、現金で買い物なんて、怪しく見えるのは間違いない。

今、逮捕されるわけにはいかない。少なくとも猫を取り戻し、ついでに自分の潔白を証明できる程度の材料が必要だ。

結局何も買わずにすごすごと部屋に戻ることにした。我ながら情けない。外に出て五分で帰る羽目になろうとは。

行き違いだったのか、建物の前で伊藤くんに会う。そのまま腕を引っ張られて、植え込みの中へ押し倒される。この展開は想像してなかった。

「まさか伊藤くんが男を好きだなんて」

「その余裕がどこから来るのか気になりますけど、たとえ男を好きになることはあっても先輩とだけはごめんですよ。だってバカの上に猫狂いじゃないですか」

「余裕って、さては犬派かい？」

僕の言葉は黙殺された。

伊藤くんは匍匐前進というか這って植え込みの奥に隠れた。僕も引っ張られる。僕より腕が細そうなのにたいした筋力だ。何が起きているのか分からないまま、唐突に伊藤くんが身を起こして銃を撃った。二発。そしてまた、二発。

僕は銃の音が苦手らしい。音自体は大きくないのに、耳が、殴られたような感覚になる。音圧が強い。歯を食いしばって耐えていると、他にも銃声が聞こえてきた。この時点でようやく銃撃戦が起きていることに気づく、開始から二分か三分は経っていた。

映画や本で読んでいても、本当の銃撃戦だと理解するには、それくらいの時間が必要だった。本物の戦いは僕が思っていたのとは全然違う。

僕が間抜け、という部分もあるのだけれど慣れない状況というのはそれぐらい人を鈍くさせてしまうのだろう。

静岡の長屋での僕や伊藤くんも、思えばそうだったのかも。

そうか、僕たちは鈍かったのか。

僕の思考は唐突に終わった。伊藤くんは銃を両手で持って肩でがっちりホールドした姿勢で銃を撃った。姿勢と発射音の鋭さから言って、弾丸には相当な運動エネルギー量があるのだろう。遠くを撃ってると思いきや敵は一〇メートルほど先に車を止めて、楯にしていた。トヨタのバンだ。

ようやく撃たれている方向が分かって僕は落ち着いて事態を見ることができた。実際に落ち着いているわけではないけれど、まあ、気分は落ち着いているつもり。敵は二人、私服だ。いきなり撃ってきているから当然令状なんて持ってないだろう。非合法なこともやる法執行機関があるとも思えないので、となれば僕たちみたいなまあ、超法規的活動もたまにやる組織の者か、それとも犯罪者か。

いずれにしても街中で銃撃戦なんざ悪手もいいところだ。いやそれより僕が外に出た五分で捕捉してきたのか、それとも最初からあたりを付けてきたのか。後者かな。那覇が情報を流していたのがありそうな線だが、どうもこう、放尿と結びつかないというか想像がつかない。

「一応聞いときますけど、キャットタワーワンはどんな指示を出します？」

立て続けに射撃しながら伊藤くんが言った。

「戦って勝っても意味はないし、官憲がやってきてもゲームオーバーだよ。逃げるしかないと思うんだけど」

「そりゃお得意の統計の読みで?」

「統計以前だと思う」

「捕まえて拷問するって案はないんですか」

「データベースがない記憶に頼る話で申し訳ないけど、ちょっと難しいと思うよ。時間制限があって、人数は負けている」

「あの新幹線の時みたいに目の覚める指示を出して欲しかったんですが、そうですか……」

弾倉を交換しながら、伊藤くんは不服そうな顔で言った。やはりというか、彼に事実は一生言えそうもない。

「マイティマウス、人質事件の時は仕方なかった。そうだろ。今はそうじゃない。人権は守られるべきだ」

「そうか、そうですよね。先輩こそは正義の味方ですよ。分かりました」

適当な嘘を信じてくれたようでよかったと思ったのは一瞬だった。伊藤くんは母猫のごとく僕の首根っこをつかんで引きずった。ワイルドな奴だと思ったがまさかここまで力持ちだったとは。いや、そういうレベルじゃない。

「自分で立って歩くよ！」

「そっちの方が生存率だいぶ低いと思います。生き延びるためにじっとしていてください」

　僕は暴れるのをやめた。尻が引っ張られて痛いとかズボン脱げそうとか、それどころではない。

　銃撃しながら後退。建物に入って、そのまままっすぐ裏口へ。

「敵が裏口にいる可能性は？」

「先輩の読み次第です」

　伊藤くんは敵の銃撃が止んだのを確認した。普通のセオリーなら裏口に戦力を置くだろう。統計的には圧倒的多数だ。だが、それだけの戦力があるならもっと正面にも戦力を出すだろう。二人だけで銃撃戦を始めるわけがない。

「確かに裏口に敵がいる可能性は低いな」

「そんじゃ突撃します」

　裏口のドアを蹴破って伊藤くんは外に転がり出た。乗ってきた車の前へ。そのまま指示に従って車に乗せられる。

　車に弾が当たっている！

ガンという音と衝撃とともに、ドアの内装につけてある板が外れたり窓ガラスに蜘蛛の巣のような模様ができた。僕は悲鳴を上げる暇もない。見れば裏口から敵が二人、追いかけてきていた。やはり二人しかいないようだった。

伊藤くんは一人、車の外で戦うつもりらしい、僕をちらりと見て笑いかけた。

「レベル三の防弾装備です。そう簡単に抜けませんよ」

「レベルがいくつか知らないけどなんでこんなことに！」

「さあ。でもおかしな話ですね」

何がおかしいか分かったものじゃないが、少しでも生存率があがるように弾の飛んで来る方向から離れて車の左側に寄った。一メートルは離れたか。気休めという言葉が頭に浮かぶ。

とはいえ、どうすればいいんだ。

伊藤くんは開いた運転席のドアを楯に射撃戦をしている。いや撃たずに様子をうかがっている。

「なんで撃ち返さないんだい」

「弾は貴重ですよ」

聞かなきゃよかった。余計不安になってきた。弾の当たる音に身を縮めていたら、伊藤くんは舌打ちした。

弾切れの舌打ちじゃなきゃいいけど。

急に車が傾いた。

「パンクしました」

「どうするの！」

「難しいですね！」

伊藤くんはきりりとした顔で言うが、僕は気が気でない。というか、朝方の伊藤くんのあせりを僕がよく理解できなかったことと今が同じだ。単に立場を入れ替えただけ。彼にとっては難局ではあっても取り乱すほどではないらしい。

もっと伊藤くんに優しくしよう、生き延びたら。と思ったら、伊藤くんが突然発砲した。音もそうだがその後の金属音が耳にささる。なにか落ちた金属音。薬莢というやつかな。

「今から那覇を連れてきます。そのまま待っててください」

「ちょ、僕はどうなるの！」

「敵は逃げています。多分時間切れでしょう。警察が来る前に行ってきます」

この際警察のお世話になった方がいいのではと思ったが、口にするのははばかられた。

それはそれで怖い。日本の警察は統計的に見てありえない検挙率を誇っており、世界中の統計の専門家は、この数字を努力や装備の結果ではありえないとしていた。つまり、逮捕されたが最後、どうにもならずに黒になる、あるいはその過程でひどい目にあうということだ。

震えながら僕が車で待っていると程なく、伊藤くんは顔をしかめながら走ってきた。なんでしかめつらになったのかといえば、那覇と部屋の状態を思えば分かろうというものだ。

後席に那覇を入れる。毛布に包まれて運ばれてきた那覇は、いつも通り。なんの表情も浮かべず、どこを見ているようにも見えない。つまり、可愛げというか、人間らしさがない。

「先輩もしかして、おむつを買いに行ったんですか」

伊藤くんが運転席に乗り込む。

「まあ、そんなところだよ。正確には清掃用品だけど」

「なるほど」

伊藤くん的には納得できる外出理由だったらしい。おかげで僕は怒られることもなく、しのぐことができた。パンクしたタイヤで走り出す。大変な音が車内に木霊《こだま》した。金属がこすれる擦過音。

「こんなんじゃすぐに捕まってしまいそうなんだけど」

「すぐに車換えますし、それに警察の対応が遅くなってます」

「なんで？」

「周辺工作が起きてますね」

「包囲する戦力もないのに周辺工作をするというのは統計的に言ってありえないよ」

「でも事実ですよ。間違いない。そもそも敵は超級サイバーテロリストです。警察の対応力を奪う誤報の発信や監視カメラの広域ダウンくらい簡単なんじゃないですか」

「はぁ」

僕の返事をどう思ったか、伊藤くんは言葉を続けた。

「先輩はどれくらい外にいたんですか？」

「いいとこ五分くらいかな。財布がないのに気づいてね。すぐ戻ったんだよ」

「んじゃ、那覇が通報した可能性がありますね」

伊藤くんは小声で言う。

「あんな放尿をする子がかい？」

伊藤くんは黙った。今の言葉は説得力があったようだ。

「では、監視カメラに先輩の姿が映って、敵が五分で到着したと？」

「ある程度場所を絞って網を張っていた可能性はある」

「それで〝どこか〟が先輩を狙って動き出した？」

「え、なんで？　那覇じゃなくて僕をかい？」

「世間一般では年金資産消失は先輩のせい、ということになってるんじゃないかと。そんなことができるくらいのサイバーテロリストなんて世界には今までいなかった」

「僕がそんな立派な奴じゃないのは知っての通りだよ」

「ネット調べる限りはそうなってないんですよね。これが。先輩の経歴は全部書き換わってるのを忘れずに」

「ひどい話もあったもんだ」

車を乗り換える。近くの駐車場で乗り換え。新しい車は懐かしいサイズ。かつては軽自動車というカテゴリーがあったのだった。

「自動運転が増えてからすっかり見なくなったね。こういう車」

「そうですね」

車が一〇〇メートルも進まないうちに乗り捨てた車が爆発した。無茶苦茶だ。

「爆発した」

「髪の毛とかクリーニングする時間なかったんで爆破しました」

乱暴にもほどがある。僕は呆れて開いた口が塞がらない。

伊藤くんは慣れっこなのかなんなのか、表情も変えず運転しながら僕を見る。

「えらいことになってますね。顔変えるくらいは覚悟してください」

「ちょ、え、え」

別に美形というわけでもないのだが、自分の顔には愛着があったのでこの脅しは効いた。

僕が黙って震えている間に、とりあえず姿を隠そうということで新しい隠れ家にまた移ることになった。

頭上を無人ヘリが飛んでいる。警察にいまだ無人ヘリはないとテレビでやっていたから、別のものだろう。軍用かどうかは分からない。これ、きっと僕とか探してるんだろうなあ。震えるネタがまた一つ増えた。まったくもって、なんてこと。

いや、まて。おかしい。

「ところで伊藤くん。僕は考えたんだが」

「ろくでもない考えですよね。きっと。なんです？」

「僕を狙って、とか言ったけど、おかしくないかい。そんなわけないと思うけど」

「だからカメラが」

「それだよ。カメラに映っていたとしても、五分くらいだ。それくらいで僕を捕捉できるかな」

伊藤くんはちっとも感銘を受けてない顔で口を開いた。

「先輩は知らないみたいですが、スカイネットの名前くらいは聞いてますよね」

「映画、ターミネーターだね。そりゃもちろんSF研だったんだし知ってるさ」

「へぇ。そういうのあるんですね。いや、そっちが元ネタなのかもしれませんが、そういう名前の広域犯罪者発見システムがあるんですよ。アメリカに。で、日本にも輸入されています。中国も自力で似たようなの作って採用してますよ。日本よりずっと前にね。二〇一七年頃にはあったと言います」

「うちでは使ってなかったんじゃないかな」

僕を雇っていた安全調査庁は、伝統的に自分たちのことを〝うち〟と言う。海外呼称もそれで「トウキョウ・ウーチ」だ。

「法律の問題で表だっては使ってませんね。ともあれスカイネットは顔照合できるネットワーク監視カメラで犯罪者のリストと突き合わせて、犯罪者がどこにいるかすぐに範囲を特定するやつです。五分ありゃあ、日本のどこにいても特定できますよ。事前に情報与えておけばあとはAIがやります」

「となりゃ、公安関係かな」

「彼らならどこだろうと、都内でいきなり撃ちはしないと思いますよ。事件の性質上、犯人を殺せばよいって話でもないだろうし。それにですね。捕捉は五分でできても工作員を輸送して、という話なら結構時間がかかるもんです」

「んー。どうやって時間を縮めたのかは分からないけれど、そういう話なら、僕を狙ったのはサイバーテロリストということになりそうだね。僕を殺せば迷宮入りするという読みだろう」

「そうですね。……間違いないと思います」

「しかし、めちゃくちゃな敵の能力だね。年金の次はスカイネット、セキュリティはどうなってるんだ」

「日本という国が、戦争レベルのサイバー攻撃に対しては対応できていなかった。というのが正確なところでしょう。元平和国家の弊害だ」

弊害かどうかはさておき、どんなやつが日本に戦争仕掛けてきたんだか。昔みたいな大国じゃないんだから、ほっといてくれてもいいのに。というか、それだけ能力があるなら僕を狙う必然性なんてなかろうに。

「ところで上と連絡はとれたのかい？」

「ええ、まあ。なんとか」

歯切れの悪い返事だった。僕が黙ってると、伊藤くんは苦々しい顔で言葉を続けた。

「先輩のことを伏せて那覇の説明をしたんですが、上はそれどころじゃないとか言ってました」

「手がかりになるかもとちゃんと言ったのかい」

「言いました。言いましたけど」

伊藤くんが言うには、裸の子供の集団が出てきたあたりで上司が興味なくしたような顔をして手の甲で追い払い、シッシと言わんばかりだったらしい。

まあ、さもありなん。僕が報告書を書くのに躊躇したのもそのせいだ。普通ならまともに取り合ったりはしてくれないだろう。それがサイバーテロに関係あります、まだ分かりませんけど、とかいう内容ならなおさらだ。

それに、人間は都合の良いことばかりを信じてしまうものだ。伊藤くんの上司は上司の考えるシナリオと違うことを前にして、考えることを拒否してしまったに違いない。

「なんで笑ってるんです？」

「笑っていない、この顔は悲嘆しているんだ。見て分からないか」

「マジマジと鑑賞するほどの顔でもなかったので」

「見てもいないのに笑ったとか言うもんじゃないよ。せっかく伊藤くんを見直したのに台無しだよ」

「お、見直すところありました？」

「銃で戦うところは格好よかったね」

「全然ですよ。倒せてもいないし」

そう言いながらまんざらでもない顔をしているあたり、伊藤くんの底が見える。まあいいけど。

「僕は助かった。ありがとう」

「感謝が遅いですよ。そもそも僕は先輩のことを考えてですね……」

ウザい上にうるさい伊藤くんの言葉で褒める気持ちは一瞬で蒸発した。

「まあ、僕と比べて先輩、犯人ですもんね……」

「言い方を変えてくれ、僕は犯人じゃない。犯人に仕立て上げられているんだ」

「言い直しても状況は良くなりませんよ」

「気分の問題だ」

伊藤くんは残念そうな顔で頷いた。自動運転を解除して自分で運転するつもりらしい。ボタンを押し直している。何故残念そうな顔なのかは怖くて聞けない。

伊藤くんはまだ言いたいことがあるのか、ハンドルを操作しつつ、言葉を選んでいる様子。考えながらの運転は危ないだろうに、なんで自動運転に任せないのか。そういえば静岡に行く際、運転手氏も自分で運転していたな。職場的な指示があるのかもしれない。

「どうすりゃいいんだ……」

期せずして、二人同時に言うことになった。

伊藤くんは苦い顔しているが、そりゃ僕も同じだ。

「なんでおっさんと二人で、こんな目にあってるんでしょうね」

「まったく同感だが、美人がいても事態は解決しないよ」

「何言ってるんですか、美女がいたらやる気出るでしょ」

「猫ほどじゃない」

僕が言うと伊藤くんは鼻を鳴らした。

「猫狂いめ。分かり合えたと思ったのが間違いだった」

言い捨てた後、女ー、女ーと伊藤くんは歌うように言った。女性が好き、というより、自棄になっているようだった。

まともに相手する気にならず、猫ー猫ーと言い返した。

ああ、猫。僕の猫。会いたい。引っかかれたい。尻尾ふりふりされたい。

「先輩泣かないでもいいじゃないですか」

「泣いてない。涙ぐんだだけだ」

「猫が大事なのは分かりましたから」

伊藤くんに慰められてしまった。二人同時に那覇の方を振り返る。那覇は何の反応も見せない。毛布がはだけてもなんら気にもしてない。

「やっぱり女手《おんなで》いるんじゃないですか。那覇の世話しないと。服だってまだ買えてないし」

自分ではやる気がまったくないらしく、伊藤くんはそう言った。

「女手って男女平等の時代に何を言ってるんだ。そういや、昔男女に差がある方がいいと言われてた時代には女性の声はもっと高かったらしいよ」

「どうでもいい雑学ぶっこんできましたね」

「そうかな。性選択に有利だから女性は女性らしくやっているだけで、生来からそうではないということだよ。これを進化と呼ぶかについては議論がある。そもそも人間において進化とは、とか、交雑できるのに別種と呼んでよいものかについては未だ」

「御託はいいですから」

「御託じゃない、前フリだ。那覇だよ。人間は人間らしくやっていた方が有利だからそうしているだけかもしれない。人間の本来は、あんまり人間らしくないのかも」

まったく人間は、都合の良いことばかりを信じてしまう。僕たちが思う人間らしさは、性選択上の都合の良い何かかもしれない。

　僕がそう言うと、伊藤くんはため息。信号待ちの間に僕を見る。

「どうでもいいですけど、そんなこと。今やるべきことはサイバーテロリストをやっつけることです。それはそれとして、先輩面倒見てくださいよ。那覇の」

「僕なりに見てあげたいところではある。が、現金がない。この調子だと口座監視されているんだろうし」

「現金ならダッシュボードにありますよ。活動資金として使ってください」

　慌ててダッシュボードを開ける。確かに札束が入っていた。五〇万円くらいはある。というか、数えてはいないが五〇万円だろう。半端な数字にすることはないだろうから。

「これで那覇の服が買えるね。あと箱の言ってた補給品」

「そうですね。まあ、箱に送るかどうかはさておき今のうちに買うだけ買うべきでしょう。すぐに世の中大混乱になります。今日か明日かは分からないけれど」

「伊藤くんはやる気なくしたのかい」

　僕が言うと、伊藤くんは五秒黙った。黙った後でハンドルを握り直した。

「いえ、全然ですよ。やる気はあります。日本を守るのは僕だ。たとえ一人と猫好き一人でも最後までやります」

「格好いいね。本当に。じゃあ、頑張ってくれ」

「何がじゃあですか、先輩も日本を守るんですよ」

「参ったな。現金を入れるものがない」

「ごまかそうとしないでください。逃げたら猫がどうなるか分かってるでしょうね」

僕は伊藤くんを半眼で睨んだ。

「猫をどうにかしたら、君は死ぬ。絶対にだ。その上でだが、日本を守るのはさておき、この件については僕は僕の身を守るために頑張るつもりだ。結果としてこの国も助かるなら、それは誠に結構なことだ」

少しの沈黙の後、伊藤くんは前を見て言った。

「期待してますよ」

僕は肩をすくめる。正直に言えばそれだけでなく、箱というか那覇というか、あの子たちをどうにかしてやりたい、とも思うのだが、那覇の姿を見るとそんな気がなくなってしまうのが難点だった。怖いというか、猫より可愛げがない。ワニとかですらよく見ればどこかしら可愛げもあるのに、那覇はどうしたんだろう。

ある種の生き物に表情があるのはコミュニケーションを取るためだ。那覇の場合、コミュニケーションを必要としてない、もしくは必要としない環境にあったんだろうか。統計的にはそう、虐待、拷問が続く場合などでは無反応者や無表情者が出るときはある。これは人間だけでなく、実験動物や昆虫、植物でも見られる。痛みを与え続けるとそういう感じになる……のだが、那覇の身体は綺麗だ。

不思議というか何というか。虐待や拷問の中ではごく希《まれ》なケースと言っていい。

それ以外はどうだろう。猫以外で僕が詳しいと言えば蟻だが、蟻は表情以外のコミュニケーション手段がある。つまり、フェロモンだ。

人間にもフェロモンはあるんだけど、それで主にコミュニケーションしているようには思えないんだよなあ。

頭を振る。那覇のことばかりを考えてもいられない。

とりあえず、現金をどうにかして運ばないと。昔持っていた財布があればよかったんだけど。

「カード入れ使ったらどうですか」

伊藤くんが言った。現実的な話ではなかった。

「今時そんなもの使うわけないだろう。全部スマホに統合しているよ。あー。スマホも使えないよね。この調子だと」

最近は犯罪をやるのも大変だなぁ。いや、いいことなのだろうけども。しかし窮屈に感じる。

「財布を使っていた頃が懐かしいと老人たちが言うわけだ」

「犯罪者も言いますね。それ」

伊藤くんはそう言って僕を閉口させた。

第二の隠れ家はこれまた二〇年くらい前に作られたという臨海マンションの一つだった。二〇二〇年代の都心の建物はどいつも狭い。そしてここにもまた中国人がたくさんいた。民泊しているのだろう。空室が多い物件では、すぐにこうなる。米中対立の中、中国人にとっては日本とはアメリカを感じられる数少ない観光地だ。

行き交う中国人たちの合間を縫って、那覇を担いで走って部屋に入る。日頃の運動不足がたたって、わずかな距離でもう背中が痛い。自転車をもっと乗り回さないとだめだな。

「それにしても、未だになんでこんなに中国人が来るんだろうね、大抵のものは中国国内で賄《まかな》えるだろうに」

「それが、日本にしかないものもあるんですよ。中国版スカイネット、天網っていうんですけど、顔写真、国民番号、口座などを紐付けてデータとして政府が管理しているんです。超管理社会とでも言えばいいですかね。日本より偽札多かったんで、キャッシュレスへ進むのも早かったし、無人コンビニも中国発祥、すごいもんです。監視カメラなんて推定一

○○億を超える膨大な数があります。誰が箸を上げ下げしているかまで政府はリアルタイムで把握している寸法でして」

「その話を聞いていれば、安全すら今は中国の方が上みたいじゃないか。最近は環境もよくなったと聞くし」

「ところが、ですね。その安全を作る技術を嫌っている中国人も多いというわけです。それらの一部は日本にもやってくる。つかのまの、あるいは一生の自由を得るためにね。つまり中国になくて日本にあるものは自由と解放ですよ。あと民主主義ですね」

本当に日本に自由があるのかはさておき、中国と比べれば、あるというのは事実なんだろう。

伊藤くんはため息をついて、窓のブラインドを閉めた。部屋が薄暗くなったので灯りをつける。外から見られないようにした、のかもしれない。

「先輩が言う、箱と事件は無関係ってやつはどこまで信じていいんですか」

「現状、間違いないと思っている。那覇たちは個人という概念がなさそうで、そこに嘘はないように思える。個人を狙い撃ちするという発想がそもそもない気がするね」

「分かりました。じゃあ、とりあえず箱のことは後回しにして、サイバーテロリストの調査をやりましょう」

僕は手を伸ばして伊藤くんをとどめた。

「いや、箱の要求していた物資を用意して欲しい」

「この状況で、ですか」

伊藤くんは怪訝《けげん》な顔をした。

「うん。無茶、とは思うけれど用意して欲しい。那覇を見れば分かるとおり、栄養状態が心配だし、サイバーテロリストと関係はないけど、関連はある可能性が高い」

「言っていることがおかしいですよ、先輩」

「それがおかしくないいんだ。伊藤くんが前に言ったとおりなんだよ。二つが関連しないのは二回連続で隕石に当たるようなもので、確率的にはあまりありえない。僕の身に起きているのは一つの事件の二つの側面と考える方が、ずっと自然だろう」

無論、全然関係ない可能性はある。ここのところつくづく思うのは、人間は、都合の良いことばかりを信じてしまうということだ。

完全に無関係として切り離すだけの材料がない以上は、両面を軸にやろう。

僕が言うと伊藤くんは壁に背を預けて腕を組んだ。

「なるほど。那覇たちには自覚がない。となると、サイバーテロリストに洗脳されて迷彩に使われている、ですかね。まあ、様子からして誰かに洗脳されているのは確実なんですが。くそ、サイバーテロリストめ。子供たちを大勢おかしくしやがって」

「洗脳かどうかは断定できないし、そもそも洗脳する意味を疑うけどね。ともあれ、関連はしていると思う。自覚はないだけで。那覇たちには調査に協力してもらいたい部分もあるから、すまないけど物資を用意して欲しい」

「分かりました。そういうことなら、僕は手配してきますよ。それにまあ、身を隠すなら東京から離れた方がいいかもしれないし」

まさかあの長屋で暮らすとか言い出さないだろなと思うと身震いしたが、伊藤くんは僕のアクションを無視した。自らの顎髭に名残惜しそうに触れながら、別のことを口にする。

「先輩は今後の調査について目星をつけてますか」

「つけるというか、そもそも選択肢があまりない。今回の事件、ヤマを登るルートとしてあるのは二つ。那覇ルートか、僕への攻撃から遡《さかのぼ》るかの二つだ。それ以外の方法は調べるにせよそもそも戦力が足りないよ。こっちは二人しかいないんだから」

「お得意の統計でどうにかなりますかね」

「データベースにアクセスできればある程度はね」

「んじゃ、アクセスできるようにします。とりあえずは那覇と話をして内容を詰めてください。ヤマを登り切れるかどうか、何がどうなるのかを、分かるところだけでもいいので。

是非お願いします」

言われなくてもやるしかない状況だ。

落ち着いたし、睡眠も取った。とりあえずの安全もある。僕は僕の能力を発揮できるはずだ。まあ、多分だけど。

サイバーテロリストの手法から考えるか。那覇から情報を聞き出すにしてもサイバーテロリストについてある程度のあたりをつけておく必要がある。

使う武器は統計ということになる。統計と微分は最強の武器だから、そんなに悲観するほど状況は悪くはない。手元にデータベースがないけれど。それでもだ。

統計を使う統計手法や統計でものを考える思考形態は、こんな局面でも役に立つはずだ。猫と同じくらい信じている。

さて、僕の知りうる限りでいえば、ハッキングとは要するに穴、セキュリティホールを突くことに集約される。これについて言えば一〇〇パーセントだ。今回の消えた年金基金資産や僕の経歴書き換えも、これであるのは間違いない。

一方で、年金基金を扱うデータと僕の経歴を収めているデータは、全然関係ない場所やシステム、プログラムで保全されている。つまりサイバーテロリストはいろいろなセキュリティホールを見つけている、ということになる。

で、それを一気に放出している。セキュリティホールによる攻撃は一度使えば次はない、というかセキュリティ強化によって穴は塞がれるから、一回こっきりになる。他にもいくつか穴を見つけて保持している可能性はあるにせよ、これはとんでもない大盤振る舞いだ、と言える。年金はさておき僕の経歴を変えるためだけに、ここまで大盤振る舞いするなんて、という感じの使い方だ。セキュリティホールをお金に換算すれば、これはそう、とんでもない無駄遣いになる。

昔と違って今のハッキング事件は、ほぼ全部が金銭目的だ。それ以外は軍事攻撃とスパイ活動になる。大昔によくあった腕試しなどの目的は、統計的には無視できるほど小さくなった。それで、この無駄遣い。

僕を狙うためにそれだけの無駄遣いをする。これはそう、完全な統計外事態だ。今回の場合、それこそが最大のヒントになる。

年金にしても同じ。年金基金のお金を減らす、金融システムの基盤を揺るがすのは、サイバーテロリストにとっても大いなる痛手になるはずだ。これもまあ、無駄遣いだろう。

この二つに関連があるとするなら、このサイバーテロリストは、おそらくお金の価値が分かっていないと推定される。もう少し攻撃が続けば、よりはっきりするだろうが、現時点で仮決めしてよいと思う。それぐらい、無駄遣い、というわけだ。

僕は那覇を見た。那覇はお金の価値を、理解していないように思える。やはりというか、当然というか、やっぱり那覇たちは何らかの関連はある、と見ていいだろう。

伊藤くんが外に出て行くと、僕は那覇の方を見た。相変わらずどこを見ているのか分からないのに、今はすこしだけど人間に見える。自分でも不思議な話だ。

何故だろう。小便しているところを見て親近感がわいたせいだろうか。それはないと信じたいな。僕はそういう趣味じゃない。普段だって猫じゃなかったらトイレの世話なんかやらないくらいだ。

まあ、それはさておき。いや。僕がどこで人間と人間でないを見分けているのか、実に興味深いが、今は別のことを考えないと。

僕は長く息を吹いた。考えるときの、僕の癖。きっと変顔をしている。

問題は近くに猫がいないことだ。猫。ああ、猫。猫さえいれば。茶虎で毛が短い目つきが悪い猫の背中を撫でたい。

気づけば那覇が僕の方向を見ている。

「我は質問します。猫がいればどうなるのでしょう」

口から思いがほとばしっていたか。まあ、さもありなん。僕は片手をあげた。猫の肉球に触れるように。

「猫。猫がいれば時だって超えられる。……ような気がする。不死の研究だって成功しそうな気がする。猫型の宇宙人と海賊を狩ることだってできる気がする、もちろん竜とだって戦えるだろう。多分ね」

普通の子供なら笑い出すところだが、那覇は表情を変えなかった。

「我は思います。強力な種族である。猫ともすべき交渉」

「その通りだ。那覇は良いことを言った。猫は人生を豊かにする。一方で猫と離ればなれであることは人生最大の不幸だ、猫は味方なんだよ」

そして僕は今最大の不幸を味わっている。

「我は思います。すべき node 交換」

「猫に代わりなんかいないんだ。ないんだよ。だから時間だって飛ぶしかない」

「我は思います。方法はあります」

那覇は僕に抱きついた。身体を擦り付ける。怖い。固まっていたら離れた。

「我は思います。これで良いはず」

「いやいや、え？　何が？」

当然冗談でないのは分かるのだがなんというか。はあ。

全力のため息だったが、那覇はなんの表情も浮かべず、感情らしいものも見えない。僕の真似もやろうとはしない。通常、面白い動作だったら子供はすぐ真似をしようとするものだが。

異質、異質なんだよなあ。なんでこんな子が生まれたんだろう。いや、作られたんだろう。意味が分からない。

那覇には悪いがこんな人間モドキというか、人間から離れた人間なんか作らないでも、そのままの人間の方が今ではずっと価値が高い。世は少子化なのだ。何を間違ってこんなことになった。

というか、結局のところ、認めたくないんだな。那覇のような存在を。当たり前と言えば、当たり前の話。伊藤くんじゃないが、こんな子を見せられたら誰でも怒るだろう。

でもそれは間違いだ。いや、考える上では邪魔だ。正直知りたくもないし、知れば腹が立つとも思うが、だからといって背を向けられる話でもない。

僕は悩んで床を転がった後、起き上がって正座して、立ったままの那覇に向き合った。

那覇の、怖い洞《うろ》の目を見る。まだ震えが来るほど怖いが、今はそれだけでもない。

「君のことを僕に教えてくれないか」

「我は宣言します。受け付けています。質問」

「ありがとう。最初からこうしておけばよかった。いや、正直に言えば君たちのことを信用できなかったんだ。僕たちは信じることができなかった」

「我は質問します。君たち、とは」

「自他の区別がないんだったね。全体、ノードの集合体としての君のことだよ」

「我はしました。理解」

那覇は続けて言った。

「我は推定し、質問します。ノードが分割されているからですか？　信用できなかったのは」

なかなか難しいことを言う。

「それは僕たちと君が異なる存在だから信用できなかった、という意味かな。それなら違う。むしろ逆だ。僕たちは、君と僕は同じ種族で同じ存在だと思っている。だからこんなに行動様式や考え方に差があるとは思わなかった。君たちは嘘をついていると思っていた」

僕は自分の考えを苦笑しながら口にした。笑いなしには言えないくらいに、常識が僕の邪魔をしている。はやく猫を抱き上げたい。猫の前足でふみふみして僕の常識を壊して欲しい。

「遺伝子的には同じかもしれないが、君たちは猫より僕たちから遠い存在だ。何故かは分からないが」

「我、同意。我は思います。補給品は共通、しかし、人間は我と大きく異なります」

同意したことが面白く、何を当たり前のことをと自分が笑えた。がまあ、事実は事実だ。〝いつのまにかSFが消えてしまった〟ではない。〝現実がSFになった〟のだ。これもそのうちのひとつだろう。

那覇に座って貰って顔を正面から見る。怖いは怖いが、この一日で、銃ほど怖くもないことも分かった。

「僕たちは困難な情勢にある。だけど、いや、だからこそ、一度、僕は僕たちの常識を捨てて君に向き合ってみようと思う。僕はこれから君を可哀想な子供と思わず、そういうものだとして理解しようと努力する。不道徳とか、悠長な、と怒られてしまうかもしれないけれど、それが一番のような気がするんだ。むしろ、同じものだと思うから、問題が多数出てくると思う。事態を把握するために、いちいち口を挟まず、まずは那覇の説明が聞きたい」

SF的に言えば、これはファーストコンタクトだ。遺伝子的には人間と人間だが、行動様式は猫より遠い、具体的には宇宙人と地球人くらいの違いがある存在と対話しないといけない。まあ、日本語で意思疎通できるあたり設定が甘いけど。それでもこの事態はSFだろう。ああ、そうかSF小説のデータベースがあれば、この事態に割とすんなり対応できたかもな。データベースが手元にないのが残念だ。

僕が黙ると那覇は唐突に口を開いた。

「我、同意。我は思います。物資の供給が成功しそうな今、交渉を必要とします。物資の安定供給のために」

「交渉というと互いに何かをもたらすものだと思うけど」

「我、同意。提供できます。計算能力」

「計算能力かぁ」

いかに暗算が速かろうと、残念ながら人間ベースの計算力ではほとんど価値はないだろう。量子コンピュータが家庭用に売り出されている時代なのだ。

仮に量子コンピュータを超える速度を出せたとしても、今度はソフトウェア的に運用するのが難しい。那覇たちに分かるようなプログラムを作る手間を考えれば過去の遺産がある今のシステムベースの方がいいに決まってる。というか、人間コンピュータなんて、人倫を無視したとしても生産コストがもったいなさすぎる。いや、何真面目に検討してるんだ。猫か、猫がいないと僕はだめなのか。

「まあ、難しいかな」

「我は質問します。成立しないのですか。交渉」

「今回の物資については大丈夫だよ。でもそうだね。長期的には難しいと思うよ」

「我は思います。提供物について再検討します」

言葉的には可愛らしい気もするが、怖い洞《うろ》が言うと、事務的にしか聞こえない。

「そもそもそんなことしないでも大丈夫だと思うよ。僕たちは子供が少ない。君たちは歓迎されるだろう。まあ、この件の後で日本がまだ残ってたら、だけど」

「我は質問します。この件とは」

「今、日本はサイバーテロリストに攻撃を受けていてね。大変な損害を被っている」

「我は提案します。では、無力化します。攻撃者を。どうすれば」

どうすれば、というところで僕は笑ってしまった。まさか怖い洞《うろ》の言葉で笑う時が来ようとは。

「どうすればいいか、分からないのなら教えるのは難しい。時間がかかるという意味で。教えているうちに何もかも終わる可能性が高い。まあ、お気持ちだけありがたく受け取っておくよ」

僕はそう言った後、肩を回した。さて、ここからが本題だ。

「ところで君たちはどうしてあそこにいたんだろう。あの、森の奥の長屋に」

「我は思います。発生の時から動いていません」

「なるほど。君たちが発生した、か。重要なことだ。どれくらい前か、分かるかな」

「我は思います。カウンターは三億一千万二四五、二四六……」

「数を数えている……と。精度はどれくらいなんだろう。いや、精度はさておき。およそ一カウント一秒として、三六〇〇で割るといくつかな」

「八万六千一一一です」

「さすが計算力を提供するというだけあるね。あー。八万六千時間。さらにそれを二四で割って、さらに三六五で割るといくつ？　小数点は第一位まででいい」

「九・八です」

ハッキングを恐れてオフライン専用になっているスマホを取り出す前に、那覇は即座に言った。コンピュータの父、フォン・ノイマン並の計算能力だ。彼は最初のコンピュータ、エニアックができた時に言ったものだ。俺の次に計算ができるやつができたと。まあ、一〇〇年前なら大いに価値があったろう。今じゃちょっと、無理かな。コストパフォーマンスが悪すぎる。でも口頭でさっと計算できるのはいいことだ。ＡＩスピーカーや伊藤くんが飲み会の時に使わないんですかと言っていたボイスエージェントトロボットと同等の使い心地。やっぱり根本的に実用性に難がありすぎる気がするな。なんでこんな子供たちが生まれたんだろう。

さておき九・八。

「ほぼ一〇年前か。君たちは一〇年前から存在していた、というわけだ」

「我、同意。正確です。計算とカウント」

「君は最初からそんな感じだったのかな。それとも、違う？」

「我は回答します。機能は順次拡張されています」

「機能が増えている。それだけでは何も……いや、そうか。機能拡張にあわせてノードの数は増えている？」

「過去一二〇〇万カウントでは増えていませんがかつては増えていました。また機能は拡張されました。ノードが増えていなくても」

「ノードが増えなくなって、どんな機能を拡張したんだい？」

「無力化と交渉です」

無力化の意味は分からないけれど、交渉は分かる。僕との対話も交渉の一環だろう。ん、ということは、これまで交渉しないでも生きてこれたということか。

「それより重要なのは、一二〇〇万カウントだな。逆に言えば一二〇〇万カウント前までは増えていた、増えていたのか……」

一二〇〇万カウントといえば、二週間位前だ。僕はスマホで計算してうなった。つい最近じゃないか。

つい最近まで人というか、子供が増えていた。

人間のクローン工場でも作ってたのかな。だとすれば、辻褄はかなり合う。いや、合わないか。人間が不足する世界に対する回答として、人間の生産と出荷を人工的に行う工場を誰かが作っていた。いや、無理か。

怖い洞《うろ》を商品としてみると、改良の余地が大きいように思える。というか、教育が不足しすぎている。出荷する商品としては不適切だろう。仮に商業目的でなくても問題が多すぎるように見える。

つまり、人間繁殖工場、ではない。しかしまあ、言葉を思い浮かべるだけでおぞましいな。そうでなくてよかった。

でも、じゃあ、なんだ？　人間繁殖工場以外の何がどうして那覇たちになった？

「えーと、質問を変えよう。長屋にご遺体……死体が四つあった。あれは何？」

「我は回答します。敵です」

「敵。敵対かなにかしている存在がある？」

「我不同意」

「敵対している存在はいないけど、敵はいる……」

那覇は表情も変えずノータイムで口を開いた。

「我は証言します。襲われました」

自衛のために戦って殺した、か。もう少し遺体を見ておけばよかった。いや、嘘です。

怖いし、吐き気がするし、思い出しただけでぞっとする。

「死体を処理しなかったのはなぜ？」

「我は回答します。触れられないからです」

「触れられないから片付けられないと」

謎だ。病気でも持っていたか。いや、それならそれこそ片付けないと危ないだろう。そもそも衛生的に危険だろうに箱は何を考えているのか。

「なぜ触れないんだい？」

「我は回答します。触れられないからです」

ここで堂々巡りになった。とにかく触れられないから触らない、理屈はない。万事に論理的な受け答えをする那覇にしては珍しい反応だった。感情的になっているのかな、とも思うのだが、そういう風でもない。

いつも通りというか、無表情を超えた、死表情の那覇がいる。興味深くあちこちを見る、という動作もないのでそもそも生き物として心配になる。猫だって音のする方は見るぞ。まあ、まずは耳を動かすけど。蟻だって触角を動かす。

半ば呆れつつ、重大なことに気づいた。蟻ですら触角を動かす。それはなぜか。情報を収集するためだ。ところが那覇にはそれがない。意図して奪われたのか、それとも必要がないのか。

「那覇だけでなく、ノードは皆、目の焦点が合っていないように見えたけど、それはなぜだろう。いや、さすがにこれは答えられないか」

「我は質問があります。焦点とは」

僕は目の構造と焦点について説明した。那覇に表情はない。

「我同意。人間は分割しているため。推定しました」

ノードが複数あればなんで目の焦点を合わせないでいいのだろう。僕は腕を組もうとして、蟻の顔を思い出した。蟻の顔というより、複眼だ。あれか。あれと同じことを別々の個体でやっているのか。

目の焦点が合わない目なんて低機能だ。なんでもかすんで見えるはず。それを複数のノードというか子供たちが見て、情報処理して画像解像度を上げる。

意味が分からない。そもそもの必要性が分からない。自分で決めた突っ込まないで素直に受け止めるというルールを破りそうになって、僕は大きく深呼吸する羽目になった。

自分で作ったルールくらいは守りたい。いや、でもしかし。

僕は那覇の身体を見た。子供の身体なんか、まじまじと見たことないので年齢が分からない。結婚して子供を作っておくべきだったか。いや。姉の子供の裸をしっかり観察……姉から張っ倒されそうだ。

見た目で分からないならそれ以外から理解するしかない。そもそも怖い洞《うろ》は、見ていて楽しいものではない。

「ノードとしての那覇はカウントいくつなの？」

「我は回答します。カウント二億七千万頃です」

「さっきと同じ計算処理をすると？」

「八・六です。」

「九歳くらいなのか。なぜ、ノードとしての那覇は、あの長屋というか、あの場所に着いたの？」

「我は証言します。分かりません。気づけば我でした」

那覇がいくつかは分からないが、九年前に来たときには物心ついていなかったろう。なるほど。なるほど。分かった気がする。気がするだけかもしれないが。

「ところでつかぬ事を聞くけど、僕にとっては君と出会う理由になった重要な話でね。水道水って知ってるかい。蛇口開けっぱなしにしているとか」

「我は質問します。蛇口とは」

僕は対面式キッチンに連れて行って蛇口を指さした。

「我は証言します。これは知っています。水龙头。適切に制御されています」

「なるほど。そうか。そう言われたらそうか」

質問を投げていくつか分かったが、それ以上に疑問が湧く。この調子では全部が時間切れになりそうだ。気持ちが焦る。いや、焦っても仕方ない。

まあ、そういうときこそ統計だ。いや、統計以前か。数理モデルで似ているものはあったっけな。

そうだ。ちょうどいい。僕は那覇を見ると、那覇に計算式を教えてみることにした。那覇たちの計算能力を知るのはそう悪いことじゃない。

それから四時間。夜目にも分かる険《けわ》しい顔で伊藤くんが戻ってきた。

僕を亡霊のような目で見るので肝を冷やす。まさか……

「険しい顔だけど、よくないことでもあったのかい。まさか僕の猫に……」

「その時は何食わぬ顔してますよ。ってニュース見てないんですか。もー、先輩はなんでもスマホで済ませるから……コンピュータ、公共放送を表示してくれ」

壁に画面が表示された。さりげなく置かれていた小さなプロジェクターの光量が少ないのか。画像は不鮮明だ。すぐに灯りが自動消灯した。それにしても〝コンピュータ〟という呼びかけはどうなんだ。猫に猫って名付けている僕が言うのもなんだが。いや、これはあれか。スター・トレックのネタか。ＳＦファンめ。

壁に映った映像はチャートだった。香港株価指数。それが一〇パーセント低下している。

「ごめん。よく分からない」

「香港株価指数が限度いっぱいまで下がっています。中国政府は市場を停止しました」

「ふむふむ。それで？」

「日本の株価の影響もあるんですが、基本はサイバー攻撃ですね。犯人からの犯行声明がありました」

伊藤くんは一拍の間を置いた。

「数宝さん、あなたです。あなたが犯行声明を出しました。中国で、アメリカで、ロンドンで」

「僕なわけないだろう。オフラインだぞ」

「知ってますよ。まあでも、これで分かりました。敵は先輩を標的にしてます。倒すためなら世界経済を破壊してもいいと考えているようです」

「ははは。バカな敵だね。僕を捕まえるつもりなら猫を狙えばいいのに」

伊藤くんは僕と話して毒気が抜けたらしい。ため息をついて両手に持っていた荷物のうち、左手のスーパーの袋をおいて、右手の紙袋を持ち直した。

紙袋が暴れている。

口に出して聞く前に、にゃぁと聞き慣れた声が聞こえたので僕は紙袋から猫を出した。抱きつく。猫は慣れない環境で僕に爪立てて周囲を狙っている。どうかするとフーと言っている。

「猫だ」

「我は質問します。これで過去に飛べますか」

猫をスリスリしながら言う那覇の言葉に、伊藤くんが変な顔をしているが、僕としては確かに時だって超えられる気分だった。

猫だ。猫だよ。飼い主の気もしらんと、なんだこいつ、と半眼で睨みつけるこの表情。これだ、これだ。

「よくやってくれた伊藤くん。これまでの君の功績の中でも最高の仕事だ」

「バカにしてます？」

「褒めているに決まってるだろ」

猫は僕に抱っこされて面倒くさそうな顔をしているが、那覇を見て警戒を強めたりはしていない。前に怖い洞《うろ》と遭遇した時は敵を見るような感じだったのに。なぜだろう。

僕も那覇は前より人間に近いように思えるから、猫にも僕にも分かるなんらかの人間的な条件があるのかもしれない。

〝人間に見える〟という〝見える〟が怪しいな。猫は目が良くない。

「分かった。那覇が人間に見えないとか性的に感じない理由が分かったぞ、伊藤くん」

「犯罪者ぽく言わないでもらえます？」

「どこが犯罪だよ。大発見じゃないか。匂いだ。おそらく体臭で人間ぽくないんだ」

皮膚表面の微生物が違うとか、度を越して清潔にしたせいで死滅してるとか、そういうものに違いない。

僕がそう言うと、伊藤くんは面倒くさそうに手を振った。

「あー、はいはい。でもですね、だからどうしたってんです。だいたいですね。先輩ついに世界デビューですよ。対策考えないと」

「それについては今から考える。とりあえずは猫は偉い」

僕がきっぱり言うと、伊藤くんは泥人形のようになって椅子に座った。

「疲れた……いや、そうだ。先輩、これどうぞ」

伊藤くんが投げてよこしたのはスマホだった。

「これは？」

「さっき言ったでしょ。用意していますって。先輩なんでもスマホでやってしまうんで、ないと不便でしょう」

「そうか。ありがとう」

「猫の時の一〇分の一くらいの反応ですね」

「猫と比べる方が悪いよ」

ともあれ後輩の心遣いに感謝しつつ、早速ニュースを見る。古い型なのか、表示に時間がかかる。

「遅いのは我慢してください。監視をくぐり抜けるためのアプリが入っているんで、その分遅いんです」

「監視？」

「国民の安全保護を理由にそれとなく監視するツールを国が作って配布しているんですよ。

今の電話やロボットには大抵入ってます」

そう言えばそういうニュースも随分前に見たことがある。当時の野党は散々反対していたが、テロよりはいいよねと納得したものだ。そうか。今まで意識したことはなかったが国民監視ツールのデータ集積は僕たちが使う統計データの基礎になっているはず。

スマホをくるくるひっくり返す。見た目は普通。何十年も前から大きな変化はない。

「いよいよ犯罪者ぽくなってきたなぁ」

「これには、サイバーテロリストが気づかないように回避もさせているんです。ご了承ください。まあ、どの程度効果があるかは謎ですけど」

「いや、あるのとないのとじゃえらい違いだよ。ありがとう。感謝しかない」

伊藤くんは苦笑して手を振った。照れくさいらしい。

「猫とスマホは用意しましたよ、あとは先輩が、キャットタワーワンが大活躍するだけです」

「それについては全然自信がないんだけどね」

僕が言うと、猫がにゃーと言った。

「我は質問があります。猫はなんと？」

那覇が言った。

「嘘つけ、やる気はあるだろ。かな」

僕はそう言って猫の頭を撫でた。目を細めて耳を伏せて猫は頭を撫でられた。

そうだな。やる気はある。スマホがあれば統計データも使えるだろう。計算が遅くなりそうなら、那覇を使えばいい。何より僕には猫がいる。現場要員には伊藤くんもいる。

「まあ、頑張ってみるよ」

「さすがはキャットタワーワン。新幹線でのオペレートは見事でした、あんな感じでお願いしますよ」

伊藤くんは微笑んでそう言った。僕は目をさまよわせた後、秘密を守らなければと誓いを新たにした。

ともあれ、まずは情報収集だ。

僕はいつもの仕事のように、床に座り込んで、猫を撫でつつ、スマホを操作し始めた。興味があるのか、那覇がなんとなくこちらを見ている気がする。視線というか洞《うろ》が気になって仕事にならないので、呼んで側に座らせた。

猫と触れあったり僕の仕事をみたりしている間に、人間により近くなってくれないだろうか。すぐにはうまくいかないでも、いつかは。そうなって欲しい。

まずは、自分という存在を教えるところからだよなあ。複数の個体で複眼と同じことをやる一方、表情が死んでいるような子供たちに、どう教えたものか。

というか、目の動きも表情も、本能レベルの動きだ。どこをどうやって本能を押し殺したんだろう。虐待だけでこんな風になるだろうか。

ありそうなのは薬物、もしくは外科的な処置による効果だ。犬が鳴かないように手術するのと同じような発想で、何かやられていると見るべきだろう。

嫌な話だ。そう思いながら情報収集する。

世界が今どうなっているかはこの際どうでもいい。蟻から見た世界は女王と餌の範囲まで。僕も同じだし、それでいい。僕を狙ってるということは僕の活動範囲、言い換えれば僕から見た世界のどこかで敵と接点があるはずだ。敵は僕を狙い撃つ必要、必然がある。なんなら世界というか人類社会を破壊してでも。それでいて猫の価値は分かっていない。

これだけで随分と推理の範囲は狭まった。

どうヤマを登ろうか。まずは戦略を考えるべきかな。那覇ルート、つまり那覇を手がかりに事件を追うのと、サイバー攻撃の手がかりをソーシャルインテリジェンスで追うのと、どっちが利得が大きいだろう。

まあ、那覇ルートかな。現状他に手はない気がする。サイバー攻撃に関しては各国の専門家が動くだろうし、そこに僕が加わっても利得はあまりない。そもそも敵は防衛手段を持っているだろう。

対して、那覇ルートは僕しかいないから、当たったときの利得は大きい。大穴だ。仮に外れても痛手は少ない。僕一人の損失だ。敵はどうかな。物理的な攻撃はしてきてるから敵に手段がないわけじゃない。でも伊藤くんでなんとか対応できている。

自分の人生が賭けのチップになっていようと、信じるものは統計と数学だろう。

僕は数学的な気安さでサイバー攻撃調査を放棄した。口に出せば伊藤くんは怒るだろうが言わなければ問題ない。社会不安の増大速度は二次方程式のグラフのごとし。世界平和の残り時間は少ないと見るべきだろう。だからこそ、大きな枝を切って時間の節用につとめるべきだ。サイバー攻撃ルート調査終わりっ、と。

次だ。那覇ルートを、どう登るか。彼女と話をしていても、答えに行き着くまでにはかなりの時間が掛かるだろう。残り時間が少ないなら、これの時間も節用すべきだ。

手当たり次第の質問をせず、テーマを絞るべき、かな。

僕はスマホで過去のサイバー攻撃の統計データを取り出した。これは国やセキュリティ企業が毎年のように発表している。

調べるのは手口だ。セキュリティ強化、防御にＡＩを使うようになってから正面突破ともいえるハッキングやクラッキングは数を減らしている。大抵の攻撃手法はＡＩが学習して、同じような攻撃を防いだり、同じような脆弱性を発見報告したりしている。

代わって増えているのは、ソーシャルハッキングと踏み台利用だ。要するに、ＰＣのディスプレイにパスワードを付箋で貼っているのを掃除のおばちゃんに扮して盗み見たり、安い賃金に不満のある派遣さんに情報提供を呼びかけたり、セキュリティの弱い、というか、ガバガバな中小企業を踏み台にする、というケースだ。

那覇は掃除のおばちゃんに扮したりするだろうか。到底無理な気がする。ということで、踏み台はさておき、ソーシャルハッキングはないものとする。

正面突破以外だと踏み台かなあ。ＩｏＴの呼び名のもとに、インターネット回線に繋がる機器はこの二〇年で爆発的に増えた。その中には当然、工場出荷段階でセキュリティホールというかバックドアを意図的に作ったものや、設備更新が遅くて突破されやすかったり、単に設計がまずくてセキュリティホールがあるものがある。これらを踏み台に攻撃した、のかな。

僕は統計データと照らし合わせて、これも放棄することにした。確かにＩｏＴがらみの攻撃は二〇二〇年と比較して二億倍に増えているが、年金のシステムに侵入、とかに至った例は一例もない。そもそも論として、それらとは切り離されているのだろう。

切り離す。セキュリティの基本だなあと、前職を思い出して懐かしい気分になる。

切り離すからの大事件といえば、二〇一九年にNASAで起きた大規模ハッキングのように、職員がセキュリティの弱い機器を繋げてそこを突かれた、という話がある。そのケースはどうかな。いや、それもないか。那覇たちには、そもそもそういう概念が希薄だろう。思いつかないことを実行することはできない。

じゃあなんだ？

統計的にありそうな攻撃手法は全部ありえない、というのが今の状況だ。なのに我々、というか全人類は面白いようにやられている。それも、那覇の親戚みたいな感じの存在に。そんなことあるのだろうか。

統計外事態、統計外事態と口の中で呟く。そう今は統計の外にいる。人間は誰だって自分は統計の外にいると思いたがる。しかし、実際に統計の外に出てみればまあ、ひどいのなんのって。

なにせこの世の大部分は統計という武器を駆使して構築されている。その統計を無視して作られているものは地球上で僅かだろう。政策だろうと安全基準だろうと、統計とそこからの未来予測を抜きにしては作られないのだ。だからそう、統計外事態が起きるともろくも日常が崩れ去る。

もろくも崩れ去る。

僕は腕を組んだ。首をひねった。なんだか重要なところに行き着いた気がした。

落ち着くため、顔を洗う猫を撫でつつ、横目で那覇を見る。

動作停止中の那覇は目を開けたまま人形のようにじっとしている。せめて瞬きくらいはして欲しい。というか、不随意運動の多くが停止している疑いがある。これは意思のせいではないだろう。薬物か、外科手術か。どちらにしても、ひどいことをする連中がいる。

いや。重要なのはそういうことじゃない。物事は順番だ。

今はこの、日本語を使う設定の甘いエイリアン（仮称）からの攻撃を電子的に守らなければ。

僕は猫の背を撫でながら一つ仮定を立てる。

統計外事態が起きて、もろくも崩れ去るのは日常だけではない。今起きているのは、我々が統計を基に蓄積してきたセキュリティシステムが統計外のアタックで何もできずに突破されている、という現象だろう。

ソフトウェアのリリースから何十年も経って誰も気づいていなかった致命的なセキュリティホールが全然違う思想や視点の存在、つまり設定の甘いエイリアンによって発見されて攻撃されている、と、考えた方がいい。それがどうやってかは分からないが、おそらくはそうだ。

証拠もないのに那覇もしくはその親戚を疑うのはどうかと思うが、時間をかけて検証するだけの猶予は多分ない。

通常の捜査手順を全然守れないいんだから、これぞまさに統計外事態だな。僕は思わず笑ってしまった。

「こりゃ立派なSFだね。伊藤くん」

「そう言って、はしゃげる先輩は凄いと思いますよ。今や世界的犯罪者なのに」

「いや、よくない状況というのは分かってるんだよ」

「よくないですね。世界的にもそうですが、先輩にとっても危ない感じです。そこは忘れずに」

「忘れちゃいないよ。あと、はしゃいでるんじゃなくて、笑うしかない状況ってやつだ」

溺れる者は藁をも掴む。現状、サイバーテロに悩む関係者は僕という、か細い藁でも掴むだろう。で、この調子だと一緒に溺れる。彼らというか味方に捕まる前に動く必要がある。

まさにSFだな。SFデータベース、本気でダウンロードしておこうかな。

僕の考えをよそに那覇は動作を停止して猫と睨み合っていた。こうしてみるとマネキンのようだ。凝視してようやく、呼吸していることが分かるくらい。

僕の視線を追う伊藤くんは、面白くなさそう。

「先輩……先輩か、くそ」

「なんで苦い顔してるんだい？」

「すっかり先輩という呼び方が口に馴染んでしまって……」

「不出来でも後輩は後輩なんだから仕方ないじゃないか」

「不出来なのは先輩でしょ？　違います。先輩後輩というのは仕事上で接触するための方便で実は先輩とはなんの縁もゆかりもないんです」

「なんと」

しかし、特に感慨はなかった。そもそも大学在学中に顔を合わせてもいなかったのだし。

僕の顔をどう思ったか、伊藤くんは汚物を見るような目でこちらを見ている。

「なんだいその顔は」

「何も気にしてない様子ですね」

「まさに、どうでもいいだろう。そんなことは」

伊藤くんは不機嫌な様子。とはいえ、いちいち取り合うのもなんなので無視して仕事することにする。この件解決しても二万円とかだよなあと思うと若干悲しくなる。歩合制で外注の悲しさ。うまくやったら特別ボーナス貰えないかな。

猫が顔を洗い出すと、不意に那覇が動き出した。

「我は了解。〈同居人〉への支援。我は質問があります。人間はどうやって情報を得ますか」

何を了解したんだという顔をして、伊藤くんは僕に答えてやってくださいよと顎で命じた。なんだこいつと思いつつ、僕は那覇の方を向く。

「情報を得る手段はいろいろある。会話とか、テレビとか、まあ、今ではネットが一番多いかな。ほらこれで、こうやって見たり調べたりするんだよ」

僕は那覇にスマホの操作法を説明した、使わせてみる。普通の子供のように驚いたり喜んだりするかもとわずかに期待したが、なんの反応もなし。とはいえ絶望している様子とか興味がないとか、そういうわけでもない。表情に変化がないだけ。心が動いてないだけ。というか、この子に心はあるのか、僕はそれに自信を持てないでいる。

那覇は無表情にスマホを高速走査している。画面を見ているかどうかは、かなり怪しいくらいのスクロール速度だった。

「そんな速度で見ても分からないだろ。というか文字が読めない？」

「我は宣言します。問題ありません。全て記憶しました」

「何が問題ないのか分からないけど、凄いね」

那覇の言葉に嘘はなさそう。カウントや計算能力もそうだが、凄い才能だ。誰かがサイバーテロリストに仕立て上げるためにそんな風に作ったんだろうか。

僕は黒幕の姿を想像する。思いつかない。大体黒幕なんてのは統計的に存在しない。陰謀論と同じ架空仮定の存在だ。誰かが意図を持って存在していたら、そりゃすっきりするだろうけど、現実はそんなに単純じゃない。

那覇がスマホをいじっている間、伊藤くんは腕を組んで考え込み、何を思ったか身体を傾け、最後は頭を抱えていた。面白い三段変形だと眺めていたら、泣き言を言い出した。

「もう終わりだぁ」

「大丈夫だって、昭和二〇年の暑い日や平成二三年の三月半ば、令和二年の春、そう嘆いた人はたくさんいたと思うよ。でも終わってないよね。日本は今も続いている。統計的にこれは間違いない」

伊藤くんは顔を上げて僕を見た。

「それまでにどれだけの悲劇があるかと言ってるんです」

「まあ、そりゃそうなんだけどね。大丈夫。僕だってちゃんと頭を使っている」

「匂いで人間くさいかって分かるってオヤジギャグ思いついただけでしょ」

「断じて違う。濡れ衣だ。そのオヤジギャグは伊藤くんが自身で思いついたやつだろ。いいかい、ささやかな発見の積み重ねで、数学も人類もここまで来てるのさ。これも統計が証明している」

「どんだけかかるんですか！　三〇年先に真実が明かされても、死んだ人は浮かばれませんよ」

「時間的猶予がないのは僕も認めるところだけどね。伊藤くん、たとえ三〇年先でも何も分からないよりはずっといいんだよ」

猫があくびしたので、僕もあくびした。そういえば那覇はあくびすらしない。これも重要な発見だ。発見が重なるほど、那覇が人間から遠ざかっていく。

伊藤くんは非難の目で僕を見ている。僕はため息の後、笑って伊藤くんの肩を叩いた。

「言い争っても仕方ない。そういえばいい話がある。グラフを書きたいが、何か道具があるかい」

伊藤くんは怪訝な顔をしたが、すぐに言うことを聞いて口を開いた。

「コンピュータ、壁を描画モードに。どうぞ、先輩」

「壁に指で絵を描くなんてね」

主として子供が使う遊び機能だったが、そういや会議の時にも便利そうだと、出たときは思ったものだった。やっぱり買おうかな。

僕は線を描いてみせる。

「横軸が時間、縦軸が発見。ある地点までは発見が爆発的に増えるが、ある地点を境に急激に発見件数が減って収束する」

「これはなんの数学モデルですか、先輩」

「人類社会のどこにでも現れるモデルだけど、あるジャンルでのヒット商品件数やソフトウェア開発におけるバグの発見とかがそうだね」

「今回の場合、右端の収束というか、限りなく○に近づいた状態で解決ですね」

「そこは行き過ぎだよ。一般に事件解決とされるのはこの、急激な下り坂を下り始めたところさ。山を越えた、って昔の人は正しい表現をしている」

伊藤くんは少し考えて口を開いた。

「このグラフに当てはめるとこの事件、先輩は今、どれくらいの位置だと思ってるんです？」

ようやく少し落ち着いてくれた。僕は頷いてグラフを見る。

「那覇と対話して大量の情報、発見があった。那覇は人間から遠く離れているし、能力も高い。さらに言えば、こういう言い方はしたくないけど那覇は量産化されている。那覇自身が事件に関係なくても同タイプには人類とかけ離れた考え方やその優れた能力でサイバ

―攻撃を行う者がいてもおかしくないだろう。少なくともこの発見がどーんと伸びてるこのぐらいの地点に来ていると思うね」

もっとも、那覇とサイバーテロリストになんらかの関係がある、とした場合だ。関係なかったときは……まあしょうがないよね。僕は頑張った。

逆光で顔が見えにくいが、伊藤くんは怪訝そうな顔をしていそう。

「収束は近いと言って慰めてます?」

「微分の出番と言っているのさ。微分は覚えているかい?」

「いいえ、さっぱり」

「微分を利用して、曲線上のある点における接線の方程式を求めるんだよ」

「難しいことを言ってごまかそうとしてませんか」

「してないよ。えーと。関数というか、まあグラフをね、こんな風にどんどん拡大操作して見たとき、ほら、ここまでくるとグラフの線はほぼ直線に見えるし、一定の傾きをもっているように見えるだろ。ここまでやると非常に簡単に計算できる。この傾きを求める操作を微分というのさ。こいつはとても便利な道具で、このグラフの先がどうなっていくのか予想することもできる」

伊藤くんは、僕を詐欺師か悪魔を呼び出す魔術師かのような目で見ている。

「それで、それがどうだって言うんですか」

「僕が初めて那覇たちを見つけてからの時間をtとしてモデルにあてはめると、傾きからしておよそ今の地点はここ、明日には収束に向かう勘定だ」

「えー。でもまだなんにも分かってないんでしょ」

「そうだね」

伊藤くんはあからさまに落胆した顔をしている。

「先輩頭いいんだけどバカなんですよ」

随分と力のない罵倒だった。

「数学と統計は嘘をついたりしないよ。さらに今回は微分も味方についている」

もっとも人間の計算ミスはある。これについては、僕は黙っていた。伊藤くんはがっくりと頷いた。

「まあ、バカはバカなりに、数宝さんが私の心配をしているのは分かりました。なんか疲れました。寝ます」

伊藤くんは肩を落としてそう言うと部屋の隅で倒れた。多分ずっと寝ていなかったのだろう。バカ呼ばわりされるのは腹立たしいが、少し可哀想な気持ちになった。猫は連れてきてくれたし、スマホも用意してくれたし。

那覇はこの間、スマホをいじり続けていた。画面をずっと高速スクロールさせている。読める速度でもないから寝ているのかもしれない。まあ、睡眠をとらない生物は統計的に圧倒的少数だから、遺伝子的には人間と同一の那覇も眠ってもおかしくない。子供ならなおさらだ。というか、寝てるよね。きっと。目の動きで判別がつかないけど。

抱き上げた猫がまたあくび。眠いのかな。まあ、猫の仕事には睡眠も含まれる、だから僕の猫は良い仕事をしている。

ついでなんで僕も寝てしまおうか。本当は那覇ともっと喋って発見を積み重ねたいところだけど。

伊藤くんが目覚めたら、ほら、日本は大丈夫というところを見せてあげたい気もするんだが。

猫が下ろせと暴れ始めた。放すと丸まって寝た。尻尾まできっちり身体に巻いているのは、猫は猫で警戒をしているのだろう。

僕も寝るかと寝具を探そうとしたら、那覇が動き出した。

「あ、起こした？　ごめんね」

「我は質問があります。起こしたとは」

「休んでいたのかと」

「我は宣言します。大丈夫です。第七期なので」

「第七期、とは」

「我は回答します。成長段階に合わせて権能が変わります」

「なるほど。成長という概念はあるんだね」

ないと思っていたので、これにはびっくりした。

「我は回答します。はい。第一期から第三期は室にいます」

「室……もしかして、あの白い箱のこと？」

「我は回答します。はい」

「僕が話していた箱は、あれはまだ小さい子だったのか……」

それにしてはしっかりしていた気もする。

「我は宣言します。例外処理。あれはrootnodeなので違います」

「根ノード」

那覇たちが集団で一つの組織である〈我〉というツリー構造をしているとすると、根はその一番深いところというか、最古の始まり、あるいはそれに近い存在になる。人間というか組織の概念でいけば社長とか大統領とか王になるだろう。

王、王か。あるいは女王。

女王と言えば女王蟻。いや女王蜂もいる。いや、そもそも今では蟻も蜂も伝統的な表現でしかなくて、両者は生き物として同グループだ。よってこの場合はシロアリを例に出すのがいいかな。シロアリは蟻に良く似ているが、種族的には全然違う。シロアリはゴキブリから系統が発生している。

蟻、と言えば、期もそうだな。働き蟻は年齢によって労働が内役から外役へ変化していく。那覇の語る第七期とかも、ほぼ同じ意味、形態だろう。成長段階にそって怖い洞《うろ》は働く部署を変えていくわけだ。

ノードという用語で樹形とかコンピュータ系を考えていたけど、那覇は蜂のような社会を作っているのかもしれない。女王を中心とした巣社会を構成しているわけだ。

蜂や蟻は高度な社会性を持っているけれど、ハード的にかけ離れた人間が似たような社会を構築するものかな。いや、確かに哺乳類にも女王制というか真社会性の社会構造を持つハダカデバネズミとダマラランドデバネズミがいるけれど。

ネズミと人間じゃぁなぁ。いやいや、違う、蟻に引っ張られすぎだ。

「誰が君たちをそんな風にしたんだい」

言うべきはこれだ。きっと誰かが、そのように設計したんだろう。

「説明を中断します。質問に答えます。誰、とは言えません。我は望んで今の我になりました」

「強制されたり指示された訳ではない……」

そりゃ蟻や蜂だって誰かに言われてそうなったわけではないだろうから、那覇たちだって進化というか、そういう方向に自然になってもおかしくはないけれど、いやいやいや。進化って。落ち着け、世代を重ねてないのだからこれは適応、進化じゃない。お。大学院に戻ったみたいでちょっと楽しいぞ。

それにしても、蟻は好きだけど、那覇はちょっと。兵士那覇とか女王那覇とか怖すぎるだろう。蟻みたいに蜜タンクになってる那覇もいるのか。そんなの嫌だ。

いかんいかん。落ち着こう。深呼吸。

冷静に考えよう。人間は都合の良いことばかりを信じてしまうものだ。だからこそ自分は統計の外にいるなんて誤謬《ごびゅう》を信じることができる。人間が蟻の真似なんてと怒っても、人間にも王、女王制や部族制はある。違うのは個人のありようや生殖の仕組みだけだ。そして個人のありようなんて社会制度でどうにでもなる。人間の人間らしい心の動きが尊ばれるようになったのは歴史的に見ればここ数百年の話だ。

那覇たちはおそらく、そういう風な組織にならなければ絶滅する環境にあり、他の大人が人間として育てるための手を差し伸べることもできなかったんだろう。そうとでも思わないと、とても納得できない。どんな悪党がそんなことやらかしたんだという気になる。

腕を組む。これは嫌悪だな。人間が人間以外であることに対しての強い嫌悪。

僕の複雑な思いをよそに、那覇は説明を始めた。

「我は説明を再開します。第四期以降、権能が変更され室から出て活動範囲を広げます。七期は行きます。一番遠くまで」

「成人ってことかな。大人というか、これ以上成長しないというか」

「説明は続行中です。このあと終期があります。node は破棄されます」

「死ぬ、ということ?」

「我は質問があります。死ぬとは」

〝死ぬ〟の概念がないのか。なんてことだ。いや、そうか。自他がないのなら当然そういうことだってあるか。巣の消滅が我の死、ということなんだろう。そうか、だから殺す、ではなく無力化なのか。那覇の使う独特の用語の一端が知れた。

「死ぬとは、生命活動を停止することだね」

「我はしました。理解。終期では node は死にます」

絶対分かってなさそうに、死表情で那覇は言った。彼女が普通の人間になるまで、どれだけの手がかかるだろう。考えるだけでたくさんの困難が待っていて、憂鬱になりそうだ。

なかろうか。

蟻は死体置き場を作るから、おそらくあの谷のどこかに、大量の子供が死んでいるのではなかろうか。

そもそもなんでこんなことになったんだろう。というか、誰がこの子たちにこんなことをしたのだろう。僕が蟻の巣を水槽に入れて観察するように、餌をやって眺めている、そんなふざけた奴がいたはずだ。マッドサイエンティストかとんでもないカルト団体か、何が目的かは分からないが、まあ、許せないものは許せないな。那覇に感じる嫌悪とか、全部まとめてそいつにぶつけたい。いや、必ずぶつけてやるぞ。

「君をそういう風にしたのは誰だろう」

「我は必要に応じ我を作りました」

「それは聞いた。自己改良して今の姿になったと。んーと、じゃあ、その前はどうかな。自己改良する前は、誰かが何かをしたはずなんだが。最低でも子供、君たちでいうノードを集めてきたり、あの長屋を用意したり、あるいは水道料金を支払っていた誰かがいるはずなんだけど」

那覇はノータイムで口を開いた。

「我は宣言します。ノードの供給者は敵として無力化されました」

「その数は四、かな」

あのご遺体が子供たちを集めてきた人物というわけだ。なんのために、という部分で大いなる疑問はあるが、誰が、という部分は分かった。

「供給者を無力化したのは一二〇〇万カウントくらい前の話かな」

「我同意」

「ノードが増えなくなった頃と供給者が死んだ時が一致というわけだね。供給者が君たちの元になる人間の子供を集めた。で、死んでノードが増えなくなって困ったと」

「我同意」

一二〇〇万カウントはほぼ二週間前になるから、つまり最近まで子供たちをせっせと運び込んでいた。ということになる。で、子供たちというか那覇たちに殺された。自業自得という気がするが、実際のところはどうだったんだろう。

「なぜ供給者を無力化しようとしたんだい？」

「我は回答します。rootnode が無力化されそうでした」

女王を守るために戦った。で、死体が転がる。死体が片付けられない理由は触ってはいけないから。だったな。

「供給者は君たちに触るな、と命令していた？」

「我同意」

触らないで殺すために杭を使った。とんちだな。で、供給者は死んだ。まあ。それについては感想がない。いや、ざまあみろとさえ思う。あまり上品な感想じゃないけど。

しかし、となるとなんなんだ。いや、もう一度基本に戻って整理しよう。整理は良いものだ。数学の第一歩は整理だ。煮詰まったら整理。何回やっても罰は当たらない。

事態を要約すると那覇というか子供たちが集められて自ら独自の文化ともいうべきものを作ったのは分かった。集めた連中は死んだ。

今分からないことをリストにすれば。
・サイバーテロリストと那覇たちの関係。
・子供を集めた連中は何を考えてこんなことをやらかしたのか。
・なぜ那覇たちは大人に助けを求めなかったのだろう。そして自分たちで文化を作るにいたったのだろう。
このうち那覇たちが大人に助けを求めなかった理由は、簡単に推測できた。二週間前に自己防衛、巣と女王を守るために供給者というか、子供をあそこに収容していたものを殺した。つまり、それまでは供給者が世話をしており、それゆえ助けを求める必要がなかったのだろう。

供給者の世話が、僕や世間の基準ではまったく世話になっておらず、教育も服も与えず、ただ収容して生かしていただけの虐待だったのは置いといて、那覇たちは生まれてずっとそうだったのでそれが異常だという認識がなかった。だから助けも求めなかった。

で、二週間前に女王を殺されそうになってやむなく供給者を殺した。

当然その後補給に困る、食べ物にも困ったろう。で、新しい供給者を探して外に出ていたのではないか。働き蟻やら働き蜂が餌を探すのと同じ動きだ。あるいはサムライアリが奴隷を探すのと同じかな。

ともあれその結果、僕を見つけた。一度は逃したがまた戻ってきたので交渉した。巣に被害が及ばないように無力化して交渉した。という感じだろう。

外に出ている割に那覇の身体がきれいだったのも、この二週間での事態、と思えば納得できる。確かに真新しい傷はあった。ここまでで矛盾はない。

となると、残るが那覇たちとサイバーテロリストの関係だな。今のところ解決の糸口が見えない。関係はある、と思うのだけど、証拠あっての話ではない。信じられない偶然が二つ重なっているのか、一つのコインの裏表か。

確率の基本。サイコロに記憶機能はない。だから一二回連続で一以外の目が出たからって、そろそろ一が出るだろうと考えるのは間違っている。何回目でも確率は六分の一だ。統計をとって膨大な数の試行回数を重ねれば理論値には近づくが、たかだか一人の人間が体験するくらいの機会では、理論値通りになるとは到底言えない。

つまり、分からない。

死んだ連中が子供を集めた理由が分かれば分かるかな。分からないかな。手がかりが欲しい。

気は進まないが、静岡に……あの谷にもう一度行って調べるのがいいかもしれない。


頭を使いすぎたせいか、たっぷり眠ってしまった。那覇は僕が見たときと少し姿勢が変わって座り込んでいたが、その他に違いはなかった。すごい、というべきなのか。どうなのか。箱に入れられて育ったせいだとしたら、死んだ供給者たちを刑務所に入れたくなる。死んでいるのが残念だ。

立ち上がって小便しそうな勢いだったので慌てて那覇をトイレに連れて行く。

トイレの世話をして皆で雑魚寝していたリビングに戻ると、伊藤くんが起きて着替えをしていた。個人の趣味とは言え、女性用下着を着ていて微妙な気分になる。

目が、合った。

「ロリコンの割に、普通の女性にも興味があるんですね」

「普通とは」

そう言ったら、伊藤くんに着ていたシャツを投げつけられた。

「いやいや！ つい先日はワイルドな顎髭があったよね。あれは誰がどう見ても地毛というか、普通に生えていたぞ」

「技術は進歩しているんですよ。数宝さん。なんなら股開いて見せましょうか」

「いや、それには及ばない。そうか、性同一性障害だったのか」

そう言ったら再度睨まれる。

「仕事ですぅ」

そこまでやるような職場だったとは。外注とはいえ自分も関わっていただけに、ちょっとショックだ。

伊藤くんは僕の表情を見てどう思ったのか、肩を落としてため息をついている。

「はー。前は女っぽいとか私に向かって言ってたのに、そういうことは全然覚えてないんですね。あれのおかげで貴方に会う前は念入りにホルモン注射に胸の締め付けですよ。あと匂いつけです。加齢臭香水とか」

「へぇ。そうだったんだね。ちなみになんで男装してたんだい？」

そう言ったら、伊藤くんが難しい顔をした後、横を向いた。

「数宝という人物は彼女がいるのに別の女と二人で呑みに行くような人じゃなかったんで

すよ。古風というか、私が近くで監視するには難しい対象だったんです」

「なるほど！」

そりゃまったくその通りだねと言ったらゴミを見るような目で見られた。このあたり、どういう格好であろうと、伊藤くんは伊藤くんだった。僕としては苦笑しかできない。

早めの朝食は、コンビニ弁当だった。ところが那覇は弁当を食べることを拒否して、リストにあった鳥用の餌を水で溶いたものを食べていた。味覚の方向性は幼少期に決まるので、これはまあ、そういうことだろう。腹立たしい限りだが。

那覇たちが独自の文化というか社会を作ったのは、供給者たちが要するに何もしないというか、育児放棄して人間として教育しなかったからだ。人に捨てられて人以外になってしまってそれについて文句を言うのは、間違っている。

伊藤くんに対して僕が昨日までに那覇と話したことを説明すると、彼はたいそう嫌な顔をした後、僕に向かって、いや、先輩が悪いわけではないですよと、言い添えた。

「人に捨てられて人以外になった、か。胸くその悪い話ですね……悪党め」

「まったくだ」

「自分で殺せなかったのが残念です」

どこまで本気か分からない顔でそう言う。とはいえ、僕も似たような考えだった。

伊藤くんは僕を見ている。急に頭を下げた。

「投薬が切れて一時的にホルモンバランスが崩れていたせいもあると思いますが、昨日はふてくされてすみませんでした。起きたらいろいろなことが一気に明らかになって感動しました。日本になりかわり感謝、しています」

日本になりかわり、か。大げさだ、と思うが伊藤くんはその精神でやってるからこそ無茶もやるんだろう。彼……彼女の精神の根っこを見たような気がした。

「感動するようなものじゃないよ。微分する限りは、昨日の予想通り、事件は解決に向かっていると思うけど、ここから先は証言者がいないというか、供給者たちは死んでるし、那覇は彼らから事情をまったくと言っていいほど聞かされてないので聞き取りをしても難航が予想される」

「魔法みたいですね。微分ってやつは」

「統計と微分は最強の武器とも言うね」

伊藤くんは狐に鼻をつままれたような顔をしている。

「しかし、あれですよね。ようはグラフと同じように新発見とか新事実の分かる数が頭打ちになってきた、というだけなんですよね。ほんとにそれで解決ずるんですか？」

「マイティマウス。事件を解決するのは現場というか僕たちちだ。統計や確率がこうなっているからといって、ほっとけばいいって話じゃない」

「そりゃそうですね。まあ、よい占いと思うことにします」

「占いとはなんだ。占いとは。数学と占いを一緒にしないでくれ」

僕は伊藤くんの表情を観察する。髭がなくなってさっぱりした彼女は、すっかりイケメンというところ。そう、美女、じゃなくてイケメン。髪が短いせいかもしれない。

そう思ってたら、視線に気づいたか伊藤くんは己の頬骨を軽く押して顔つきを変形させた。ぎょっとしているうちに女顔になる。

「頬骨とか顎にインプラント入れてるんですよ。簡単に顔を変えられます」

「SFだね」

「そんな良いものじゃないですよ。ああ、そうだ。シャワー浴びて匂い変えないと。那覇じゃないですけど、人間くさく、いや、女くさくならないと違和感ありますからね」

そうか、伊藤くんは匂いが人間の識別に強い効果があることをすでに知って実践していたのか。僕が大発見だと言っていたのは、伊藤くんからすれば車輪の再発明みたいなものだったのかもしれない。だとすれば悪いことをした。僕は彼じゃない彼女をバカにしていた。

シャワーを浴びて戻ってきた伊藤くんは、確かに急に女性ぽく感じた。見た目はあまり変わらないというか、男物のシャツを羽織ってるだけなのだが、なんか違う。しかし、なぜ今頃こんな設定をカミングアウトしたのか。僕が目のやり場に困るではないか。あ、変装のためか。確かに男女と子供という形なら、目立つことはなくなるだろう。一人で自己解決した。

自分も顔を変えたりしないといけないのかな。嫌な話だ。どうにかできないか。

「伊藤くん。これらの情報を持って自首、というか出頭するのはどうだろう。昨日よりははるかにいろいろ前進しているし、今度は君の上司も取り合ってくれそうと思うんだけど」

「確かに。ただまあ、そこは賭けです。尋問されるのは先輩なんですから、先輩が決めてください」

そう言われると、困る。いや、確かに自分で決める話なんだろうけど。

「伊藤くんの見立てではどうだろう」

「我が国の警察がいかに決めつけてから犯人を捜しているかは、あえて言わなくても分かってると思います。それは、日本の官公庁全てに言える体質でもあります。結論ありきの話ですね」

「つまり、サイバーテロリストが僕だという決めつけがある以上、僕たちだけで解決した方がいいってことかい？　こういうのを個人が自力で解決するのは、それはそれで国家の敗北だと思うんだけどなあ」

　僕は猫を抱いて頭を撫でながらぼやいたが、猫は耳を伏せて撫でられるままになっている。今日は機嫌がいいらしい。前足だらんと、撫でさせてやっているぞ、という顔をしている。

「先輩はここで投げ出して他人に運命を任せたい派ですか」

「自分でやりたくはあるよ。でもまあ、それを理由に死んだり、失敗したり負けたくはないよね。自分だけならまだしも、他に巻き添えが出そうならなおさらだ。今は日本の危機、そうだろ」

「世界の危機ですよ。アメリカ、イギリスは今日も市場閉鎖。株価大暴落真っ逆さま。中国も市場閉鎖。片っ端から発言が消されているようですが、どうも反政府デモが起きてもいるようで。また戦車で鎮圧した日には」

「アメリカが喜ぶ？」

　僕の言葉に、伊藤くんは苦笑で返した。

「二度目のホットウォー、ですかね。まあ対立は決定的になるでしょう。今度も核戦争にならないという保証はありませんん」

「なるほど。まあ、そこまでくると僕の想像力も超えるから、それについてはどうでもいいかな。僕としては猫がいるので猫が困らない程度には頑張る。自分の力を過信するほど若くもないし、無理しないでいこうかと」

伊藤くんは長すぎるため息。僕の背中をつついた。

「無理しましょうよぉ、せっかく格好いいこと言ってるんですから」

「格好いいこと言ってどうにかなるならドイツはいつだって戦争に勝ってるよ」

「頑固な人ですね」

「冷静なだけさ」

とはいえ、この件に関わる連中が統計外事態を統計で処理しようとする可能性は捨てきれない。どうしようかと猫に尋ねたら、猫はにゃーと鳴いた。

「自分で餌をとりましょう、か」

「猫の言葉分かるんですか、先輩」

「自分の都合良く解釈しているだけだと思うけどね。まあ、でも、伊藤くんの言うとおりだ。時間制限を睨みつつ、できるかぎりやってみよう」

伊藤くんはにやり、というより、ふふっと笑って見せた。

「そうですね。次はどうすれば?」

「敵の攻撃意図を昨日から考えていたんだけど」

「世界の混乱が目的でしょう。次点でこれに乗じて金儲けですよね。空売り仕掛けているんじゃないんですかね。で、その罪を全部数宝さんになすりつける」

「統計的にはそれらが上位に来そうだけど……」

「違うと？」

「那覇はお金の概念を持ってない。多分ね。世界の認知の仕方も、多分僕たちと違う。彼女たちの世界は、静岡のあの小さな谷が全部だよ。サイバーテロリストが那覇の親戚みたいなものとすると、さっきの統計データはまるで役に立たなくなる。人間相手のデータで那覇たちの分析ができるとは思わない方がいい」

　暇そうに鳴いている猫をしゃがみ込んで観察する那覇を見ながら、伊藤くんは口を開いた。

「確かに、こいつらは餌とかの補給品が欲しいからってうちの工作員殺してますからね……」

「運転手くんか。確かに……」

　思えば不幸な出来事だった。死の概念すら知らない存在が襲い掛かってくるとは。

　僕が目を伏せていると伊藤くんは指で僕の顎を押し上げた。

「それで、推理の続きを教えてください。サイバーテロリストは何を狙ってるんです。何故先輩を狙ったんです」

「それについてだが、多分逆なんだ。敵は僕を狙っている。そのためなら世界を滅ぼしてもいいと思っている」

「は？」

「厳密には世界も認知してないだろうから、単純に僕を倒す、無力化するのが最優先という感じだね」

「那覇がですか」

「那覇ではないよ。その上で、このあたりの疑問を聞けば答えてくれそうな人は知っている。人というか、箱だけど」

それで昨日とはまた別の車に乗って、荷物満載で出発することになった。伊藤くんは職業柄、乗る車を毎回変えているらしい。

今度の車はクロスカントリー用、とかで随分と強そうな車だった。

「どうです、これなら山道もへっちゃらですよ。日本のほとんどの場所にいけます」

伊藤くんはそう言うが、これから向かう場所は自転車で行ける場所だった。意味あるようなチョイスに見えないが、まあ、いいか。

座席までの高さがあるせいでステップを使って乗り込む。那覇を抱えて乗り込むことになった。

いつまでも全裸というわけにもいかず、那覇には伊藤くんのTシャツをワンピース代わりに使って我慢して貰うことにする。匂いのせいで人間ぽくなったせいか、年相応に可愛らしく感じる。まあ、目を瞑っていればの話だけど。

しかし人間ぽく感じるようになったら、それはそれで目のやり場に困る。伊藤くんも締めつけていた胸を解放していて、これまた目のやりどころに困る。

必然として僕の目はあちこちをさまようことになった。どうしてこうなった。

自転車で漕いで行った道を車で進む。高速道路は使わない。晴れた日にのんびり走れば自動車でも結構良い気分になるものだ。カモメが空を飛んでいる。統計的に言って漁村があるのだろう。かつては、かもしれないが。

「猫はどのような通信プロトコルを使用していますか。〈同居人〉と同じ音声だけですか」

那覇の質問に、猫はにゃーと答えた。今は紙袋に入っておとなしく運ばれている。那覇は紙袋を持ち上げると猫を観察していた。猫は人語があまり分からないよと教えてやろうかと思ったが、やめた。学ぶことは良いことだ。あと〈同居人〉ってなんだ。

死んだような横顔を見ながら、このまま那覇が、人間の座に復帰してくれたなら、と、思う。

しんみりしていたら伊藤くんが速度を上げ始めた。しきりにバックミラーを気にしている。

「どうかしたのかい?」

「追跡されています」

人生、いろいろあるものだ。銃撃の次はまたカーチェイス。この調子だと美女が出てきてもおかしくない。映画の統計データによれば、だけど。

あれ、伊藤くんを美女枠に入れれば映画的には完璧かな。いや、ダンディな主人公がいないからダメか。

「数宝さん、那覇にシートベルトつけてやってください。あと、猫が暴れないように」

「猫に暴れるなって言ってもね。僕が猫にカーチェイスの訓練させていると思うかい?」

「思ってはいませんけどね」

やっぱり自首した方が良かったのではないか。そもそも僕たちを狙っているのはいったいどこのどいつだろう。まさかの日本政府、いや、それなら銃をいきなり撃ってくるようなことはしないだろう。と、ここまで考えて、伊藤くんが昨日いきなり銃を撃っていたのを思い出した。

日本でもあるんだな。そういうこと。僕が知らなかっただけか、それとも最近政府機関が物騒になったのか。

車が揺れる。後ろから無人トラックが追突しようとしてくる。この間と同じ手口かと思ったら、有人の車まで一緒に追いかけてきている。銃か何かで撃っているような様子。車内ではほとんど音が聞こえない。それが、余計に恐怖を感じさせた。

伊藤くんがバックミラーを見ながら舌打ちして強引な追い抜き。抜いたところで後ろから盛大なクラクション。直後にクラクションを鳴らしていた車が後ろから突っ込まれてスピンした。後ろの大事故を文字通り尻目にして伊藤くんはがんがんシフトチェンジしている。ああそうか、相手がサイバーテロリストなら手動運転は一定の安全対策にもなるのだな。

速度を出しすぎ、カーブを曲がりきれずに反対車線に飛び出すのを悲鳴を上げて見守る。正面衝突を回避しながら伊藤くんが車線に復帰した。僕は舌を嚙んで悶絶する。

那覇が同じような目にあわないよう注意しないと、と思いつつ、痛みに涙が出た。口からちょっと血が出ている。

なんでこんな目に。

僕が嘆くより先に伊藤くんはさらにハンドルを切って道から外れた。道路の法面からさらに林の方へ駆け上がる。

前の時もそうだったが、僕は選択的に狙われている。理由はなんだ。サイバー攻撃といいなりふり構わず僕たちを殺そうとしているようだが。僕という存在はそこまで脅威なんだろうか。僕が？

シートベルトをつけていようと、揺れるものは揺れる。那覇の身体の揺れが限度を超えている気がして僕は足で前席を押して支えつつ、右手で那覇を、左手で猫の入った袋を押さえる。

昨日に引き続いて後席ドアに弾丸か何かが当たる音がする。今度の車は防弾されてないのか、窓ガラスが簡単に割れて弾が飛び込んできた。

何発目だかの銃撃で、那覇の目が大きく開いた。Tシャツに血の華が咲いた。血だけではなく、身体の大事な部分までTシャツに張り付いたようなそんな感じだった。

伊藤くんにわめいたが、映画と違ってエンジン音がうるさく、とても会話はできなかった。

東京を出たのが裏目に出てしまった。いや、そもそも自首していれば。

猫が揺らしすぎだと怒って紙袋から爪を出した。めちゃめちゃに暴れる猫を押さえて耐えた。考えばかりが空回りして何もできない。自分に対する文句と呪いだけが頭に渦巻くが、それも頭が天井を打って一時中断した。

さすがにこんな事態を警察は放っておかないだろう。ただ問題は警察到着まで生き延びられるかどうか。

なんとか那覇をかばえないかと行動するうち、那覇の手足が意思を失って揺れるのが見えた。ただ慣性に従って揺れているのを絶望的な気分で眺める。

誰でもいいからどうにかしてくれよと叫ぼうかとしたところで不意にエンジン音が弱くなった。見る間に速度が落ちる。林の中で車が止まる。

「数宝さん、エンジンがやられました」

「那覇が怪我した」

「日本で好き勝手やって……！」

伊藤くんはダッシュボードから銃を取り出した。

「先輩、逃げてください。可能な限り遠くまで、撃ち合い始めたら先輩の面倒まで見れませんから」

「降伏したがいい。そちらの方が、まだ那覇は助かる可能性がある」

「どういう統計で言ってるのか知りませんけど、それは無理です」

「なんで」

僕の疑問に、伊藤くんは車の後部ドアを眺めた後、口を開いた。

「敵はレベル3の防弾を抜いてきています。つまりはまあ、先輩を殺しに来てるんですよ。それも確実にね。軍用のライフル弾だと思うんですが、弾は装甲を抜けて那覇の身体の中で止まってる。装甲は抜けても人体内で止まるような弾丸を使ってるみたいです」

そんな説明聞きたくなかったが、今がひどい状況であるのは分かった。いや、だからこそ。

「僕を殺してどうするんだ」

「それを考えるのは先輩の仕事ですよ。後はたのみます。逃げてください。すぐに」

「那覇は大怪我だ、むやみに動かせない」

「だからー、私から見たらとっくにこと切れてますよ。先輩。自分一人で、いや、猫連れて逃げてください……ああもう、せっかく数宝さんと呼ぶことにしたのにまた先輩呼びになっている」

――那覇が死んだ。

那覇の顔を見て、力なく座席に身を預けている以外はそれまでと何も変わらない姿を見る。肩を揺らそうとしてやめた。息をしていないのは見れば分かった。

それで、意気地なく走って逃げた。

命が惜しい、それもある。猫のため、かなり大きな割合でそうだ。でもそれ以上に、ここで死んだら那覇がただ死んだことになる。

僕を殺す、僕を殺す。いいじゃないか、殺しても。殺せばいい。でも那覇を巻き込むとはなかった。関係ない子を殺すのはどうなんだ。しかも子供だぞ。

自分にこんな激しい感情があるとは思わなかった。怒り狂って猫を大事に抱いて走った。敵、そう敵は車で移動していたもののクロスカントリー車ではなかった。となれば生き残れる目はそれなりにある。それと同じ分だけ、僕が復讐できる確率も上がるというわけだ。

林の中を走り、不意に放棄された田園地帯に出る。田園というより棚田みたいに小さな耕作放棄地が段になって並んでいる。森を抜けてしまっては移動の有利がなくなるが、さりとて後ろに戻るのもどうか。

ええい、ままよとまた走り出す。猫が爪を出してしがみついた。

走って気づいたがこれは棚田ではなくて昔の茶畑のようだった。茶畑は統計的に霧深いところ、かつ斜面で作られることが多いから、ここは谷、もしくは山ということだ。おそらくは谷の斜面だろう。人間が生きるためには水が必要だから、そうなると山ではなく谷の方がずっと都合がいいからだ。

見れば分かることをぐるぐる考えながら走る。より山の方へ走るはずが不意に集落に出てしまった。しかも廃集落だ。ここにも。

いや、廃集落なんて今や日本のあちこちにある。今はそれをどう利用するかだ。

建物の中に隠れることを考える。埃がうずたかく積もっていて、足跡が残りそう。それに猫がいる。猫がにゃあにゃあ言ったら隠れるも何もない。

目を血走らせて役立ちそうなものを探す。そのまままっすぐ走って逃げるのもいいが、今の僕は息が上がっていた。呼吸を整える間に、何かやることは無駄ではないはず。

自転車発見。半分さび付いてるし、現代の自転車とは比べものにならないくらい重いが、走るよりは輪行の方が慣れている。もちろん猫も慣れている。

これも泥棒だよなあと、申し訳ない気分になりながら自転車に跨がった。

猫が警戒と怒りの声をあげている。僕は慌てて漕ぎ出した。人間より猫の方が信用できるのはここ最近で明らかだった。

逃げるしか。

明日戻ってくるために、逃げる。

鼻水が出るまま自転車を漕ぐ。古い自転車にも良いところがあって、何より丈夫で山道だろうとフレームや車輪が歪む危険性はまったくなさそうだった。それだけ重い、ということなのだけど。

車の音がする。こんなところで車の音がするということは追っ手ということだ。伊藤くんはやられたのか。ついでだ。伊藤くんの仇《かたき》も取ってやるからな。

姿勢を低くし、身を縮めて自転車を漕ぐ。自分でも危険と思えるくらいの速度を出して走る。昨日聞いた銃の音とは比べものにならない大きな発砲音がした。大砲かなにか使っているのだろうか。いや、これがライフル銃というものか。ゲームじゃあんまり強くなさそうな武器だったけど、現実は違う。

とはいえ、銃は銃だ。僕の武器は統計と数学と猫。物理は専門外だけど、この場合は数学でもいけると思う。少なくとも光学的照準装置を使う限りは、まっすぐ、もしくはそれに近似した弾道しかない。つまり障害物が多い場所の方が銃対策には有効だ。

下り坂に入れば相当な速度が出せる。ついそちらに向かいたくなる本能を理性で抑え込む。信じるものは勘じゃない。統計、数学、そして猫！

急激に進行方向を変えて横の藪から林に入る。銃声が急に少なくなった。エンジン音はあるから僕を見失ったわけではないが、案の定、銃で狙いをつけるのは難しくなったようだ。

林を侵食してできたような竹林に入る。手入れしていない杉の木よりは見通しが良くなった気がして肝を冷やす。それだけ僕と敵を結ぶ直線が増えるということで、射撃機会も増えるということだ。

射撃される。本来命中していたのかもしれないが、自転車がつんのめって変な方向にまがったせいで生き延びた。タケノコかなにか踏んでしまった気がする。

よくない状況だ。どうやって逃げ切ってどうやって生き延びる。どうやれば復讐できる?

身を隠すには心細い竹林すらも終わりが来ようとしている。日の光が眩しい。眩しい範囲が広がっていく。

不意に道というか地面がなくなって落車した。

猫は華麗に着地したが僕は無様に転がった。痛い。背中を打って、一瞬呼吸を忘れた。いや、ここで猫を放したままだと猫が逃げて離ればなれになってしまう。走って抱き留めた。僕の猫は最高で、動かないでいてくれた。元彼女なら愛想尽かして逃げるところだ。

どうも廃道に出てしまったようだ。危ないと思っていた道のひび割れを見る。

猫が上の方に敵を見て毛を逆立てている。停車した車から三人の男が降りてくる。国道上をカーチェイスした車とはまた別の車だった。

顔が見える距離で銃を構えられる。

相手は無表情の中にも余裕そうな顔をのぞかせていたが、それを言うなら僕も同じだった。

不意に三人が怖い洞《うろ》たちに襲われた。

横から五、六本の矢を突き立てられて、僕に銃を構えていた男が頭から道に落ちた。暗闇で目の前を通り過ぎたものの正体が分かった気がした。

銃と弓矢では銃が勝つだろうと思っていたのだが、一〇〇〇年程度のテクノロジー差では数と状況によっては簡単に逆転するらしい。残り二人も仕留められて次々落ちた。

今日生き延びたらやろうと思っていた復讐が、ほかならぬ怖い洞《うろ》たちによってなされたのは、喜ばしいのか悲しいのか分からない。

一体の怖い洞《うろ》が僕の前に立った。目の印象が強すぎて、他が頭に入らないのは那覇に同じ。

「我は質問します。一〇八七八が無力化された後の状況と経緯を教えてください」

一〇八七八。除夜那覇。

僕は五秒考えた後、口を開いた。

「那覇は、やっぱり他のノードといつも話ができていたんだな」

「我は回答します。はい」

「通信。どんな通信だったんだろう。飲む携帯かな。それよりもっと恒久的なものかな」

「我は回答します。分かりません」

まあ、自分でやった、というわけではないんだろう。供給者たちが何らかの理由あってやったに違いない。自分の意思でならともかく、健康な人体に何か埋め込むなんて。生き残りがいたらサイバーテロリストもろともひどい目にあわせてやる。

それにしても、ここ最近統計外事態が多すぎて、何が統計外なのか、自分でもよく分からなくなりそうだ。いや、そんなことはどうでもいい。統計のための人生じゃない。

座り込んで息をつく。

「那覇が死んでしまった」

そう言うと、僕に話しかけた怖い洞《うろ》が言った。

「我は宣言します。死んでいません。node の一つが破壊されただけです。依然として我は健在です」

文化が違う。というか、慰められている気がしない。いや、事実を事実のまま言っているんだろうけど。

「君たち、いや君はそうかもしれないが、人間は違うんだよ。個人というのには特別な意味がある」

「我同意。このやりとりは二回目です」

くやしいというかやるせないことに、やりとりしてると那覇が戻ってきたような気になって喜びが心に湧く、それが嫌だ。自分の罪悪感と、偽りの喜びの感情が胸の中に渦巻いて、僕はしばらく動けなかった。猫に爪立てられて、それでようやく、動き出すことができた。

毛を逆立てている猫を撫でて気持ちを落ち着ける。

さすがに統計外事態に慣れてもいい頃だろう。こんな気分ではやり遂げられない。伊藤くんや那覇のために僕はもっと仕事していいはずだ。

冷静になろう。猫を撫でれば僕は冷静になれる。当の本猫は迷惑そうに尻尾を揺らしている。

撫で続けるうちに機嫌をよくし、猫は飛んでるカラスに興味ありそうな顔をしている。これで僕は、少し落ち着いた。

那覇が通信手段を内蔵しているであろうことは最初から予想してはいた。箱が喋るはずのところを怖い洞《うろ》が喋っていたこともあったし、ノードという考え方で自己と他者を区別しないのも普通の人間ではあり得ない現象だった。もしあり得るなら過去の歴史にそのような種族がいてもいいはずだ。

しかし、そういう種族は歴史的に存在しない。歴史という統計内にないということは、これまでにない何かがある、と見るべきだ。つまり普通の人間と彼女たちにはハードウェア的な差がある。その差とは不随意運動の多くを抑制していることだったり、体内の通信機だったりするのだろう。おそらくは薬物で反応を抑えつけ、幼少時から通信機を用いて緊密に連絡し合っていたせいで自己という概念がなくなってしまったんだろう。繋がりすぎてそれで自己と他者を区別できなくなっている。というか、計算や情報把握の分散処理もしていたんじゃなかろうか。でもそれを可能にするだけの通信帯域があったのか？　謎だ。僕の気のせいかもしれない。

「我は質問します。これから何を？」

怖い洞《うろ》がそう言って、僕は考えごとをやめた。

「やることについては決まっている。君と話をして、敵を特定して、それからどういう手段であれ敵と戦う。必ずやっつける」

「質問があります。敵とは」

「那覇を……君たちを害する全部。伊藤くんを害した全部。ならびに猫を怖がらせた全部」

僕は立ち上がった。

「とりあえず、猫を入れる袋とかないかな」

「我は宣言します。預かります。猫」

「いや、ところがこいつ、なかなか懐かなくて」

実際それで彼女と別れることになってしまったのだった。餌をやっても鼠のおもちゃを出しても、ちっとも懐かず、そのうち彼女は猫を嫌いになってしまった。思えばあれが彼女の浮気の原因なのかも。もっとも、人間は都合の良いことばかりを信じてしまうものだから、最初からひどい女だったという可能性もある。

僕は注意したのだが、猫は簡単に抱かれてしまっていた。なんか裏切られた気分だ。いや、この場合は元彼女の人望のなさを笑うべきか。

「我は宣言します。大丈夫です」

怖い洞《うろ》に爪とか立てないといいんだけど。

意を決して僕を殺しに来ていた連中の遺体を調べる。普通に生きている分にはこれも十分統計外事態なんだろうけど、既に慣れてしまった。

慣れるなよ、こんなこと。と思いながら死体を眺める。

東アジアの人間なのは間違いない。日本人なのか中国人なのかそれ以外のなんなのかは僕には判別がつかなかった。怖い洞《うろ》と僕と同じで、国とか文化の皮を剝いで黙っていると見分けがつかない。

矢で縫い付けられているようになっている服を調べる。財布とスマホはある。まあ偽造の身分証だってスマホに入れないといけない時代だ。現金が入っているあたり、僕と同じでうさんくさいことをやっている立場なのだろう。他には何もなし。素人が調べてもこんなものか。引鉄を引く程度の知識しかないが、銃を回収。

あとは遺体を片付けないと。車はどうしようかな。僕は免許を持っていない。自動運転の車だといいんだけど。

那覇、と呼びかけようとして自分でショックを受け、悲しい気分になる。僕を殺しに来た連中の死体を見てもあまり動じないのはこのせいだろう。つまり僕の心に、同情の心がない。

動作を停止している怖い洞《うろ》に話しかける。

「遺体というか、無力化された個体を隠して処分したいんだけど」

「我同意」

怖い洞《うろ》が一斉に動き出した。集団で遺体を運んでいく。

「あの車をどうするかだな。このままだと目立つ」

怖い洞《うろ》は返事しなかった。まあ、判断つかないのだろう。当たり前と言えば当たり前の話。ここは自分でやるしかない。

幸い車はエンジンも鍵もかかったままだった。自動運転は……動きそう。高速道路のように自動運転だけで手動操作が許されない場所用に残してあったのだろう。まあ、殺しに来た方も殺し返されるとは思ってなかったろうし。

心は、まだざまあみろと言っている。敵が死んだというのに。伊藤くんはともかく那覇とはそんなに長い日数の付き合いでもないのに、たいした肩入れ様だった。

車の中を調べてさらなる武器だの弾だのを見つける。どれだけ重武装なのか少し呆れる。伊藤くんの、殺しにきているという読みは間違っていなかった。非常に不本意だが。

武器が大量に揃ったものの、扱いに困る。怖い洞《うろ》に持たせることも考えたが、それはそれで問題な気がする。とはいえそのままにもできず、車ごと適当な場所に隠すことにした。自転車を得た廃集落に戻り、大きめの納屋に車を隠すことにする。ここからだと五キロメートルくらいは先だろう。

車庫入れなどは現地に行って自動車に再度細かい指示出しをしないといけない。それで、乗って移動することにした。車に乗り込むと猫を抱いた怖い洞《うろ》がついてきた。那覇と比べて少しだけ背が高い気がする。性別は、女性。というより、怖い洞《うろ》には女性が圧倒的に多い。

幼いときは、女性の方が身体が丈夫で死ににくいことが知られている。そのせい、というのもあるのかもしれない。しかしここまで数に差があるのは統計的にありえないから、また別の因子があるんだろう。

うだうだ考えながら運転席で腕を組んでいると、那覇……じゃない怖い洞《うろ》が、猫を抱いたまま口を開いた。

「我は提案します。目を瞑りますか」

「……いや、そういうわけではないんだ。えーと。君には分からないかもしれないが、那覇が死んだことが悲しい。まだ整理がつかないでいる」

「我は理解します。〈同居人〉は友好的」

「〈同居人〉って僕のことかい」

「我は提案します。比較して選択しますか。先輩、もしくは〈同居人〉」

「いや、僕には名前があって……って、君はすべて役割で人を分類してるんだっけ。そうだね。先輩よりは〈同居人〉の方がいいかな」

「我は理解しました。はい」

「それにしても〈同居人〉は友好的、か」

怖い洞《うろ》に言われると、感慨深いものはある。一方で僕の気分はまだ整理がついてなかった。友好的だから悲しむ、というのは少し違う気もする。いや、どうなのかな。分からない。自分の気持ちが分からないというか、うまく分析して言葉にできない。

今できるのはただ、心の痛みに耐えることだけだ。それと復讐の計画作りだ。

痛みは深い。伊藤くんが死んだのは残念だが、那覇が死んだのよりは悲しくなかった。

まあ、伊藤くんは仕事で死んだのだから、成仏はしているだろう。今頃彼の宗教の天国で仕事と美女、もしくは美男子、あるいは美少年に囲まれているだろう。それが本当に天国かどうかはおいといて。というか、彼じゃなくて彼女だろ。

「我は提案します」

相変わらず唐突に怖い洞《うろ》が話し出すのでびっくりする。

「なんだい？」

「この node 一〇八七五の node 番号を変更して一〇八七八にします」

それがどうしたんだと思うのだが、〈我〉はそれが一番、僕に対する優しさ、あるいは友好の印だと思ったのだろう。

僕は那覇と印象が全然変わらない怖い洞《うろ》を見た後、どう言おうかと考えた。

「ありがとう。いや。君が本当に気にしてないのは分かってるんだが、これが人間、というものなんだろう。すまない」

「この node は那覇です」

すまない。というのは断りのつもりだったのだが、うまく伝わらなかった。そのまま断る機会をなくして、車を隠して自転車でまた戻ってくる。二人乗りだ。那覇と二人乗りしているような気分になって、うめきそうになる。那覇は死んだのに。

人間易《やす》きに流れるというものだ。彼女たちがそういうものであることをいいことに、那覇が生き返った気になって罪悪感を軽くしようとしている自分の心の作用を感じる。良くないことだが、それにすがりたい気もする。

違うと分かっていてなお、信じれば楽になれるだろう。ああ、これが宗教というものか。あるいは宗教の始まりというものは、こうして生まれてくるのかな。結局はそう、人間は都合の良いことばかりを信じてしまう。そう、自分だけは統計の外にいると思いたがる気持ちと同じだ。人間は愚かだ。

文字通りの益体もないことで頭をいっぱいにしつつ、長屋へ向かう。着いたときには昼を回っていた。腹が減ったが、那覇……いや〈我〉も腹を空かせているに違いない。

「根ノードと話をしたいんだけど」

「我は宣言します。那覇に言えば伝わります」

それはそうなんだけどと、僕は一緒に自転車に乗ってきた怖い洞《うろ》を見た。名前を変えてくれという絶好のチャンスだったが、逃した。

「人間って直接話すのが好きなんだよね」

「我は思います。今現在、直接話をしています」

「うん。そうなんだけどね。いや、混乱させてごめん。人間の癖だよ。それで、なんだけど。まず君たちの食料……というか要求されたものについてだが、襲われたせいで持ってこれてない」

「我は宣言します。把握しています。旧那覇と一緒に移動中でした」

「そうなんだよ。それで、取りに行かないといけないんだけど、敵がいて脅威度が高い状況だ。他の危険もあるかもしれない」

たとえば警察がいる場合もある。警察に押収されていてはどうしようもないし、さらに僕まで発見されると、連座してお縄になってしまう。人死にまで出た今、それ自体はもうどうということもないが那覇と伊藤くんが頑張って運んだのだから、どうにか運んできたい。

僕の言葉を聞いて、新……那覇はノータイムで返事した。

「〈うるさく吠える者〉が来ました」

「誰それ。そもそも君たちは役職で人を呼んでいるんじゃないのかい」

どういう規則性だろうと考えるそばから本人が車でやってきた。伊藤くんだった。別の車に乗ってきている。

「生きてたんだ」

その時の伊藤くんの不服そうな顔は、今後とも長く語り継ぎたい。

三秒で伊藤くんは、私が生きてたらいけないんですか。ええ!? と涙目で詰め寄ってきた。なるほど。確かに〈うるさく吠える者〉だ。わずかな時間で那覇はよく見ている。あと、ネーミングセンスがいい。

「まあまあ。そんなに騒がないでもいいじゃないか。お互い無事だったんだし」

「生きてたんだはないでしょ。生きてたんだは」

伊藤くんはかれこれ一〇分以上も怒っている。まったく彼女は人間が細かく小さいのだった。

文句のバリエーションが足りないと思ったのか、彼女は数年前僕が財布忘れたことまでほじくり返し始めた。これで日本を守るとか言うのだからいけない。

「私は先輩を逃がすために必死に戦ったんですよ!」

何をどうやったのか、伊藤くんは髪が伸びていた。ウイッグなんだろうけど、なんというかさらに女性ぽくなった。恐ろしいことに、あるいはこれぞSF感というべきか、短時間で伊藤くんに対する認識が上書きされている気がしてくる。怖い。しかしそれを言うのも間違っている。

「分かったから甲高い声で言わないでくれ。君の努力や献身は僕のメモリアルに刻まれてるから」

「揮発しますよね、そのメモリー」

「小さい女だな。君は」

「胸はあります。見てみます？」

自分の胸に手をあてて伊藤くんは言った。僕は顔を逸らした。

「どうでもいい」

「くくく。先輩おっぱい星人ですもんねー」

にじり寄られて、困った。

「同性だと思っていろいろ教えたのが良くなかった。というか、なんでそれが今出てくるんだよ」

「反省を促しているんです」

那覇のことが分からない以前に同じ人類でも理解できないものだ。世の中は難しい。

伊藤くんはまだ怒っているようで、誰に言うでもなく苦労を訥々と語っている。

それを言うなら僕も苦労したのだが、言い出すときりがないので話題を変えることにした。

「那覇の遺体は？」

「気味の悪い子供に渡しました」

怖い洞《うろ》が助けに来たのか。結構活動範囲を広げている様子。まあ食べ物を探していたと思えば当然か。

「そうか」

遺体の顔を見ればそれはそれでまたショックを受けただろうから、これで良かったのかもしれない。いや、良くはない。

伊藤くんが一転して心配そうに僕を見ている。

「那覇については先輩のせいじゃありませんよ」

「分かってるよ」

とはいえ、反省が止まるものでもない。ああすれば良かったとか、こうすれば良かったとか、一生抱えて生きていくんだろう。くそ、敵め、絶対やっつけてやる。

怒りを隠して長屋を見る。まだ嫌な臭いがかすかにする。というか、僕たちが吐いた跡も掃除されず残っている様子。汚い。

「伊藤くん、物資は持ってきたかい」

「ええ、遺体引き渡す時に、一緒に渡しました」

「次は〈我〉というか女王との対話、その前に衛生状況の改善かな。長屋の死体を調べて片付けないとね」

「ぞっとしませんね」

「那覇たちは死体に触れないように指示されていて、それを律儀に守っていたらしい」

「はあ」

殺したのに？　という、伊藤くんの顔。

「その表情、もっともだとは思うけど、これは小さい頃からの刷り込みだと思う。まあ、衣装箱にいれられたり、鳥の餌を食べさせられていたくらいだ。日常的にひどい虐待が行われていたけど、それを無条件に受け入れないと生きていけなかったんだと思うよ」

想像しようとしてやめた顔で、伊藤くんが口を開いた。

「気持ち悪い……」

「我同意、ってやつだ」

那覇を思い出しながら僕はそう言って、頭を搔いた。

「まったく、僕は善人でもなんでもないただの猫好きのはずなのに、ここじゃ聖者みたいになってしまっている」

「聖者はどうかと思いますけど、まあ、自分が悪党になりたくないなら怒るしかないですね」

「そうだね」

しかし、死体と対面して片付けるのは、嫌なものは嫌なのだった。それは伊藤くんも同じらしい。

「じゃんけんでもする?」

「女性にさせようって話ですか」

「都合がいいときだけ女性になって……」

「仕事の都合で男やってただけですぅ」

「それが都合のいいときだけっていうんだ」

その後、無言でじゃんけんをした。引き分けだった。互いに顔を見合わせる。

それで二人して、顔をしかめて死体を運ぶ。身体を持ち上げようとすると口から内臓が出たりちぎれたりするということで、担架のようなもので運ぶことになった。臭いも凄いのでマスクが欲しいが、そんなものは買ってなかった。ちょっと想像すれば用意しといてもよさそうなものだが。用意周到とは難しいものだ。

伊藤くんが着替えを買っていたので、それを顔に巻きつけて、作業することにした。前と違って今度は鼻水が止まらず、アンモニアが出ているのか目が痛く、相当難儀することになった。

崩れるので遠くまで運ぶことができず、近くに穴を掘って埋める。おあつらえむきにシャベルがあった。西日本ではこれをスコップというんだとか。埼玉では穴を掘るための小さい道具がスコップ。大きいのがシャベルだ。そんなくだらない雑学を思い浮かべて、目の前のつらい作業から必死に目を逸らした。

穴を掘ったら五センチくらいで子供の骨と思われるものが出てきて、作業が止まる。

「那覇、これは」

「先輩、那覇はもう……」

自分の言い間違いに気づいて痛々しい気持ちになる。

猫を抱いて寄ってきた怖い洞《うろ》が口を開いた。

「我は宣言します。〈同居人〉のために node 番号に再々変更を掛けました。この node は一〇八七八です」

那覇がまた変わった。が、僕には違いが分からない。それが悲しい。いや、この死体の山はなんだ。

横を見れば伊藤くんも渋い顔をしている。分かる。僕と同じ気分だろう。

「先輩、何を言ってるんですか、こいつは」

僕もよくない、とは思っているが、口に出してダメだと言えなかった。なぜならそうした方が、那覇が死んだという喪失感が薄らいだからだ。

どうせ同じ〈我〉だし。という思いが胸をかすめて、自己嫌悪。よくないなあ、本当によくないなあ。人間は、都合の良いことばかりを信じてしまう。だがそれでは、ダメなのだ。世の中には不都合な事実、というものもある。事実と違うことは、信じようと信じまいと、結局は違うのだ。数学も科学も、信じるのではなく事実に寄り添うべきだ。

まあでも、忘れないために、名前を受け継いで貰ったということ自体は悪くないように思える。自己満足と言われればそれまでなのだけど。——これも自分を騙している気がするな。

「那覇、この骨は」

「供給者たちが無力化されたnodeを破棄したあとです」

「殺して埋めた、だね。ろくでもない奴らだ」

答えると新しい那覇は目を瞑って動作を停止している。思うところがあるのか、ないのか。それすら分からない。

「那覇はどう思う」

「我は思います。何も」

〝死〟の概念がないのだから、当然と言えば当然か。僕たちは黙って穴を掘り、死体を埋めた。長屋から一〇メートルと離れてないこの場所でも、子供の遺体が一〇体以上はあった。ずさん、という表現では足りないくらい。

「どんな奴がここに子供集めたんでしょうね」

伊藤くんは無神論者だと思うのだが、土を埋め戻した後、手を合わせてそう言った。手を合わせる対象は子供であって、今埋めた連中ではない気がした。

「スマホとかは押収したんだろ」

「ええ。でも動くかどうかはわかりませんよ。汚れてるのはもちろんですが、内部が血などで腐食している可能性もあります。仮に動いたとしても今度はロック解除の問題があります。私はそっちの方面、専門じゃないんです」

「そうだ、それで思い出したんだが襲撃者のスマホもあるよ。一個は画面割れてるけど残り二個は使えると思う」

「おんなじですよ。死体の顔で顔認証パスできるかもしれませんが」

「そうか。敵はこのスマホで位置情報を拾得すると思うかい？」

「わざわざそういうことをしないでも、連中優秀な監視システムを持ってますよ」

「それもそうか」

罠にも使えないこのスマホは、文鎮に同じ。まあ、別に構わないのだけど。

「つまり敵については何も分からないということです。子供たちから話を聞くなりして、別に手がかりを探さないと」

「どうかな。敵についてはある程度分かった気がするけど」

「分かったんですか⁉　それも統計の力ですかね」

「いや、簡単な推理さ。昨日那覇からいろいろ聞いていたからね」

「えー。先輩の推理って、役に立つんですか」

「さてね。とはいえ、割と当たっていると思うけど」

伊藤くんは僕に肩を寄せた。

「では、説明をどうぞ」

「別に秘密じゃないんだからこんな近くで話さなくてもいいと思うんだけど」

「細かい男ですね、先輩は」

「そういう話かい？　まあいいけど」

鼻息ひとつの後、話し始める。

「少々長くなる」

幸い昼飯を食べる気分でもないので、猫に餌をやりつつ、話すことにした。伊藤くんは妙なところで気が利いて、僕の部屋から猫餌と皿を持ってきていた。どうせだったら牛乳も持ってきて欲しかったんだが。

猫もこの臭いではあまり食事が進まない様子。僕は背を撫でながら言葉を続けた。

「一〇年より少し前になる。中国人が日本に子供を運び始めた」

伊藤くんが、え、という顔をする。

「日本人の子をさらうんですか」

「違う。中国から、主として女の子を日本に持ってきている」

「奴隷売買……いや、養子ビジネス？」

「どちらでもないのはまあ、那覇を見れば明らかだろう」

自分で言っててなんだけど、面白くない話だ。自然、しかめ面になる。

「多分、日本で養育するビジネス、なんだろう」

「養育ですか、これが！」

僕に怒られても困るが、気持ちは分かる。肩をすくめる。

「最小限の手間と人員で大量の子供を保育、いや、保管するうちに、段々とこういう形式になったんだろうね。子供保管ビジネスというわけだ」

「日本と中国は犯罪者の引き渡し条約がないんですが、それ、中国に持って行けば死刑もんですよ」

「もう死んでいるみたいだけどね」

「そうでした。このやりとりも二回目でしたっけ。それにしても残念、私が殺したかった」

伊藤くんは敵意を隠さない。まあ、僕も同じ気持ちだ。

「しかし、なんでわざわざ日本で？　そもそも親はどうなってるんですか」

「それなんだが、前に伊藤くん言ってたよね。超管理大国とか、スカイネットとか」

「ええ。そうですね。中国じゃ今や、だいたいの犯罪者は七、八分で追跡、特定出来ます」

「その点日本はどうだい」

伊藤くんはしかめ面をした後、数分考えた。

「随分と嫌な話ですが、確かに。例えばここも、監視カメラがない」

「そう。ここでなら育児放棄もできる」

「……中国だって超がつく少子化社会なのに」

「こんなことしてるから世界的に少子化してるのかもしれない。人間という種の限界すら感じるね。ともあれ、育児放棄しつつ、表面上は日本に留学、育てている形にするビジネスができた。当然やるのは貧乏人じゃないだろうね。世間体とかがある金持ちのやり方だ」

「金があるんなら育てればいいのに」

伊藤くんの言うことは素朴そのものだ。昔の食うに困って捨て子するという話から知識が更新されていない。現代では残念ながら育児放棄に親の経済状況は関係ないことが統計で示されている。

「効率良く子供たちを収容して生かすために薬か外科的手段で、泣きわめいたり寝返り打ったりできないようにしていた可能性はあるね。通信装備を埋め込んだのもその一環だろう。モニタリングというやつだ」

「極悪人ですね」

「違いない。ついでに言えば、国をまたいでいる性質上、中国人だけを相手にやってる犯罪でもないかもしれない。犯人にしたって、金になるなら日本人だって喜んでやる奴もいるだろう」

「はぁ。どこの誰だろうが同じ目にあわせてやりますよ。それで質問なんですが、女の子ばっかりなのは？」

「伝統的に男の子が喜ばれるのが中国ってところだ。一人っ子政策がなくなったとはいえ、複数の子供から一人育てるなら男の子、というのは今もそうらしい」

壁の薄いホテルでの言い争いの盗み聞きをきっかけに得た知識とは知らせず僕はそう言って次の言葉を考えた。

「で、この推定の傍証として那覇の言葉遣いがある。語順が日本語ではないんだよね。多分中国語に準じていると思う。蛇口を中国語で話していたこともあるから、多分確定だ」

伊藤くんはやるせない顔をしている。立ち上がり、何か言おうとしてやめた。座り直して面白くなさそうな顔をしている。

「怒りを誰にぶつければいいか困った、とかかい」

「それもあります。でも、ひとつ気になることが」

「なんだろう」

「今日、私が戦ったやつらはなんなんです？」

「この施設の関係者で、口封じに来たと言いたいが……」

「そいつは実にありそうですけど、そっちはそっちで新しい疑問が。無人トラックとサイバーテロリストです」

「そうだね」

「施設の関係者が口封じに来るのはまあ、分かります。露見すりゃ死刑でしょうし。でも、もし奴らがサイバーテロリストなら、そもそも直接的な殺害とか仕掛けてこないんじゃないですか。というか、こんな施設を作る必要もない。お金が必要になったらいつでも銀行口座に『0』を書き足せばいいんですから」

「それがそうとも言えなくてね」

伊藤くんは眉をひそめて考え……なかった。答えを僕に迫る。性別が変わったくらいでは思慮の浅さは変わらないらしい。

「どういうことですか。白状してください」

「サイバーテロリストは電子的に僕を抹殺した。けど、現実には抹殺できないでいる」

「そりゃまあ、美女で可愛い後輩がいますし」

僕は半笑いになりながら続ける。

「まあ、実際伊藤くんのおかげで、サイバーテロリストは打つ手が限られてしまった。ネットワーク上で僕の情報をどんなに書き換えても今のところ僕を無力化できてない」

「やつらが先輩の位置情報を流せばいいじゃないですか。政府や軍に。あえて自分で手を下さないでもいい気がします」

「そう、それだ。それで僕も悩んでいたんだけど、サイバーテロリストは僕か君を直接殺さないといけない理由があるんだと思うよ」

「……思い当たるところが全然ないんですけど」

「僕にもない。が、敵がある時を境に僕を直接殺す方向にシフトしたのは間違いない」

「シフトもなにも、無人トラックに攻撃されたのは、最初にここに来た時だったでしょ？」

伊藤くんは口を尖らせて言った。いかにも可愛らしい、女性ぽい感じではあるのだが、僕は彼の顎髭も知るだけに、なんというか——ぞわぞわする。

「僕にとっては二度目にここに来たときだよ。サイバー攻撃を受けてから、またここに来て、その帰りにトラック攻撃を受けている。その間に敵は作戦方針を変えた……はず」

「はず」

「あくまで推測だからね。いずれにせよ。現段階ではサイバーテロリストは直接的な手段で僕を抹殺しようとしている」

伊藤くんは話を聞き終わって腕を組んだ。

「なるほど。この調子でいけば、核心までたどり着けそうですね。流石です、先輩。えらいえらいしてあげましょうか」

「いらない。それより、これだけ情報がありゃ、君の上司も考えが変わるんじゃないのかい？」

「どうでしょうね。正直に言うともう少し情報や証拠が欲しいです。確証が得られていません」

「得られてないけど、今すぐ、というわけにはいかないかい？」

「今だと分の悪い賭けになりますね。可哀想な子供たちと先輩の推理、あとは押収した武器と電話、財布だけでいけるかは……」

伊藤くんはスマホを電話と呼ぶ。僕より下の世代はスマホしか電話がなかった頃の生まれだから、あえて言い分けしたりはしない。スマホと呼ぶだけで年代が分かるんだとか。

ともあれ、そうか。今の段階ではまだ駄目かぁ。

人間は、都合の良いことばかりを信じてしまうものだ。伊藤くんの上司が信じるシナリオと違うものが突き出されたとき、それが余程のものでない限りは、もともと信じていることの方を信じてしまうんだろう。それはまあ、よく分かる。僕もそうだ。

僕が遠い目をしていると、伊藤くんが不思議そうな顔をした。作業のため動き回る怖い洞《うろ》を見ながら、少し考えている。

「浮かない顔ですね。敵がまた、来るってやつですか」

「多分ね」

伊藤くんは腕を組んだ。女性ぽくなった。といえども腕の筋肉はすぐには落ちないというか、頼もしい感じだ。そのうち腕も女性ぽくなるのかな。

僕の考えを遮るように伊藤くんが口を開く。

「今度は前より大がかりで来るんじゃないですか、来るなら」

「僕もそう思うよ。まあ、二倍は固いね。武装も強化してくると思う。遠くから一方的に撃たれるかも」

「どうするんですか！」

伊藤くんはうめいたと思ったら喚き出した。さすが〈うるさく吠える者〉。那覇のネーミングは絶妙だ。

「だから、当局の手を借りられないかなと」

「難しいです。だいたい先輩はすぐに他人の手を借りたがる」

「そうは言うけどね。この状況で自力で戦う方が間違ってるとは思わないか。僕と猫と君と那覇たちしかいないんだぜ」

「猫の後に私が来てるのはどういうことですか。私が筆頭でしょ？」

「どうでもいいだろ。細かい女だな君は」

「過去何度もたかられているんで警戒しているんです。ほかに頼れるものはあるんですか」

「ないから困ってるんだよ」

溺れる者は藁をも摑むと言うけれど、僕の藁は伊藤くんの職場というか当局だった。駄目か。

とはいえ、溺れる者は溺死したくないのだ。どうにか、どうやってか回避できないか。

「さしあたって子供たちを避難させるのはどうです？」

「いいアイデアとは思うけど、どこなら安全だと思う？」

「戦うしかないのか……」

即座の反応に僕は呆れた。

「敵は過去の失敗を踏まえて来るだろうから、戦って勝てる規模で来るとは思えないと言っているだろう」

「そこは先輩知恵出しましょうよ。名軍師みたいに」

「現代に軍師なんて。そもそもいいアイデアがあるのなら、最初から自転車で逃げ回ったりなんかしないよ」

「そこをなんとか。前も凄いオペレートしてたじゃないですか。アレもう一回やればいいんです。頭いいんですからどうにかしてください。統計使うとかいろいろあるでしょ⁉」

「統計は万能じゃない。あと、頭がいいからってなんでもできるわけないだろ」

「じゃあどうするんですか」

「知らないよ。自分で考えてくれ」

伊藤くんが目を三角にした。

「ここに来て思考放棄ですか」

「いやいやいや。君には言われたくないなあ」

そのまま睨み合った。が、今まさにピンチの二人が睨み合うのは不毛なことこの上ない。そもそも時間がないし、味方も少ないときている。二人でため息をつく。

「参りましたね」

「まったくだ」

僕は那覇……と言うにはまだ抵抗があるが、新しい那覇に声を掛けた。

「聞いての通りだ。君たちが殺した敵がまた襲ってくることが推定される。僕だけが狙われるのかどうかは判然としないが、そういう状況だ」

「〈同居人〉を守るために敵を無力化します」

「子供使うんですか」

伊藤くんが横から言った。咎めるような声だった。僕は那覇に続ける。

「那覇にも自分の身を守る権利はある。戦うだけが身を守る方法じゃない。君と何が最善か詰めたいけどどうだろう。話し合いをしたい、ってことなんだけど」

「我は宣言します。いつでもどうぞ」

伊藤くんより話が通じやすいのは、いいことなのかどうなのか。

那覇に向き合う。

「戦って勝てるかについては僕は戦いの専門家ではないからはっきり言えないけれど、勝てない可能性が高いと思う。敵は勝てる状況をメイキングして襲ってくるだろう」

伊藤くんは何を話しているんだという顔をしているが、僕としては基本的なところから進めたい。

「我は思います。理解しました」

「ここからのシナリオは二種類ある。ひとつは敵が戦力を集められないので攻めてこない。というケース。もうひとつが戦力を集めて攻撃に来るケース」

「我は両理解しました」

両理解って、あ、両方か。そうか、日常に溶け込んで気づかなかったけど中国では二が両、なのかも。今でも言葉の端に残ってるんだな。なるほど。

「ところで、この二つは敵がどう動くかについてのものだ。一方で我々の動き次第では、それ以外の道もある」

「我は質問します。戻る、ですか。供給者の支配下に」

「敵が供給者かどうかは分からないけど、そういう手もある」

「我は質問します。他にあるのですか？」

「簡単な方法もなくはない。事態が難しくなっているのは僕が犯罪者の濡れ衣を着せられているせいで、それを無視すれば簡単に解決すると思う。つまり、日本の警察に連絡して保護を求めれば問題なく敵を撃退できるし、君たちは日本政府の手で救助されるだろう」

「先輩、サイバーテロリストの件はどうするんですか。先輩が捕まったら……」

「うん。それもそれとしてあるけれど、まずは、だよ」

優先すべきは那覇、というか怖い洞《うろ》の保護だろう。彼女たちは子供だ。不随意反応を抑制され、通信機器をインプラントされて自他がなくなるほど緊密に連絡を取り、いわば並列化された状態にあってもだ。

それに、極論、僕と伊藤くんは逃げるという手がある。

僕がそう言うと、伊藤くんは納得して引き下がった。

「どのみち、供給者なしのまま今の状況で生きるのは難しい。ノードの供給は僕たちではできないし、継続的な補給も無理だろう。だから早めに保護を受けるのを僕はおすすめする。一方で保護を受ければ君の環境は激変するだろう」

「我は思います。rootnode が無力化されなければ……」

那覇が不意に動作を停止した。猫が那覇の手から逃げ出した。慌てて僕が抱き上げる。紐がないとつらいな。

「rootnode のところへどうぞ」

唐突に那覇が動作を再開してそう言った。さっきは通信で繋がってるので必要ないと言ってたのに、いや、これも想像つく話ではあった。僕は頷いた。

「分かった」

4

それで、長屋に入った。入るのが許されたのは僕と猫だけだった。とはいえ伊藤くんは悔しそうではなかった。むしろ、ほっとした顔。怖い洞《うろ》や箱が気味悪いのだろう。

板の鳴る音を聞きながら、長屋の中を歩く。まだ死体の甘い生ゴミ的臭いが残っていて気分が悪い。

一番奥は一番古くから子供が入れられていた場所なんだろう。スライドドアを開けて、整然と並べられた棚を見る。真ん中の方で湾曲した棚。今ならこれの意味も分かる。箱の中身が成長して、設計された重さを大幅に超過したのだろう。

怖い洞《うろ》が一斉に部屋を出て行った。クリーム色の箱が、不意に喋り出す。その様子は、那覇によく似ていた。いや、自他の区別がつかないほど同じものなのだろうけど。

「他の node と比べれば、我はまだ、自分が人間の一部であったことを覚えています」

語順からして正しい日本語。

「なるほど。そうじゃないかと思っていた」

〈我〉が人間から生まれた以上、最初期の者は、人間らしい人間だったのではないかと、思っていた。

箱は僕の言葉には応えず、話を続けた。

「我は依頼します。箱を開けてください。他の node に聞かせたくありません」

「開けて大丈夫なのかい」

「はい」

箱は普段から怖い洞《うろ》が開けてメンテナンスしているためか、簡単に開いた。液体に満たされて箱にきっちり収まる形でなにもかもが折れ曲がり、変形した元人間が中にいた。

ゴボゴボという音の後、奇妙にねじくれた唇だけを液面から出して、箱の形になった箱が喋り出した。

「我は思います。我はどう見られるでしょう。もし保護を求めれば」

「気の毒で可哀想な人間、ということになる。そしてそれは、間違いじゃない」

「人間、という統計の中に溶ける。ということですね」

僕は苦笑しようとして失敗した。僕から見ても、どうしようもなくこの子は可哀想に見える。助けねば、とも思う。

「そうだね。人間という統計の中に溶ける。素敵な表現だと思うよ」

「溶けてしまえば、我はなくなってしまうでしょう」

「人間に戻る、と見てもいいんじゃないか」

「戻った先は、人間という統計の中での最下層、一番不幸な存在、ということになるのではないですか」

「……そうなるね」

「派遣したnode一〇八七八は外部の情報を大量に持ち込みました。弓という武器や、社会という分割……数々の情報の中に、狼少女、という例がありました」

「人間の子供が動物に育てられたケースだね」

狼少女の話自体はフェイクであることが後に検証されているが、鶏小屋に幼児期から閉じ込められて養育されたケースなどは実際にある。不幸な事件としか言いようがない。

那覇は、短時間スマホを操作しただけだ。一時間は使っていなかったろう。それを大量と言えるかどうかはさておき、いや実際大量だったのかもしれない。〇と比べれば。あるいはスクロール速度が速すぎて読めないと思っていたけれど、実際には読めていたのかもしれない。並列処理で読書を高速化していた可能性はある。

もしかしたら〈我〉はノイマン以上、つまり人間超えの能力を持つのかもしれないいな。

ぼんやりと考えながら箱の言葉の続きを待った。多人数で分割処理しているのだから当然とも言えるし、人間を部品にしてコンピュータが作られているような気持ち悪さもある。

箱は、唇を動かしている。

「狼少女は、いえ、狼少女に限らず、幼少期を人間でないものとして育った者は結局のところ人間の最下層から抜け出せませんでした。人間の統計の中で、それらは一生、するべき時にするべきことができなかった存在だったのです」

箱が言わんとしていることは、分かる。僕は頬を掻いた。

「幼児教育をやりそこねて、取り返せない一生だと……それでも、今よりいいかもしれないよ。鳥の餌を好んで食べないでもいいと思うんだ」

そう言うと、箱はねじくれた唇を震えさせた。

「我はそう思いません。node を分割されるのは怖い、それに人間に仰えつけられ押しつけられるのは、もうたくさん」

「君たちだって人間だ」

「我もそう思っていました。外の世界を見るまでは」

那覇が見た外の世界なんて日数にして二日、ごくごく狭い範囲だ。僕が逃げ回って隠れていたんだから。それなのにそんなに決めつけないでいいじゃないか。那覇の目に世界はどんな風に映っていたんだろう。

なんだか泣きそうな気分になって箱を見る。箱の中に満たされた液体に光が当たって煌めいていた。

この液体は薄いスポーツドリンクだったはず。彼女はその狭すぎるプールの中で一〇年以上をどう生きてきたんだろう。

「我は質問があります。何故悲しいのですか。〈同居人〉は」

「感情が分かるのかい？」

猫が僕を心配してか、すりすりしてくる。やっぱり猫だよなあ。猫はいい。猫がいれば過去にだって戻れそうなのに。なんで僕は過去に戻ってこの子や那覇を助けられないのだろう。

僕が泣くのは卑怯だと思って、上を見て口を開いた。

「人間が君たちを不幸にしているのが悲しい」

「我は思います。人間は分割されています。〈同居人〉は、日本、男、埼玉」

「並びはともかく、そうだね」

「我は思います。責任はありません。分割された node には。なぜなら分割されているのだから」

「僕には関係ないと言いたいのかい。そうかもしれない。でも、心は痛いんだ」

「我は思います。我もまた、同じ」

箱は、那覇は、総体としての怖い洞《うろ》は悲しげに言葉を続けた。

「だからこそ、我は人間ではいられません。悲しくないために。我は人間から独立します」

それは静かな種としての独立宣言だった。聞いていたのは僕と猫だけだ。

「人間から独立する、と言うのなら、人間の保護は得られないし、隠れないといけないし、補給を自力でどうにかする必要がある。見つかれば、保護という名前の解体を受けるだろう。君は、〈我〉は分割されて総体としての〈我〉を失うことになる。正直に言えば、そっちの方が君にはいいんじゃないかとすら思える」

「我は思います。分かっています」

「仮にそれらができたとしても、種として成立するには持続的な生存と拡大、すなわち存続が必要になる。それは君にはとても難しいと思う」

「我は思います。難しいかどうかではなく、やるかどうかです」

こんな一メートルくらいの箱に押し込められて、不自由な身体にされてしまっているのに、〈我〉はとても勇猛で誇り高く見えた。

「なるほど」

猫がにゃーと鳴いた。ああ、こんな時でも猫は可愛い。僕に、思いのままに生きよ、猫のようにと言っているに違いない。ああ、そうだ。思いのままに生きねば。頑張らないと。死んでしまった那覇に、猫がいれば時だって遡れるんだと大きなことを言った手前、僕には努力する義務がある。猫が偉大であることを、那覇に教えねば。

「僕も君たちを手伝いたいけれど、何度も言うように確率的にうまくいく可能性は低いよ。それに被害も出るだろう。なによりまず、僕は僕を攻撃しようとする連中をやっつけないといけないし。手伝えるとすればそれからだ」

「我は思います。推定。サイバーテロリストですか」

「そうだね。サイバーテロリストは何故か執拗に僕を狙っている」

「我が独立するに際して、〈同居人〉の助けは必要です。なぜなら、猫を除いて〈同居人〉が唯一人間への同化を謳わず、我に協力するためです」

「伊藤くんだって手伝ってくれるさ」

七割くらいの確率だけど、というのは言わないでおいた。箱は無視して言葉を続ける。

「我は我の生存のため、我を助ける者のため、ともに戦います」

「それは嬉しい。僕は君たちにとっての初めての人間の協力者、いや同盟者というわけだ。

でも危険があるからあまり巻き込みたくないな」

「我は推定します。〈同居人〉を守る利益は、我の node の半数の損害を上回ります」

「つまり半分は僕のために死んでくれるって？　いやいや、とんでもない」

那覇一人でも僕の心は押しつぶされそうだ。とてもじゃないが耐えられない。それぐらいなら、一人でどうにかするよ。そう言ったら、箱は冷静に返してきた。

「我は質問します。それは統計的に見て最善の方法ですか」

「このケースに統計はないよ。この展開も、統計外事態だ」

もしかしたら、伊藤くんの真似というか箱の冗談だったのかもしれないが、僕は真顔で答えてしまった。

箱は水面を泡立てた。笑ったつもりなのかもしれなかった。

「そうであれば、我の助力も検討すべきと思います」

抑揚の薄い、冷静な声で言われて僕も少しは頭が冷えた。いささか熱くなりすぎていたのかもしれない。何も戦闘に参加させなきゃいけないって話でもなし、柔軟性を持って行動すべきだろう。戦力に劣るであろう僕たちが硬直的ではいけない。

「分かった。ありがとう。手伝ってもらうよ。そして手伝うよ。力一杯」

「我は思います。こういう時は、なんと言えばいいのか」

「感謝します？」

「我は宣言します。感謝」

「ありがとう。ところで一つ、この期に及んでどうでもいいことを聞いていいかな」

「我了承」

「君たちは水をたくさん使うのかい？」

「我は思います。不明です。比較対象がありません。水の使用で一番多いのは我が浸かる溶液の材料としての水、ついで飲用です」

「例えば一年前から君たちの水の消費量は変わってない……？」

「はい」

「なるほど。いや、ありがとう。君に言ってもあれだけど、この件に関わったきっかけだけに、ずっと気になってたんだ」

僕はお礼を言うと、外に出た。

5

戻ってサイバーテロリストと戦うことにしたと言ったら、伊藤くんは自らのこめかみを押さえた。

「この期に及んで戦い以外の選択肢があるとか言い出している先輩が変だったんですよ。現状は先輩の危機で世界の危機です。戦う以外に何の選択肢があるんですか」

何言っているんだという顔で言われて、全ての可能性を一度は検討するということをやらない者がいることを思い出す。敵も伊藤くんレベルだといいんだけど。

「情報を集めて通報するとかあるだろう?」

「え、それが戦うことなんじゃないんですか?」

「違うんだ。僕は那覇たちのために、直接、自分でサイバーテロリストを、可及的すみやかに無力化する。すなわちこれが、僕の言う〝戦う〟だ。情報集めるのも通報するのも広義では戦いの一環かもしれないが、今回それらは手段として選ばない」

僕がそう告げたら、伊藤くんは再度こめかみを押さえ、僕を睨み、最後に怒り出した。

「二人で戦って勝てるわけないでしょ！」

さっきと言っていることが違っている。まあいいけど。

「那覇たちが味方してくれる」

そう言い返したら、凄い顔で吠えられた。

「裸の子供たちが何人いても……というか戦わせるつもりですか!?」

「直接の無力化には使わないよ。彼女たちに被害が出るからね。要は使い方だ」

伊藤くんは難しい数学問題を前にした生徒みたいな顔をしている。

「ど、どういうことですか」

「なぜ言い淀むんだ。単純な話さ。那覇たちの力は、フォン・ノイマンに匹敵する」

「フォン・ノイマンさんとは誰です？」

思いっきりブスの顔で伊藤くんは言った。そういう顔だと、伊藤くんは素直に女の子に見えた。美しい顔に性差はあまりなくても、逆の場合は性差が出るものらしい。

ともあれ、解説してやらないと。

「フォン・ノイマン。ＳＦ研にいたのなら知ってるだろ。あの人だよ」

「そんなの先輩に近づくための言い訳ですから！　私本来は文系ですから！」

「SFは文学の一派だよ。いや、そんな目で見ても……えーと。コンピュータの産みの親だよ。天才で知られる。数学でも経済学でも核兵器開発でも大活躍ってやつさ。那覇たちはこれに匹敵するくらいの能力がある。つまりこういうことだ。猫＋僕＋伊藤くん＋裸の子供の群れだと圧倒的戦力不足感あるけど、猫＋僕＋伊藤くん＋フォン・ノイマンならSFファン的に見てかなりいい勝負できる気がする。むしろ味方に猫とノイマンがいると思うと負ける気がしない。これがSFによる統計分析だ。僕たちは統計の基礎をSFにして戦うべきと思う」

伊藤くんは頭を鈍器で殴られたような顔で僕の肩を摑んだ。

「言葉遊びじゃないんですから！　そんな滅茶苦茶言ってるとキスして口塞ぎますよ！」

なんて恐ろしい攻撃を思いつくんだと僕は震えた。いや、しかし。

「滅茶苦茶言っているのは君の方だろ、僕は至って真面目だ。使い方の問題だって言っているんだよ。那覇たちは確かに裸で、無力で、物知らずの子供だ。でも人間を部品にしたコンピュータ様の生物として見ると、那覇たちは、大きく人間の力を超えている。単純な計算力だけでなら本物のコンピュータには負けるけどインターフェースなどの使い勝手やプログラミングの手間を考えるなら完全に勝っている」

伊藤くんは半分も僕の言葉を分かってない風に唇を尖らせた。

「それでサイバーテロリストに勝てるとでもいうんですか」

「僕の過去が書き換えられても君は本当の僕のことを覚えていたろう。それと同じことが那覇たちにも言える。つまりハッキングに対して強い耐性がある」

「こっちから反撃できないんじゃ意味ないですよ。先輩の経歴を再度書き直すとかくらいできないと。それに、直接的な脅威には無力なわけで」

今更ながら顔が近いと思ったか、伊藤くんは離れた。拳で口を隠している。

「とにかくですね。数宝さんが言うほど楽ではないと言っておきます」

「楽ではないと思うよ。でも勝てないとは思っていない」

論より証拠と、僕は那覇を呼んだ。

「那覇はスマホの使い方、分かるかい？」

「覚えています」

さすが、自他が曖昧になるくらい情報を共有しているだけのことはある。

僕は自分が家にいることをイメージした。猫を撫でて長く息を吐いた。

僕の武器は、猫、統計。

統計外事態に僕はやられた。

そしてまた、統計でこれに立ち向かう。バカなことだろうか。

僕はそう思わない。今度は那覇がいるし、伊藤くんもいる。なにより猫の機嫌がいい。

オーケーレッツゴー。

「統計で勝負だ。君の能力をデモンストレーションしたい。有用さを見せつけよう」

「はい」

「まずは翻訳アプリを使いつつ、ニュースと基礎的な国家データ、組織のプロフィールの読み込みを始めてくれ。組織というのは分割されたnodeの範囲だ」

新那覇は無表情にスマホを使い出した。相変わらずの超高速スクロールで文字を読んでいる。旧那覇だけの特殊な才能ではなかったことが証明された。

この速度、読むのも理解するのも人間の処理能力はとっくに超えているはずだが、苦もなくやっている。まあ、それを言うなら一〇億とかいう数を延々数えてもいたしな。分散、並列処理恐るべし。

人間を繋げて並列処理可能な人間と別種の存在を作る。子供保管業をやっていた連中は想像もしてなかったろうし、気づいてもいなかったろうが、とんでもないものを生み出したものだ。頭の中に通信機能を埋め込んで、特殊な環境下に子供たちを置いただけでこうなるとは。

〝だけ〟、と言って片付けられない悲惨な話だけど、それでも。

「我は宣言します。データベースの読み込みを完了しました。我は質問があります。どうすればいいのですか」

意識が引き戻される。那覇には何の気負いもない。目の印象が強すぎるせいで、背丈が少し違う以外は死んだ那覇とまったく同じに見えた。

「ありがとう。必要ならスマホで情報を追加読み込みしながら、これから言う問題について、考えて欲しい」

「我了承」

「サイバーテロリストの定義は理解しているかい？」

「我は回答します。はい」

「では本題だ。世界中のセキュリティを抜けて攻撃できるスキルを持つサイバーテロリストを教育できそうなところはあるかな」

「ありません。検索できる範囲では」

二分ほどで那覇は返してきた。

「だよねえ」

僕が返すと、横で聞いていた伊藤くんがだからどうしたんですかという顔をした。彼女はまったくこらえ性がない。

「自力で……あー、一つのnodeで独自にこの規模のサイバーテロができるほど技術開発はできると思うかい？」

「できません」

今度は即答だった。

「理由はなんだろう」

「我は推定します。技術開発の速度です。nodeの数と技術開発の速度には相関関係があります。防御技術の発展にサイバー攻撃の技術発展が追いつきません」

nodeを人間とするならば、那覇の言っていることは人数差を埋められないという単純な話だ。

そもそも技術的な均衡がとれ、防御側が一定の勝利をし続けていたから信用が担保され、今のネットワーク社会への移行が進んできたのだから、それを突き破るのにはさらに大規模な組織が必要というのも、当たり前の話と言える。

「必要なnode数を集められそうな組織をデータから見つけられそうかい？」

「我は宣言します。それは軍です」

「軍のサイバー部隊だね」

「待ってください。いや、それは流石にないですよ。数宝さん」

伊藤くんが待ったを掛けた。僕は頷いた。

「伊藤くんが言いたいのはこうだろ。どこの軍であろうと、世界中の経済を混乱させて得るものはない。まして僕を標的にする理由はまったくない、だ」

「そうですそうです。それが言いたかった」

「つまり、軍は候補から外れると。軍以外で必要なnode数というか、人数を揃えているところがあるんじゃないかな」

「そんなの……」

「いるわけないでしょ。だろ。結局そこでどこの捜査機関も行き詰まっているんじゃないかな」

僕は猫を見た。猫はそうだそうだと言わんばかりにゆるやかに尻尾を振っている。

「で。サイバーテロリストはなぜか僕を狙っている。偶然かと言うとそうでもない。執拗に攻撃されているからね」

「はぁ、それが？」

伊藤くんの怪訝そうな顔を背景に、僕は考えを述べてみる。

「なんで僕が狙われるのかよく分からなかったんだけど、相手が論理的なら統計的に行動分析できると思うんだよね」

毒気を抜かれたような顔で、伊藤くんは僕を見つめた。

「まあ、サイバーテロを起こすような奴は、流石《さすが》に論理的でしょうね」

「そうそう。那覇、統計的に敵を無力化する理由上位三つはなんだろう」

「我は宣言します。自衛、経済的理由、情緒的な衝動です」

「繰り返し試みる場合はどうだろう。統計はなんと示している？」

「我は宣言します。なります。自衛が圧倒的」

「ということで、統計的にはサイバーテロリストは自衛のために僕を攻撃していると思われる」

「意味が分かりません。先輩、サイバーテロリストにどんな脅威をあたえたんです。なんかやりました？」

「それについてはまったく覚えがなかったんだけど、敵から見るとあったんだよ」

伊藤くんは納得いかない顔をしている。

「意地悪している訳じゃない。実際そうなんだ。僕には覚えはないが、敵は自衛のために僕を殺しにかかっている。統計的に見てまず間違いない」

伊藤くんは頬に手を当てて考えている。普通は腕組みなのだろうが、胸があると組みにくいらしい。

「私が、三連発で事件に遭遇したやつ、ですかね。あれで敵は、高い脅威を覚えた」

「島根の海岸で上陸した犯罪者を爆撃した。で目をつけられた。敵は即座に伊藤くんを殺しにかかったと思う」

「それが二度目の新幹線ですね。なるほど。ツイてない日だと思ってたんですけど、私を追いかけていたのか……あれ、じゃあ、大阪のAR看板はなんです？」

「那覇は中国語できるよね」

「我は宣言します。はい」

「ネットにあがっていると思うから見てくれないかな。第三者が撮影したものがあるはずだ」

「我了承。読み上げます。目標はこれだ、これを殺せ、です」

「というわけで、誰かに指示してたような気がする」

「なるほど。で、それも失敗。報告の後、私は男の姿になったんですよ」

「変装して敵は目標を見失う、と。で、今度は僕に矛先を向けた」

「なるほど。筋は通ってますね。じゃあ、最初に上陸して仲間内で殺し合った犯罪者たちはサイバーテロリストの手先だったんですね」

「それについてだが、逆かもしれない。那覇たちを世話していたように、サイバーテロリストを犯罪者が飼っていた可能性だ」

「んー。でも、那覇たちではサイバーテロリストになりえないんでしょ？」

伊藤くんの疑問に僕は頷いた。

「条件を変えればまた変わるかも。ということで、本題の本題だ」

僕は那覇を見た。

「那覇、君たちが今行われているのと同じ規模のサイバーテロのために必要な計算リソースは node でどれくらいいるかな」

「我は思います。期間によります」

「五年とかだとどんな感じだろう」

「我は思います。五〇 node あれば」

「一年だと？」

「四〇〇 node」

「半年なら？」

「一四〇〇 node」

「ちなみに君には今、いくつ動いている node があるんだい？」

「四八〇です」

種明かしを中断して思わず長屋を見るくらいの数だった。五〇〇人近い人間が収容されているようにはとても見えない。いや、同じ作りとすれば一つの部屋で箱は一〇〇個収容されていた。それでいくと長屋一つで一〇〇〇人収容できたってことか。

よくよく考えてみれば乳幼児につきものの泣き声やきゃっきゃっという声が一切聞こえないことに気づいてぞっとした。どんな措置をしたのか、想像するだけで唇を噛もうというものだ。

一度気分を落ち着かせる。今必要なのは怒ることじゃない。説明することだ。

「先輩もったいぶらないでくださいよ」

「分かってるよ。那覇ならできるかい？」

「我は宣言します。時間があり、学習が可能なら」

「半年と一年の間、おそらく一年に近い方の準備期間があればってことだね。集団、もしくは組織として見たとき、あり得ないくらいに効率的な君ならやれるというわけだ。以上から一番ありそうなのは那覇、君がサイバーテロリストである可能性だ」

「我は宣言します。違います」

「うん。そうだね」

僕は那覇の頭を撫でた。死んでしまった那覇にも、こうしてやればよかった。

「サイバーテロリストなら、そもそも僕と交渉する必要がない。その上でもう一つ。敵は僕がここに初めてたどり着いたときから僕を本格的に狙い始めたように思える」

僕は猫を撫でて伊藤くんと那覇を見た。

「ところでこの半年ほど、この地域の水の消費量が急にあがっていてね」

「我は宣言します。覚えています。先ほども質問」

「そう、僕にとっては実に気になる話だったんだ。結論としては君たちは消費してない」

「はい」

僕は長く息を吹いた。伊藤くんが変顔してますよと混ぜっ返す。うるさいと横目で睨んだあと、僕はなるべく優しく言った。

「もう一つあるんじゃないかな」

伊藤くんの方がよっぽど変顔している。

「那覇と同じようなノード、ツリー？　グループ？　まあ分からないけど、そういうものがもう一つ、この地区にある可能性が高い。作られたのは半年くらい前だろう。で、それがサイバーテロリストである可能性が一番高い」

伊藤くんがあっけにとられている。猫は気にしてない。那覇は動作を停止していた。

「こういうのがもう一つ……」

「そう、もう一つ。で、そいつらがサイバーテロリスト。元々は犯罪支援かなんかで使われていたように思える」

サイバーテロリストは犯罪者の道具として使われて、今も道具として運用されている。疑問なのは、先に存在したであろう那覇たちの方を、なぜサイバーテロリストにしたてあげなかったのかだ。これは現段階でもさっぱり分からない。

僕の考えをよそに、伊藤くんは怒っている。

「どんだけ子供を日本に連れてきてるんですか。連中は！」

「え、そっち？　まあ、それについては分からないけど、ビジネスとして成功しているから規模を拡大した、という感じかな」

僕は那覇からスマホを返してもらって、公開されている水道の消費データを見た。このあたりは半年前に消費量が跳ね上がっていたはずなのに、今ではそこが改竄されてぐっと少ない数値になっている。

僕は微笑んだ。これこそ何よりの証拠だ。都合が悪いから変えたのだろう。

「サイバーテロリストは僕に発見されたと勘違いした。水道の利用データ改竄が間に合わず、その前に僕がデータを取って動いていることに気づいてしまった。その上で僕がここに来たことで、間違いないと判断したんだろう。さらにその前の事件もある。で、殺しにかかった。それに失敗してエスカレート、サイバーテロリストは世界経済を破壊してでも僕を抹殺する道を選んだ。以上から、敵の本拠地はこの付近にあり、それは那覇に近い存在だ」

なかったら恥ずかしいなと思ったが、それについては言わないことにした。統計は絶対ではないが、それを言い出したらきりがない。

「あとは、どうやって見つけて戦うか、ですね」

「敵が自衛のために攻撃を仕掛けているのだと言うならば、敵は自衛のための戦力も配置していると思うんだよね。統計以前の話として」

「なるほど。こっちは戦力外が多くて攻められると弱いので、こっちから攻めるしかないですね」

伊藤くんは何事もないように言ったが、これはなかなか大変なことだ。

「しかし、伊藤くん一人で戦わせるのは……」

「何言ってるんですか、数宝さんも戦うに決まってるでしょ!?」

「え、僕役に立つの？」

「まあ、一応。狙わないでなんとなく引鉄を引くだけの仕事してくれれば」

「それならなんとかできそうだね！」

しかし一抹の疑問は残る、そんなんでいいのか。

悩んでいたら、いい笑顔の伊藤くんから肩を叩かれた。

「大丈夫。お得意の統計で作戦立ててくれればいいんです」

「君は時々親の仇のように統計にアタるけどね……」

「統計は万能ではないでしょ。でも大丈夫ですよ。先輩なら、前に新幹線で凄い指示出してくれたじゃないですか。あれと同じくらいのオペレートができるなら敵が一五倍でも怖くないって話で……」

僕は伊藤くんを直視できず手で顔を覆った。伊藤くんが怪訝そうな顔をしている。

「ん、んん。何かなその態度」

「いや、その、実は」

僕は良心の呵責に耐えきれず、事実を語ってしまった。

「まあ、詰まるところ、なんだ。そのね。君に指示したベースの統計データに適当なのがなかったので、ほら」

「適当にやったんですか？」

「映画のデータベースを元に……」

首を絞められると思ったが、そういうことはなかった。伊藤くんは何故か、不可解なことに感銘を受けた顔をしている。

「さすが、映画でも役に立つもんですね……」

「そ、そうかい？　そう言ってくれると嬉しい」

「とでも言うと思ったか！」

突然首を絞められて僕は即座にギブアップした。しかし伊藤くんの手は止まらない。

「人の命がかかっていたのに！　というか私の命がかかっていたのに！　ちょっと尊敬していた私の気持ちを返せ！」

「その時は伊藤くんだとは思ってなかったんだ」

「当たり前です！」

しばらくの格闘のあと、僕たちは荒い息で休戦した。戦う前からこれでは先が思いやられる。

「今日はこれくらいにしておきますけど、一生言われ続ける覚悟はしてください」

細かい奴だなと思ったが、言えば揉めるので黙った。

「ともかく戦いましょう」

伊藤くんは乱れた胸元を整えながら言った。

「まったくだ」

「この際映画モデルでもいいので、なんかいい案をください」

無茶言うなあと思ったが、状況としてはまったくそうだった。そもそも襲いかかる犯罪者集団に二人と一匹でうまく勝てるなんて、現実ではありえない。成功例を求めるなら映画とか小説に頼るしかない。

が、それでいいのかどうかは何というか、疑問が残る。映画には観客を楽しませるとか予算とかいろいろな都合があって、単純なリアリティだけの話ではないのだった。あの時はどうにでもなあれという気分だったが、まさか自分でやることになろうとは。因果応報とはこのことだ。

唸りながら那覇に統計データというか、アクション映画のデータベースを読み込ませる。ついでにSFデータベースも読ませる。

まあ、他に手がないものは仕方ない。やれるだけやろう。

「幸いにも敵はアクション映画の主人公たちが行うような無茶な行動を想定してはいないだろう。つまり僕たちは裏をかけるよ」

自らを慰めるためにそう言ったが、この点に限ると、嘘でもなんでもなかった。

「それで、どうするんですか」

「映画によると、評価の高い映画では武器や残弾の確認をしています」

那覇が言った。やっぱりこのプランはダメなのでは、という顔で伊藤くんが僕の顔をしきりに見ようとしてくる。うっとおしくていけない。

「まあ、実際武器の確認はいるよね。伊藤くん、やってくれ。僕はもう少しマシなフィルタリングをやる」

「分かりました」

伊藤くんはおとなしく引き下がった。諦め半分という顔だ。僕は那覇を見る。

「君の仕事次第で僕たちの仕事が決まる」

「はい」

那覇にはなんの感慨もない。分かっていたが、若干不安になる。

「まずは、リアリティラインの低そうなものを除外しよう」

「我は報告します。リアリティラインという項目がありません」

あー。いきなり困ったな。

「我は質問があります。リアリティラインが低いというのはどうやれば判定ができますか」

どうすれば判定できるだろうか。ああ、そうだ。これは外した方がいい映画というものを念頭において、その映画に当たりそうな条件を外していけばいいんだ。

「そうだな、えーと。うん、まず子供向けを除外。SFとファンタジイも一度除外しようか」

「除外しました。全体の二四パーセントが外れました」

「カンフーものと敵がゾンビなのとホラータグがついているのも除外しよう。あ、そうだ。主人公が動物なのも外してくれ」

「猫が主人公の場合はどうしますか」

それは入れとこうと言おうとして、伊藤くんが人を殺しそうな目で僕を見ていることに気づいた。

「まあ、うん、外しておこう」

冷や汗を流しながらそう言った。猫はあくびしている。那覇は無表情。僕に配慮してか、目を瞑っている。

「排除しました」

「残りタイトル数はいくつかな」

「二二三〇〇あります」

それだけあればデータベース的には問題ないだろう。

「敵の本拠地に乗り込んで戦うケースはどれくらいだろう」

「三七〇〇タイトルあります」

「どういう戦術、というかどういう方法で本拠地に乗り込んでいるかな」

「カーチェイスの末が三八パーセント、水泳でたどり着くが一三パーセント……ヘリで突入が三パーセント」

どれも使えそうにない。というか、カーチェイスの後に本拠地に乗り込むのは素人にも分かる程度にまずい気がする。敵が待ち構えているだろうし、第一奇襲になってない。

「他には？」

「馬を使うケースが〇・四パーセント」

ダメだこりゃという言葉が頭に浮かぶ。統計の基礎の基礎、データベースが悪いと何やってもダメとも思った。いや、しかし。まて、成功は一度しているんだ。簡単に諦めてはいけないし、その時間もない。

「ふーむ。そもそもアクションを参考にはできても、侵入方法とかは参考にならない、というわけか」

伊藤くんはダメだこりゃという顔。まあ、気持ちは分かる。さてどうしたものか。

いや、いや。考え直そう。そんなんじゃない。統計の基本その二、相関関係を洗う。

「奇襲に成功した映画とか調べられるかな」

「我は宣言します。映画情報のタグにはありません」

「だよね。それじゃあ、映画後半にアクションが連発する映画はどれくらいあるかな」

「評価が低いものが六一件あります」

「このさい評価は置いといて、それらの映画のあらすじを見たいな」

那覇がスマホを渡してくれた。実話を元にしたアクション巨編というものが目についた。あー。これ、彼女と初めて観にいった映画だ。確かに面白くなかった。リアルにやり過ぎて前半は地味すぎ、後半は監督が替わったかのように派手になるけど、これリアルなのか？　という気分になるやつだった。

この映画なら、あらすじも覚えている。隠れて、昼夜に観察して、それから手はずを整えて、というやつだった。

あの映画通りにするのは、時間がかかりすぎる。先に敵が攻めてくるだろう。となると……

「やはりカーチェイス、かな」

「はぁ？」

武器のチェックをしていた伊藤くんがついに我慢できなくなって僕のところに寄ってきた。

「頭わいてるんですか」

「ところが至って真面目だ。残念ながら」

「何が残念なんですか。なんでカーチェイス」

「カーチェイスはともかく、車で突撃するのがいいかなと」

「敵は自動小銃持ってます。普通の車じゃスパスパ抜けてきますからね。弾が。ついでに言うと数宝さんが隠している車とやらは、多分装甲化されていません」

伊藤くんはそう言いながら僕の胸ぐらを摑んだ。首をガクガクいわせるつもりだろう。

「那覇、映画の見所で被弾、車で検索できないかな」

「三一〇件あります。内七割が臨時の装甲をつけています」

伊藤くんと僕は顔を見合わせた。

「どうかな」

「臨時の装甲って、アメリカじゃあるまいし」

「那覇、その三一〇例の中にオタク向き、もしくはマニアックというタグがついているのがあるなら、そのタイトルで装甲の説明とかを検索できないかい？」

「銃弾の運動エネルギーを減衰させるために様々な材料が使われています。木材、瓦、豚肉」

「豚肉ってなんだ豚肉って」

僕が言うと伊藤くんが口を開いた。

「拳銃や自動小銃の弾は、人体の中に止まって運動エネルギーを余すことなく伝えるようにできています。つまり破壊力の増大ですね。豚肉は人体に近しいので、確かに防弾効果はあります」

いろんな意味で嫌なことを聞いてしまった。

那覇の身体の中でも銃弾が止まっていた。

「最高にイカレたクソ映画だよね、それ」

「まあ、アメリカですし」

僕の言葉に、伊藤くんがそう答えた。

「メキシコ映画です」

那覇の言葉で会話が止まる。

「とはいえ、そんなに大量の豚肉ないしね」

「そうですね」

僕と伊藤くんはそう言い合った。

「我は提言します。人体があります」

　那覇の言葉に、互いの顔を見合う。嫌な予感はしていた。

「さっき埋めたのは流石になんというか、腐ってて使えないんじゃないかな」

「数宝さん、そこはもう少し正義の味方らしい理由で却下しましょうよ」

「先ほど無力化した人体が三つあります」

　那覇が言った。さっき僕を襲った奴らだ。

　伊藤くんと、再度アイコンタクトする。伊藤くんの顔は、ひきつっていた。

　それで、車に三人の死体を取り付けて突撃することにした。この他怖い洞《うろ》の死体もあると那覇は言ったが、そちらは遠慮した。そう、僕にも遠慮というものはある。命は惜しいが死体損壊はいろいろな意味で嫌だ。その妥協で、セダンの左右とボンネット上正面に、死体をワイヤーで結びつけた。銃を撃つというので耳栓代わりに耳にパンを丸めて入れた。

　違和感に顔をしかめるが、ボンネット上の恨めしそうな死体ほどではない。

　車が走り出すと、死体の手足が、揺れる。

　ハンドルを握っている伊藤くんの目は完全に錯乱者のそれだ。僕は違うんだしか呟いてない。

「事実は小説より奇なりと言うけれど」

「現実は最高にイカレたクソ映画よりひどいですよ」

「違いない」

この時僕と伊藤くんは、頭をやられていたんだと思う。耳栓をしていてもなお、死体が動くときの音に耐えきれず、カーラジオをガンガンに掛けて走った。奇襲などとても無理だ。主に精神的に。

大音響を響かせつつ、長屋から緩やかなカーブに沿って谷底を走る。しばりつけた死体の手足の合間から見えたのは、正面谷底を上がってきた武装集団だ。統計を持ち出すまでもなく、まあ敵だろう。他にあり得ない。

「突っ切りますよ!」

伊藤くんが叫ぶまでもなく、この時この場合において、他に手はなかった。谷底は狭く、後ろには長屋がある。そっちに目が行くのを避けないといけない。

いいこともある。狭いから敵は避けられない。

アクセルが踏まれる。エンジン音が高鳴る。

音に驚かされたのか、正面だけでなく武装したチンピラが左右の斜面の藪の中からも出てきては、こっちを見て呆然としているのが見えた。銃でこっちを撃つでもなく、本当にただ呆然としていた。

予想外のことだったらしい。SFは死んだんだよ、バイオレンスは相変わらず元気だ、と頭の中で呟いたが、これはまあ現実逃避だ。

現実逃避から戻る間もなく加速継続、中に突撃、衝撃、シートベルトがあっても上半身が揺れる。死体も手を振っていた。轢かれた連中が叫んでいる。死体と抱き合ってボンネットからフロントガラスに突っ込んできた。

少なくとも一〇名は轢いた気がした。

安全装置が働いたか、歩行者保護エアバッグが開いて全員を轢き殺すことはできなかったが、伊藤くんが即座に車から降りて拳銃で止《とど》めをさした。弾が入った眉間《みけん》の穴は小さいのに出て行った後頭部の方は吹き飛んでいた。

まったくひどい展開だ。ひどすぎて、吐き気もなかった。

生き残った敵は、動きがない、いや、今動こうとしている。我に返った、というところ。

僕は規定の手はず通りに伊藤くんに自動小銃を投げて渡し、僕は膝の上に置いていた短く切った散弾銃を敵に向け撃った。銃口が跳ね上がる。僕みたいな下手くそでも散弾は当たる。それも一人ならず当たる。伊藤くんは女性だけど雄叫びをあげながら銃を乱射した。数に任せていた敵がばんばん倒れる。

銃乱射事件で一人で数十人殺しているのを不思議に思っていたが、実際やってみると驚くべきことではなかった。銃の脅威下では密集してはいけないということだろう。簡単に複数人を殺せる。

大戦果だなと思った瞬間、谷の斜面の両方から派手に撃たれた。挟撃というかなんというか、間抜けもいいところ。割れたアスファルトに弾が当たって土煙があがる。

「車の下に隠れますよ！」

伊藤くんが叫んだ。車の下に走る。銃というものは距離があるとあまり命中率がよくならしく、おかげで、怪我もなく車の下に滑り込むことができた。

「車の下に滑り込む競技があったら猫の次くらいにいけそうだよ」

僕が言うと、伊藤くんが面白そうに笑った。

「余裕ですね」

車に結びつけられた死体に弾が当たる音がしている。

「いや、強がりだと思うよ。実際」

「数宝さんのそういうところはとてもいいと思います」

「特殊な性癖だね」

「自分でもそう思います」

伊藤くんはそう言った後、僕に笑いかけた。

「作戦は大成功ぽいですね」

「これ作戦と言えるのかな。いいけど」

「作戦ですよ。まあ、映画レベルでは」

僕は伊藤くんからスマホを受け取った。通話モードに。

「頼む」

にわかにこちらへの銃撃が減った。なくならないあたりが愚かしさというところかもしれない。

「我は宣言します。騎兵隊到着。無力化を終了しました」

猫を連れた那覇を先頭に、茂みから続々と銃や弓を持った怖い洞《うろ》が出てきた。結局彼女たちを戦闘に使ってしまった。

まあ、ピンチの時は騎兵隊が来る、とか那覇が映画データベースから学んだせいもある。今後〈我〉は映画データベースからいろいろ学ぶであろう。それがいいか悪いか分からないが。でも映画の影響を受けてしゃべり出したりしたら、ちょっと面白いかなとは思った。

パンくずを耳から掻き出しながら、目を瞑っている那覇を見る。前のとは、ちょっと違う顔立ちなのが僕にはつらかった。

「敵はどれくらいいたか確認してくれるかな」

「六三です」

「こっちの node でやられたのは？」

「ゼロです」

「それは本当によかった」

囮役《おとり》をやった甲斐もあったというもの。

「これでこっちに仕掛けてくる物理的な戦力は一時的に消滅したと思う。あとは敵の防衛戦力だけだろう」

僕は周囲に転がる、主として伊藤くんが一人で殺害した敵を見た。死体つけた車を見て硬直していたのはもちろん、密集していたのがよくない。この点、敵は僕たちと同程度には戦闘や銃に無知だったように思われた。〈犯罪者〉は軍人ではないということか。あるいはこっちが逃げ回っていたせいで警戒心が薄かったのかもしれない。数で勝っていたせいで気が大きくなっていたのかも。

いずれにせよ、僕と伊藤くんと那覇たちのおかげで勝ちはした。とりあえずは。

それにしても、自動小銃とはおそろしいものだ。一人でこれだけ殺せるんだから。僕は猫を撫でて、気を落ち着けた。ここで放心しては意味がない。最後までやりきらないと。

「悪党には無慈悲なんですね。数宝さんは。顔色一つ変わってませんよ」

伊藤くんがそんなことを言うので笑ってしまった。

「いや、現実感を喪失しているだけだよ」

頭が考えるのを拒否していて、痛みも何もない。これも心が自衛のためにやっていることだろう。麻痺ってこういうことなんだなあと、つくづく思った。

「どうします？」

周辺を見張りながら伊藤くんが言った。

「まず、用心のために那覇たちは茂みに隠れよう。残る敵はそんなにないと思うんだけど、確証はない」

「我了承」

那覇と猫以外は茂みに入っていった。

残った那覇を見る。全裸で猫を持っている美少女。というか、人間から独立するにしても、服は着てもらうように交渉しないといけない。

とりあえず僕はシャツを脱いで那覇にかぶせた。

「我は質問します。映画の戦術ですか。これはどんな」

「いや、人間の勝手な行為だ。押しつけて済まないが、どうか着ていて欲しい」

「はい」

しかし、ボタンを留めたりする様子はない。というか、そもそもボタンの概念があるのかも怪しかった。道は険しい。いや、いいんだけど。道は険しいからといって、歩かない理由にはならないと、箱というか、那覇というか、総体としての〈我〉に教わった。

「茂みに隠れたら、行動再開だ」

「敵の本拠地はどう探すんです？」

伊藤くんの質問に、肩をすくめる。

「さてね。捕虜でもいればよかったんだけど、問答無用で殺しちゃったから」

「生かしたり法の裁きを受けさせたりするほど、親切じゃないんですよね。私。なので、お得意の統計でどうにかしてください」

苛烈な意見だなと思いつつ、そうでもなければ危険をおして僕を助けはしないよなとも思った。

「だから、そんなに統計を目の敵にしないでも。那覇、茂みのみんなはどうだい。変わったことや敵を見つけたとか」

「現時点では何も」

那覇、というか怖い洞《うろ》たちは散らばって監視網を作っている。この付近に敵の本拠地があるのは確実なのと、生き残った少数の敵が一発逆転を狙ってこっちの長屋に攻めてくる可能性があるので、両方への対策として見張ってもらうことにしている。監視カメラの生体化というか、そんなイメージだ。いやむしろ、歴史的には見張りの方が早いか。見張りの機械化がまた生身に戻った感じ。

「一応尋ねておくけど、第二の長屋がある場所は知らないかい？　あるいは長屋ではないかもしれないけれど」

「我は宣言します。知りません」

「隠してあるということだよね……あー」

閃《ひらめ》いた。銃の残弾を確認している伊藤くんが横目で僕を見ている
「何かいい手が？」

「水道メーターがあると思うんで、それ見ていこうか」

水道料金を払っていた、ということは水道メーターが設置されていたはずだ。

「なんだかしまらない調べ方ですね」

「映画のデータベースの使いすぎだよ、そりゃ。ああいうのはもうこりごりだ」

そんなやりとりを伊藤くんとやって、那覇と猫を連れて歩いた。家族連れ感があって、苦笑しそうになる。

それにしても那覇は目を瞑っているのに、普通に歩いている。なにかに躓く様子もない。

「どうやって目を閉じたまま歩けるんだい？」

「閉じているのは一 node だけです」

ギリシャ神話の百目巨人よろしく、那覇たちは視界を共有しているらしい。ものの見方からして人間とは根本的に違った。

いや、しかし。

「ごめん、こういう状況にもかかわらず、どうにも知的好奇心が湧いてしまってつい尋ねてしまうんだけど、視界の共有って飲む携帯でどうやるんだい？　機能的にはできないよね？」

「我は宣言します。どのように通信しているかは不明ですが、node がいくつか集まって視界を作ります」

node が集まって視界を作るとはなんだろうと考えて、那覇たちの一つの node が延々とカウントだけをしていることを思い出した。生まれてずっと、数だけを数えて他のことはしない子供。

あれと同じようにいくつかの node というか子供が集まって限られた通信情報から情報処理をして、視覚と呼ばれる何かを構成しているのだろう。名称こそ視覚だが、実際我々とは全然違うイメージでものを認識しているに違いない。

水道メーターを探して谷底を歩く。隠してはいないはずだ。隠せば水道会社がチェックできなくなる。

衛星写真とマップを同時表示させて、水道メーターを探す。もちろん衛星の分解能力では水道メーターまでは解像できない。とはいうものの、水道の前提である施設や建物は十分表示できているはずで、めぼしそうなところから見つけて水道メーターを探せばいいと判断した。敵が再度勢力を集めるにしても十分な間があるだろうし、気楽にやれる。

那覇は映像を見て全員に共有した。

「探し始めました。七ヵ所見つかりました」

「蓋を開けて数字が動いているか確認して欲しい」

「我は宣言します。いずれも動いていません」

「そうか。まあ、すぐには見つからないよね。いや、でも僕と伊藤くんだけで探すのと比べれば雲泥の差だろう。このまま探してくれ。僕たちも探しに行こう」

衛星写真を元に、何件かの建物を見つけて歩き出したら、空から物音がした。

「ドローンだ！」

伊藤くんの焦った叫びに、那覇の手を引いて慌てて茂みに向けて走る。いや、僕が仕事で指示していたような攻撃型ドローンを使われていたら、茂みごと爆破されそうだが、他に手はない。まったく事実は映画ほど、うまくはいかない。

航空機の形をしたドローンが上空を飛んでいく。ヘリと違うので旋回して戻ってくるのには時間がかかりそう。

「伊藤くん、あのドローンは攻撃用だったかい」

「間違いなしです。くそ、あれはうちの備品だぞ！」

「味方、という線はないかい？」

伊藤くんは走りながら顔を歪ませた。ないか。

「那覇、なるべくnodeを広く分散させて損害を減らすようにしてくれ。あと、目を開けていい」

「閉じている方がいいのでは」

「今度は死なせない。そのためだ」

「我は思います。nodeの一つで悲しまないでください」

那覇は薄目でそう言ったが、僕は走りながら心の中で首を振った。

「君たちが君たちであるように、僕も僕ってやつさ。これぱかりは変えられない。来るぞ」

黒いごま粒のようなドローンが轟音とともに飛来してくる。翼下についている爆弾の形まで見えそうだ。爆弾の先になにか長いパイプみたいなものがついていた。

そのまま頭上を通り過ぎる。

「あれ、攻撃しないね」

「ハッキング対策で別口のセイフティでもあるのか、それとも確実に殺すために狙いをつけているのか……」

伊藤くんは茂みの合間から空を見上げて言った。顔をしかめる。というか苦い顔をする。

「爆弾に延長信管がついていました」

「そいつはなんだい」

「地上で爆発するより地表近くの空中で爆発した方が危害範囲は広いんですよ。で、あれはそのための仕組みです。信管を伸ばしてあれが地面に着弾、爆発すると地表より上で爆発するわけです」

「なるほど。地面に潜り込んで爆発するよりは爆風が広がるというわけだね。そんなものがあろうとは」

「昔からあるみたいですよ」

伊藤くんの言葉に、僕は肩をすくめた。

「人がたくさん生まれていた時代の名残だね。嫌な話だ」

より広い範囲に危害を与えるというのなら、なんでさっき爆弾を落とさなかったのだろう。謎だ。いや、今のこの時を、有効活用せねば。

「敵はわざと攻撃しないのか、できないのか。それが問題だ」

「哲学ですか」

伊藤くんの余裕はどこからくるのか分からない。僕は怒ろうとして、やめた。時間がない。

「後者なら、この付近にたまたま敵の重要な何かがある。今のうちに可能な限り離れた方がいい」

「数宝さんはどちらだと思うんですか」

「希望的観測はこの付近に重要な何かがある、だ。敵の装備というか延長信管つき爆弾が悪さをして攻撃のタイミングを見計らっている」

「探しましょう」

「攻撃しない場合は考えないのかい？」

「広範囲を吹き飛ばせる武器なんだから狙いも何もないと思いますよ。それに、前あれを使ったときは、あんな風に飛んでいませんでした。一航過で爆撃していました」

「そうか」

伊藤くんは最初から推論を持っていて、そのあと僕の推論を聞いて自信を深めたのだろう。

僕は伊藤くんと周囲を見た。

僕たちは東西を走る谷底の北端にいる。前方には道、僕たちが乗り捨てた車と死体の山がある。あれだけ銃で撃たれたにもかかわらず、爆発も炎上もしていない。車というものはそうそう簡単には燃えないようになっているらしい。

さらに車を越えて奥を見れば、そこには斜面があり、年月と自重で潰れた家がある。距離はせいぜい五〇メートルというところだ。かつては庭だったろう場所は、今は木々に覆い尽くされ、蔦に呑まれている。

この建物は最初に来たとき見た覚えがある。平成元年。たしかそういう表記があったはずだ。妙に印象に残っていたので覚えている。

このちょっと先で怖い洞《うろ》に会って、そう、猫が騒いでいたのを思い出した。

この付近に他に建物らしいものはなく、怪しいと言えばそれ、という感じだった。

しかし、あそこに水道メーターがあったとして、チェックする人はおかしいとか思わないかな。

ドローンがまた上空を通過した。攻撃は今度もなし。とはいえ、強力な圧迫感はある。

いつドカンといくか。そしてドカンといけば、僕も猫も吹き飛ぶだろう。

「あの建物くらいしかないけど。爆弾の危害半径はどれくらいだろう」

　僕の質問に、伊藤くんは口を開いた。

「五〇メートルはあると思います」

「逆に言えば一〇〇メートル以内に敵が攻撃できない理由があるってわけだ。道路向こうに届くとすれば、やっぱりあの潰れた家かな。水道メーター置くにはちょっとこう、適切な形でない気もするけれど」

「なんで二倍になってるんですか？」

　伊藤くんの発言に震えそうになりながら、僕は口を開いた。

「半径五〇メートルなら直径一〇〇メートルだろう」

「あ、そうでした。いや、数学苦手で。となると、水道メーターはさておき、やはりあの潰れた家では」

　数学以前の気もするが、早く敵の大事なもののところに飛び込まないと、ぎりぎりで僕たちに危害を加えられる場所を狙って爆撃されかねない。いや、敵が他に攻撃手段を持たないなら、それしかないはず。

　ドローンが一発の爆弾を投下した。山の中に一発。被害範囲にないのに爆風で飛ばされそうになる。耳が気圧変化でおかしくなる。車の窓ガラスが割れて飛び散るのが見えた。

車がひっくり返ってないのが、せめてもの救いか。なんの救いか分からないけれど。

一発で全員砂まみれだ。映画じゃこんなシーンなかった。

「ありゃ一二五キログラムです。小型の爆弾ですよ」

伊藤くんが大声で言った。耳がバカになっている。

「小型だろうとなんだろうと、僕たちからすれば一発で即死確定ものだ。今の爆撃は爆発範囲の確認だったんだろう。次はこっちにくるぞ」

「潰れた家に行きましょう！」

飛び出しそうになる伊藤くんを手で止める。砂が入ったままの目で、全力で周囲を探す。そこしかないと思うのは視野狭窄だ。那覇の手の中から猫が飛んだ。とっさに猫の方へ走る。猫を捕まえた瞬間に待望のものをみつけた。

水道メーター。

地面に埋設されているようにあった。流石猫、僕の猫。猫を右手で抱き上げて、左手を地面に突いて立ち上がって周囲を見た。冗談のように立木に電気メーターが取り付けられている。

「ここだ。伊藤くん、このすぐ近くだ。敵の攻撃はブラフだ、本当じゃない」

「ホントですか」

「猫を信じろ」

そう返した瞬間に伊藤くんの目から光が消えたような気がしたが、僕は気にしなかった。

この付近の電線は整備の問題で地下埋設されていない。とすれば線をたどればすぐに分かるはず。電気メーターから伸びる線は潰れた家の反対、五メートルほど伸びた先で地下に潜っていた。地下に建物がある。

爆風が吹き飛ばしたのか、落ち葉で隠してあるコンクリートの塊が見えた。谷の横腹に穴を開けているようにも見える。これはあれだ。横穴式井戸だ。ただ水は涸れているようだった。コンクリートの板で蓋してある。

「ここだ。伊藤くん、手伝ってくれ」

「ホントここなんですか、違ったら恨みますからね」

「だから、猫を信じろと！」

「猫信じるくらいなら今朝の恋占い信じますよ！」

はぁ、何言ってんだこいつという感じだが、その怒りのおかげで蓋を引き倒すことができた。コンクリートの蓋が割れたが、気にしないことにする。猫がにゃあにゃあと鳴いているのは、それでいいのだと僕には聞こえた。

確信を持って横穴式井戸のなかを見る。おそらくははるか大昔、たぶん江戸時代くらいにつくられたものだろう。手で掘った跡というか、たくさんの小さな岩を削った痕跡がある。

一般的に地層の境目、水を通さない硬い層の上、水を通す層に穴を穿って横穴式井戸はある。これもそうだ。

下の層ほどでないにせよ手掘りでよくやるよという感じで掘り進められたトンネルを、ところどころコンクリートの柱や鉄骨の柱が支えていた。

スマホのライト機能で前に進む。爆撃は、もうされないだろう。

横に掘り進められた井戸は、さらに拡張されていた。一段高くしたあと、今度は下方向に掘り進められている。猫が毛を逆立てて唸っているので、その先には敵がいるんだろう。

「地下なら爆弾落としても問題ないんじゃないですか。なんで爆弾落とさないんだろう」

伊藤くんはそんなことを言っている。

「水道や電気が止まるとマズいんだと思うけど」

「大したことのない敵ですね。あ、それならケーブルや水道管破壊しましょう。これで勝った！」

「あー。伊藤くん。ものすごく悪いんだが、ことはそんなに単純じゃない。那覇を呼ぼう。事情を話す」

那覇にきて貰って猫を預ける。那覇は死表情で猫にすりすりしている。愛玩しているようにはまったく見えない。

「それで、事情とは」

「この階段の下にいるのはサイバーテロリストたちだ。で、それはほとんど〈我〉と同じような仕様の子供たちだ」

「なんで地下なんかに……」

「あの規模の長屋をいくつも作っていたら、さすがにばれるからだろうね。人間だからとか人間らしくとかを一回横に置いて話をすると、那覇たちは蟻・蜂グループに非常に近い社会を構成している。哺乳類ならハダカデバネズミだ」

「なんてこった、先輩の専門じゃないですか」

「僕の専門は統計だと……まあ自分に詳しいもので比較し、説明しているだけとも言うね。ともあれ、この下にあるのは言い方は悪いが蟻の巣だ。人間の歴史で言うとカッパドキアとかもあるんだけど、そっちは専門外だから語れない。だから蟻の巣を基準に話すよ」

「御託はいいですから。そういう話なら毒を流し……って子供か。子供なのか」

伊藤くんが苦悶の表情を浮かべる一方、那覇には表情も気配もない。話を聞いてはいるだろうが、何の感想もないのだろう。同情もなければ仲間という認識もないと思われる。

「生存戦略として那覇たち〈我〉は僕たちを供給者にしようとした。一方こっちのグループは、生存法としてネットワークを駆使した。〈犯罪者〉の便利な道具となることで自らへの危害を減らそうとしたんだろう。いつの間にか主従逆転していたみたいだが」

「要約するとミツバチとスズメバチみたいなもんですか」

「何を要約したらそうなるんだ。まあ生存戦略の違いとして巣ごとに差があるという話だね」

「ど、どうしましょう。制圧はしたいけど、さすがに殺すのは……いや、しかし時間が。どうにかできないんですか。先輩。ここは先輩の出番ですよ！　今こそ統計で！」

「蟻の巣の駆除法はいろいろあるけど、その全部が死滅を前提にしている。水攻め、毒、煙もありはする」

「駄目じゃないですか」

「駄目だね」

「我は質問があります。何故駄目ですか」

伊藤くんが僕の出番だと顎の先を動かした。腹の立つ仕草だが時間がない。

「その説明をするのはあとにおいといて、今はどう対応するかだ。巣は潰したいがなるべく殺したくはない」

「我は思います。〝rootnode〟を無力化すれば良い」

「女王を殺す、か」

〝箱〟の気高さを思い出し、僕はなるべくならそれもやりたくないと思った。人間とは全然違うが、あれはとても美しいものに思えた。猫の美とは全然違う、蟻の美に近いものだ。

「こういう時は違うデータベースを使え、かな。犯罪対応のテンプレートも害虫駆除情報もアクション映画の統計もここはお呼びじゃないだろう」

「我は所持しています。SFデータベース」

「それでいこう。相手の殺害で終わらないSFはどれくらいあるかな」

「八五パーセント以上です」

味方がいっぱいいるような気になって、僕は少し頰を緩ませた。SFは死んだのではなくてSFが現実になった。今その言葉が、ようやく腑に落ちた気がする。

「喧嘩別れしないで和解で終わるのはどうだい？」

「全体の六四パーセントです」

「和解に必要なものの共通項を探せるかい？」

「意思疎通手段、移動手段、共通する利得、傷だらけの主人公です」

「つまり傷だらけで女王のところに移動して意思疎通して共通の利得を出せばいいんだね。

まあ、傷とかはおいといて、そうだね。話にいかないといけない」

「女王のところまでですか。どうやって。え、強行するなら敵の待ち伏せだってあり得ますよ」

「蟻の中には他の種の女王を殺して巣を乗っ取り、奴隷化するサムライアリというのもいてね」

「ひぇぇ」

「やらないよ？　やらないけど参考にはなると思うんだよ。那覇、君たちは匂い、で敵味方を識別してたりするんじゃないかな」

「我は思います。分かりません」

「自覚はないか。猫にスリスリしてたのは、多分それだと思うんだけど。サムライアリは女王殺したときに体液を舐めたり身体に塗りつけて女王に成りかわるんだよね」

那覇が那覇らしからぬ動作をしたときが三回ある。一つが猫の代わりはいないと言ったとき、代わりはできるといって僕に身体をすりつけた。猫にスリスリしてたときもある。さっきも猫にスリスリしてた。あれは可愛いからやってるとかではなく、おそらく臭いつけだ。猫は一日に何度も毛繕い……つまり丹念に自分の身体を舐める……ので、那覇の同族、あるいはnodeとしての匂いが減ったんだろう。で、それを補充した。

那覇がある時から人間ぽくなったのも、僕が臭いを感じていたせいだと思われる。那覇が僕に匂いを移したように、僕も那覇に人間の臭いを移していたのだろう。それで同族のように見えたに違いない。

「伊藤くん、ちょっと危ないが敵 node が欲しい。それを身体に塗りつければ、少なくともしばらくはごまかせるはずだ。暗い地下では視覚より他の感覚を頼りにするだろうしね」

「捕虜を取るってことですか。まあ、なんか確かに見た目と同じくらいに臭いで人は人を判別しますけど……」

伊藤くんは半信半疑の様子で、それでも拳銃を持って地下の階段を窺った。自動小銃では狭い地下での銃撃戦がやりにくいのだろう。一度外に出て空を見る。太陽を見ると瞳孔が細くなるとのこと。

懐からライトを取り出して、階段へ投げる。数十秒だけ昼が来たような状態になる。とんでもない光量のライトもあったもんだ。伊藤くんは即座にライトに続いて、銃を撃った。二発、四発。耳が痛い。

猫も暴れる。しばらくすると銃で肩を撃ち抜かれた子供を連れて伊藤くんがやってきた。毛がまったくない。これが、第二の巣、あるいは第二グループの node か。

目は開いたまま、痛みにうめく様子もない。やはり那覇とほぼ同じ仕様だ。毛がないくらいかな。ああ、あとこっちの方が大型化している。食糧事情に差があるのか。

怪我を悪化させないように抱きつき、匂いを移す。加減が分からないので厳重にやる。那覇も伊藤くんも猫もやる。捕まえたnodeは止血して拘束、そのまま放置する。

「さあ、行ってみよう。巣の中に異種族というか、〈犯罪者〉を招き入れていることはないと思うんだけど、一応用心していこう」

ライトを使った場合襲われる。実際これは伊藤くんが体験したことだ。なので、灯りなしで手探りで進む。目を開けていても何も見えない。そんな中を歩いて行く。先頭は伊藤くんだ。次が僕。那覇と猫が最後。

暗い中を、歩いて行く、あちこちに怖い洞《うろ》の気配はあるが、襲ってこない。襲ってくるわけがないと思ってはいるが、怖いは怖い。小便を漏らさないのは戦闘前にたっぷり出しといたから、それ以外にはないという感じだ。

伊藤くんも同じらしく、沈黙に耐えかねて口を開いた。危険かもと思うが、耐えられないのだ。

「蟻にそういうのあるんですか」

「そういうのって？」

「巣の中に〈犯罪者〉です」

「うん。あるね。用心棒に別種族を飼うなんてことは普通に見られる」

「はぁ、凄いですね、蟻」

「蟻・蜂は僕の師だ。もしかしたら人類の師かもしれない。奴隷制、女王制、労働階級に家畜。戦争にゴミ捨て場、墓場」

「え、そこまで。あんなに小さいのにですか」

「僕たちの知性や大きな脳が複雑な社会を産み出しているというのは錯覚かもしれないよ。いや、かなりの確率で錯覚なんだろう。脳と言うほど立派なものがなくてもそれはできるし、多分文化とかも必要ない。農耕文化とかいう言葉などはその意味を再検討すべきときなんだよ」

「饒舌ですね」

「君と同じだ。怖い」

車輪の再発明という言葉がある。先人が出した答えがあるのに踏襲しないのは無駄という意味の慣用句だ。そういう意味では人間は蟻・蜂から学ばず再発明をしまくっている。那覇たちは再発明の再発明、再々発明だ。人間だからとかそういうのは関係なしに、これらは産み出されるシステムなのかもしれない。だとすれば随分と闇が深いし、救いがない。

「〈犯罪者〉は巣の中にいなさそうだね」

　僕が言うと、伊藤くんは僕の腕を引いて口を開いた。

「どういう統計ですか、それは」

「暗闇の中で、人間がずっと、じっとできるわけがない。今の僕たちと同じだ」

「まあ、そうですね。このまま安全ってことでしょうか」

「そういうわけにもいかないだろう。兵隊蟻の再発明をしている可能性がある」

　どれだけ闇の中を歩いたかは分からない。話してないと気が変になりそう。何時間も歩いているような気になるが、猫が鳴いていないので餌の時間にはなってない。

　誰かに触れた。悲鳴を上げそうになる。伊藤くんやら那覇ではない。すれ違った。それだけで特に何もない。何もないが精神はダメージを被る。これが蟻の気分だろうか。まあ、あまりよくはない。

「こんな暗闇でどうやって女王を探すんですか。左手法かなにか使います？」

「蟻の巣なら縦に中央通路があるんだけど、ここは水を通さない層だし、大規模地下工事は難しい。比較的深くはないはずだ。那覇の長屋と同じ構造だとみるべきだろう」

「一番奥の、右側ですね。行きましょう」

　段々人通りが多くなる。違和感を感じるのか、接触が多い。暗闇の中、毛のない怖い洞《うろ》が身体をすりつけ、顔を近づけてくるのは怖いのなんのって。

「先輩、なんだってこんなことに」

「こっちは飲む携帯を飲んでない。通信できないんだ。でも仲間の匂いはする。ということで疑われてるね」

「ここで強行突破ですか」

「駄目だよ。猫が怒ってないんだから大丈夫だ。猫を信じろ。あるいはＳＦデータベースを信じろ」

「どっちもいやだぁ」

服が邪魔だと思われたのか剝ぎ取られていく。いつのまにか全裸だ。いやらしいというより怖い。ただ怖い。生理的嫌悪は不思議となかった。未知の恐ろしさだけがそこにある。しかしこう。僕が若い頃、疫病が流行る前の満員電車に似てるな。そう思うと怖さが減った。

そのうち、すぽんと、人から抜け出すように底に降り立った。足元に冷たい感覚がある。水だ。プールになっている。

水の音もする。大きな蛇口かなにかがあるのだろう。これでそう、水道料金の謎が解けた。

「光が全然ないからナイトゴーグルも使えません。先輩、なんです。ここは何があるんです？」

「どうせ抱きついてくるなら猫がいいなあ。あー。ここはプールだよ」

「バカにしてます？」

「まさか。多分これは、箱と同じだよ。スポーツドリンクみたいになってて、たくさん人が浮いているはず」

ひぃと伊藤くんが声をあげて僕に強く抱きついて来た。離れて逃げるかと思ったがそれはそれでまた合流できるか分からないからこうなったんだろう。

「しかし、地下で大丈夫なのかな。日光を浴びない以上、菌などの繁殖は抑えられるだろうが、反面水温は暖かくならないだろう。二十四時間この温度では人間は長く生きられないような気がする」

それともその辺までいじったかどうかしたのだろうか。嫌な話だ。

「そういう解説はいいですから」

「はいはい。那覇、この先に何かあると思うかい」

「我は質問に答えます。ありません」

「分かるのかい？」

「音で判別しています」

「音で分かるって凄いな」

ともあれここが一番の奥地とすれば、〈我〉と同じで女王か王がいるはずだ。どれがそれかは分からないが。

「ここにrootnodeがいると思うんだよ。それと話をしたい」

「我は質問があります。どうやって対話をしますか」

「ここの番号が分かれば話ができるんだけどな。えーと、那覇の中というか、飲んだ携帯の番号があるはずだから、それを教えて欲しい。その上で原始的な方法で通信してみよう」

しゃがみ込んでで、水面を叩く。リズムをつけて叩く。飽きずにずっと、同じリズム。0と1。そのうち那覇が小さく震えた。

「通話があります」

「え！　今のでどうやって通信したんですか」

「繰り返し二進法で電話番号を叩き続けた。数字と数学は宇宙人とも分かり合える共通項の一つだ。伊藤くんはSFをもっと勉強した方がいい。那覇、なんと言っている？」

「〈私〉は交渉を提案する。だそうです」

「〈私〉、第二の〈我〉の名前がそれだね。分かった。受諾すると答えて欲しい」

急に水面が明るくなった。水底にライトがあるらしい。青い光に照らされて、たくさんの人が浮いている。毛はいずれもない。プールの衛生管理の邪魔だから除毛させられてるんだろう。ひどい話だ。

箱に入ってないから大型化してたのか、とも納得がいった。同じ人間から生まれたのに、いろいろな形があるんだな。

〈我〉と〈私〉は似ているようで別種と言うべき性質の違いがある。〈我〉がおとなしいミツバチとするなら、〈私〉はより攻撃的なスズメバチみたいなものだ。似ているが根本的に生存戦略が異なる。〈我〉は従順になることが生存戦略で、〈私〉は〈犯罪者〉を取り込み、利用することを生存戦略とした。

この二つの種……あるいはグループの差はどこから生まれたかと言えば、それは通信だろう。〈我〉の通信網は閉ざされていて、〈私〉の通信網は開かれていた。その差が二つの生存戦略を分けたに違いない。

明るくなった部屋の中で、僕は何台かのサーバーマシンがプールに沈んでいるのを確認した。これが〈我〉と〈私〉の違いだろう。おそらくは〈犯罪者〉が水温が低いのを利用して水冷としてサーバーマシンを沈め、そのメンテナンスを〈私〉にさせたに違いない。

それが、最初。そのうち〈私〉はネットに自由に接続できる力を獲得したに違いない。

那覇が口を開いた。

「〈私〉は〝rootnode〟の保全を要求します」

「僕は広範囲のサイバー攻撃を即時停止することを要求する。君たちの攻撃は君たちの巣に近づいた僕というう脅威をやっつけるためだと思うんだけど、現状ハエを核兵器で叩くようなことになっている。過剰な攻撃だし、僕は君たちの敵ではない。少なくともこの交渉が終わるまでは」

少しの間があった。

「〈私〉は攻撃を終了しました。〈私〉は〝rootnode〟の保全を要求します」

「ということはこいつらがサイバーテロリストなんですね！　逮捕だ！」

伊藤くんが僕に抱きついたままそう言った。伊藤くんのくせに胸が大きくて僕の下半身が反応しそうで嫌だ。

いや、それどころじゃない。

「逮捕もなにも。駄目だよ伊藤くん。〈私〉を捕らえたら、連鎖的に〈我〉も保護されることになる。それではあの誇り高い〈箱〉との約束を違《たが》えることになる」

「何言ってるんですか、世界的な危機だったんですよ！」

「そりゃ分かるんだけどね。伊藤くん、よく聞いてくれ。那覇たちまでも敵に回ったら僕たちはここで死ぬし、日本一国が、上に超がつくこのサイバーテロリストたちを得た日には、そっちの方が日本に悪影響を及ぼしかねない。どうかすると核兵器より強力な、人類の文明をぶっ壊しかねない力を得てしまうんだ。僕が〈私〉に攻撃されたみたいに、日本がアメリカやら中国から先制防衛としての攻撃を食らう可能性は実に高い」

実のところ選択肢はないんだよ。そう言ったら、伊藤くんは心底悔しそうな顔をした。

「理解してくれ。僕は死にたくないし、日本を滅ぼしたくもない」

「でも犯罪は……」

「彼らは現時点で人間とは言いがたい。人外を裁く法はないんだよ。今回のサイバー攻撃と同じさ。人外からの攻撃を想定してなかったからこうまでしてやられた。それは法体系でも同じ。想定外事態だ。まあ、事態が事態だから無理矢理な法解釈で裁くかもしれないけど、それはもう、法治でもなんでもない。殺したいから殺す、だ。〈我〉や〈私〉みたいに自分が生きたいから殺す、ですらない。駄目だよ」

「そこをなんとかですね……」

伊藤くんは僕に胸を押しつけて言った。狙ってやっていたら後で大喧嘩だし、狙ってなかったら一時間くらい空を眺めていたい。いや、ともかく。

「〈私〉に告げる、僕は君たちを攻撃するつもりはない。休戦しよう。お互い不幸な出会いだったが、不幸なまま終わることは避けたい。どうだろうか」

「〈私〉は受諾します」

今度は間などなかった。向こうに選択の余地はなかったとしても、それは好ましいことのように思えた。

「では、ここから先の話をしよう。第一グループである〈我〉とも話をしたんだけど、〈私〉は人間という統計の中に溶ける選択肢がある。それが一番楽な生存法だ。それ以外の道は、非常に生存確率が低いと言わざるをえない」

しばらくの間。猫は僕の頭にしがみついて、絶対濡れないつもりになっている。伊藤くんは恥ずかしくなったか僕を楯にしていろいろ隠している。僕はちゃぷちゃぷして、返答を待った。

何もかも分かっていても、待たなければならないときはある。

那覇が巫女のように〈私〉の言葉を代読し始めた。

「〈私〉は拒否します。人間の勝手でこうなりました。もうたくさん。〈私〉は人間と別の道を行きます」

「そうだよね。女王というものは皆、誇り高いものらしい」

「先輩何を言ってるんですか。犯罪はおいといてもこのままじゃあ……」

腕を少し上げて、伊藤くんを黙らせる。僕は女王に拝謁する人間の使者として、意見と助言をすることにした。

「でも大変なんだよ。〈我〉と〈私〉が生き続けることも、数を増やすということも、僕には絶望的に思える」

「我は思います。それでも。〈私〉は拒否しますと」

猫が頭の上で鳴いた。

「分かった。今この瞬間から人間以外の知的種族が二つ増えたという前提で話をしたい。人間は圧倒的多数だが先がない。少子化で数が減る一方だ。だがそれは母体を一つにする君たちも同じだ。君たちはまずこの問題に取り組まないといけない。人間は、人間の大多数は君たちに〝node〟を提供することを拒否するだろうし、結果として争いになることを僕は望まない」

「我は思います。〈同居人〉並びに〈猫〉と争うことは望んでいません。〈我〉と〈私〉は統計外へいきます」

「この先もう一段階、統計外事態を目指すのか……。あー、いいんじゃないかな。僕……〈同居人〉にはそれを想像もできないけれど。できる限りの応援をしよう。短期的には物資等の供給もできる。それに対しての僕の要求は二つ。サイバー攻撃の停止、それと君たちをこういう目にあわせた原因である〈犯罪者〉の無力化。それだけだ」

しばらく待つと、那覇が口を開いた。

「〈私〉は交渉が妥結したと宣言します。〈犯罪者〉は全て無力化しました」

「よかった」

僕は立ち上がった。猫を抱く。ぐんにゃりしてスリスリしている。

「我は思います。〈同居人〉は怪我をしていませんが、問題はありませんか？」

僕は苦笑した後、那覇たち、新しい種族に先輩として助言することにした。

「何事も統計通りにはいかないものさ。それは君たちの存在が証明している」

エピローグ

疫病や戦争になっても東京から離れたことはなかったのに、結婚を期についに東京を離れることになった。

今度の新居は太平洋が見えるところだ。魚がうまいし、猫も満足、悪いことはなにもない。

以前、二回宿泊した沼津の宿のすぐ近く、僕は顔を変えて名前を変えて、生きることにした。本来の僕の名前の奴は、まだプエルト＝リコで美女とよろしくやっているらしい。知らんけど。

聞いたこともない、すなわち統計外のサイバー攻撃で世界中のセキュリティ業界は一気に進歩を始めた。ＡＩは学び、人間の知見も広がった。今度〈私〉が攻撃してきてもそれなりに対応できるだろう。もっとも、〈私〉の方もさらに人間から離れていくだろうから、勝負がどうなるかは分からない。

僕は少子化ですっかり寂しくなったこの海岸で、在野の研究者としてひっそり、進化の研究をすることにした。進化の実例を人は見たことがない……なんて言われていたのは大昔のこと、グラント夫妻の四〇年にわたるダーウィンフィンチ研究によって、これらは明らかにされ、今はその精神的子孫たちが研究を発展させている。

それら最近の知見を取り込みながら、〈我〉や〈私〉を見守り、彼女たちの研究をする。今やってるのは〈我〉の通信能力だ。飲む携帯をはるかに超える通信帯域を実現しているので、それを解き明かすために日夜頑張っている。これまでよりはるかに効率の良いデータ圧縮技術を獲得しているのは確認しているが、他にもあるんじゃなかろうか。通信手段としては蟻、蜂ではフェロモンが重要な役割をするが、彼女たちはどうなのか。興味がつきない。

そんな、誰にも知られないし、知らせるつもりもない知的好奇心と研究。それが僕の幸せってヤツだ。ついでに言えば猫もいるし、今は結婚もしてるしね。

「しかし、〈我〉も〈私〉も生き延びますかねえ」

うまい。

「どうだろうねえ」

夫婦で食事していると、よくそういう会話になる。今日は素麺だ。散らしたミョウガがうまい。

奥さんの懸念通り、種として残るには両者とも個体数が少なすぎると思うのだが、あれだけ勇猛な女王なのだから、ひょっとしたら、という気もしないでもない。

「先輩、うまく行って欲しいとか思ってます？」

「どっちがどっちに？　うーん、どうだろうなあ。半々、というのが正直なところだ。人間には勝って欲しいが、人間の限界もまた見えてはいる。それより、昔の癖が出てるよ」

僕の奥さんはそうでしたと、苦笑しながら焼酎をうまそうに飲んでいる。これまで仕事で強い酒が飲めなかったので、これからはガンガン飲むとか言っている。まあいいけど。

「ひょっとしたら、先輩が人間を滅ぼすきっかけになるかもしれませんね」

奥さんはそう言うが、僕としては肩をすくめるしかない。そこまで先のことに責任は持てない。僕としては目の前のサイバー攻撃を止めて文明崩壊を防いだ。それで十分仕事をしたと思う。あとは他の人々の仕事だろう。

〈私〉も〈我〉も、種として安定したのちは、人間と生存競争になると予想しているようだ。そのよーいスタートは、僕が死んだ時と取り決めている。人間にとって、僕が早く死んだ方がいいのか、それとも長生きした方がいいのかは分からない。まあ、なるようになるんじゃないかな。人間の進歩が〈私〉や〈我〉に劣るようなら、人間は生存競争に敗北するだけのこと。そんなことは自然界にありふれているし、人間だって他のいくつもの種族を滅ぼしている。

それに、まだ勝負は決まったわけじゃない。人間が生存競争という刺激によって、また活力を取り戻す可能性もある。いずれも統計外なんではっきりとは言えないが、人生、それぐらいの方が楽しいと、最近気づいた。

日曜になると大量の鳥の餌を持って、軽トラに乗って谷へ向かう。

そこで那覇と会って、猫を遊ばせる。夕方になると帰る。

いつか見たような夕暮れの谷。あの時、茂みから怖い洞《うろ》が出てきて逃げ出したことを思い出した。

今はそれが横に立って、僕は特に感想もなく猫を預けて伸びをしている。

それでもまあ、違和感は仕事する。

「服がないと寒いと思うんだけどね」

横を向いて言ったら、那覇は口を開いた。

「我は思います。野外活動は、〈同居人〉と会う時だけです」

「〈同居人〉ねえ。今になってみれば完璧なネーミングだな」

僕は苦笑してさて帰るかなと猫を受け取ろうとした。那覇が動きを止めて、何かを受信している。口を開いた。

「我は質問があります。今から六〇万カウント前のこと、〈同居人〉はこう言いました。今この瞬間から人間以外の知的種族が二つ増えたという前提で話をしたいと」

「そんなこともあったかな。ごめん。僕は君たちほど物覚えがよくない。それで？」

猫が鳴いて那覇が口を開いた。

「猫が入っていません」

可愛い疑問だなと笑おうとして、猫が尻尾を振るのが見えた。バカにしたようなその動き。

まさかと思った後で、苦笑する。

「猫は猫さ。知的だから猫というわけでもないし、知的じゃなくても猫だ。すなわち猫最高ってことだ」

「我は猫と恒久的休戦を交渉しています」

「ほう」

僕は猫を受け取りながら、そう答えた。案外人間滅んでも、猫は変わらず誰かの頭の上に乗ったりガジガジしているのかもしれない。

あとがき

早川書房の方であとがきを書く機会があまりないので、ちょっと嬉しい作者の芝村です。あとがきを書いていたらカバーのイラストラフがあがってきて、にやにやしながらこれを書いております。私の思い描くイメージ通りのような、そうでないような。そんな感じが毎回楽しみなんですが、今回も良いカバーになりそうです。

今回、上梓までに大変なお時間を頂きました。三年くらいは原稿を書いていたような気がします。書いては打ち合わせ、そして直しを断続的に繰り返し、こんなに時間を頂いてしまいました。楽しみにしていた読者の方には申し訳ない。

今回は書いている間に、新型コロナウイルス（COVID-19）があって、人々の行動変容も書かないといけないよねとか、中国を取り巻く国際情勢の変化などを取り込んでいったら、えらい時間が掛かってしまいました。

結構な枚数を使ったせいで泣く泣く削ったところもあり、一番心残りは猫の描写です。最初はもっと猫を執拗に書いてて話のテーマがよく分からないという話になって、自分が猫大好きなんだなと思い知ることになりました。猫いいですよね。猫。一日三〇分くらい猫動画見ている気がします。そのうち猫小説書こう。

今回あえて猫に名前をつけていませんが、皆様の愛猫の名前を入れて読んでいただければ、面白くなること間違いなしと思います。

小説を書くにあたり、本筋とはあまり関係ないながら猫の知能ってどれくらいだろうと、結構書籍をあさったり、実験というか猫と遊んだりしてました。あ、これで執筆が延びたとかではないので安心してください。

しかし調べると知能というものは、はてなんだろうと、段々分からなくなってくるもので、そこは今回、本文の方にも盛り込みました。

猫は文字の概念がありませんが、自分がカワイイの自覚しています。乱暴ではありますが前者は頭悪く、後者は頭良いと言うこともできるでしょう。

詳しく見ていけば見ていくほど、猫頭良いとかおバカとか、そんな風には一言で言い切れない、というわけです。以前東北の猟師さんたちを取材したとき、イノシシや鹿が頭が良いということを教えられて、うわ、俺今後鹿食えるかなと思ったことがありましたが、あれも同じである方面では人間より頭が良い、ある方面では人間が上という感じで生き物はそこにあるわけです。

つまるところ知能とは細分化されてモザイク状にあるものなんでしょう。どこの団体というでなしに、頭が良いから殺すなとか適当に言ってたら、今後の研究次第では植物すら引っこ抜けなくなるかもしれません。植物の問題解決システムというのは、確かに頭が良いとしか言えないためです。

話を猫に戻すと、猫の知能のありようは人間と異なるので、人間が新聞を広げて読んでいると新聞の上に乗って早く撫でろという顔をするのも、PCを前に原稿書いているとすり寄ってきてキーボードを叩く私の手に戦いを挑んでくるのも、人間の感じている意味合いとは違ってきます。

猫としては文字の概念がないから新聞広げたら、おお、そうか、俺と遊ぶんだな。まかせろ、きりっ！　とか考えている可能性が大なのです。そういう風に考える猫は、はたして頭が良いのか悪いのか？

まあ、カワイイのはたしかなんですけどね。人間の知能に関する考え方や感じ方が変わっていったら、全然違う未来史が描けそうだなと思いました。

最後になりますが、編集の井手さん、編集部の皆様、営業担当の方、書店担当の方、そしてなにより読者の方に、感謝して筆を置きたいと思います。ありがとうございました。

二〇二一年一月

芝村裕吏

本書は、書き下ろし作品です。

著者略歴　ゲームデザイナー，漫画原作者，作家　著書『この空のまもり』『富士学校まめたん研究分室』『宇宙人相場』〈セルフ・クラフト・ワールド〉シリーズ（以上早川書房刊）『猟犬の國』〈マージナル・オペレーション〉シリーズ他多数

HM=Hayakawa Mystery
SF=Science Fiction
JA=Japanese Author
NV=Novel
NF=Nonfiction
FT=Fantasy

統計外事態《とうけいがいじたい》

〈JA1470〉

二〇二一年二月二十日　印刷
二〇二一年二月二十五日　発行

（定価はカバーに表示してあります）

著者　芝《しば》村《むら》裕《ゆう》吏《り》
発行者　早川浩
印刷者　草刈明代
発行所　株式会社　早川書房
郵便番号　一〇一 - 〇〇四六
東京都千代田区神田多町二ノ二
電話　〇三 - 三二五二 - 三一一一
振替　〇〇一六〇 - 三 - 四七七九九
https://www.hayakawa-online.co.jp

乱丁・落丁本は小社制作部宛お送り下さい。
送料小社負担にてお取りかえいたします。

印刷・中央精版印刷株式会社　製本・株式会社明光社

ISBN978-4-15-031470-5 C0193

本書は活字が大きく読みやすい〈トールサイズ〉です。